芳草扶疏雁南歸 1

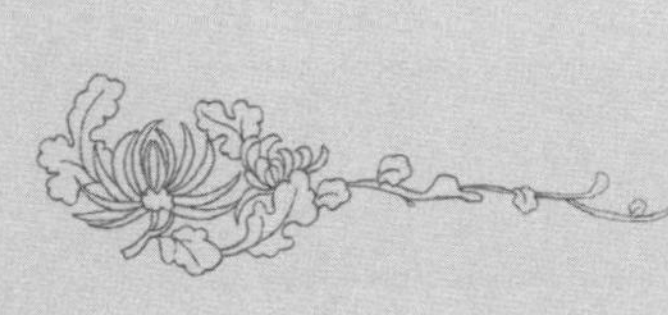

風文創 248

月半彎 著

目錄

自序

月半彎

生在中原，長在北方，領略過關山之險，看盡了大河湯湯，卻沒有長成巾幗不讓鬚眉的女漢子，反而是從小津津有味地聽媽媽講各種稀奇古怪的故事的過程裡，日益癡迷於文字，癡迷於書本中的兒女情長、傳奇故事。

還記得家鄉的老屋，是現在很少再見到的青瓦房——春天，能聽到雨季時奏響在瓦楞間的清脆悅耳的協奏曲。夏天，更是能目睹到房檐上蜿蜒的長蛇追著老鼠跑的奇詭之事。房屋上叮咚作響的，是大自然的神奇韻律，房間裡輕輕迴旋著的，是媽媽講過的一個又一個千奇百怪的故事……

待到稍長，揹著媽媽親手縫製的書包走進校園，終於第一次認識了那神奇的方塊字兒，那之後才明白，原來媽媽的故事就是由這些美麗的方塊字一個個架構，一點點堆積——或讓人捧腹大笑，或令人心驚膽顫，雖是別人的人生，卻是同樣具有扣人心弦、動人心魄的魅力。

那以後的無數個因沈浸於文字無窮無盡的魅力而無法成眠的夜裡，總是止不住慶幸，能生活在擁有文字的時代裡，真好——

雖然我們的人生旅程相對於人類的歷史長河而言，只有那麼短短的彈指一瞬間，卻是可以通過文字領略那麼多的悲歡離合，品嚐那麼豐富的酸甜苦辣。

於字裡行間，體會百味人生，透過行行句句，領略世態萬象；把我們有限的生命無限度地拉長，獲得獨屬於永恆的、感人肺腑的力量。

正是基於這種心理，漸漸地，越來越渴望拿起筆編織屬於自己的故事。

於是就有了扶疏，有了楚雁南，有了《芳草扶疏雁南歸》這個故事。

故事裡有風花雪月，有鐵血傳奇，也有主人公們各自堅守的東西。

當然，作為一個看一次悲劇就要跟著哭泣好幾天，然後又因為心痛悲劇主人公不完滿的一生而鬱鬱不樂數月的可悲讀者，開始寫文後，我從不吝於給我筆下的主人公一個再幸福美滿不過的結局。

也祝願親愛的讀者們，如同我筆下的主人公一般人生精彩紛呈，卻能最終長長久久、幸福安康、平安喜樂。

楔子

一道刺眼的閃電極快地從雲層中劈落，本是一片漆黑的房間一下被照得明亮至極，卻是襯得直挺挺站在床前的清麗女子臉色更加蒼白。

「小姐──」旁邊一個年歲相當的婦人，一把抓住清麗女子的手。「您剛剛產下孩兒，身體還虛弱得緊，青娘不能就這樣放您離開──」

清麗女子卻是一眨不眨地瞧著床上襁褓裡的一個女嬰，女嬰明顯是剛出生不久，攥著小拳頭睡得正香。

良久，兩行眼淚從女子臉上直直流下。

「寶貝兒──」孩子，妳的命，怎麼這麼苦！

夫君也算當世豪傑，更和大齊柱石戰神楚無傷結拜為兄弟，卻不料朝中奸人橫行，楚帥無罪被誅，除了家中幼子被神農山莊少主姬扶疏所救外，其餘家人卻是盡被處死，夫君也因為維護楚帥遭罪於朝廷！

這許多日子以來，為了躲避朝廷追捕，自己和夫君四處躲藏，卻哪裡料到，行將生產時，朝廷的錦衣衛竟忽然在這附近出現；為了保護自己和腹中孩兒，夫君獨自離去，引開追兵。昨日裡，卻聽人說，數百里外的天碭山，有人親見官軍射殺了一位白袍男子……

清麗女子無比貪戀地最後看了一眼仍在熟睡、對世間事一無所知的嬰兒，轉身朝著青娘緩緩跪下。

「青娘，念在我們往日的情分，我就把扶疏託付給妳了。」

自己和夫君兩情相依，所謂活要見人，死要見屍，再怎麼著，自己也要趕過去！

「這孩子生來命苦，求妹妹念在我們往日的情分，替姊姊多疼她一些，姊姊來世做牛做馬報答妳！」

「姊姊——」青娘一下抱住女子，頓時淚流滿面。「沒有姊姊，五年前，我和家寶就已經死在賊人手中了！姊姊放心，青娘就是拚了這條命，也會護著孩兒平安長大；只是姊姊，但看著孩兒可憐，也一定要平安歸來——」

女子起身，最後用力地親了下自己的心肝寶貝，終於轉身，一頭扎進狂風暴雨之中——孩子，等著娘，娘會帶著爹爹接妳回家！

兩年後，大齊皇帝齊弘駕崩，太子齊珩即位，國號弘光。

弘光八年。

嘴裡咬著白白嫩嫩的茅兒根，四肢攤開，扶疏無比舒適地躺在一大堆即將曬乾的青草上，覺得日子真是愜意極了，比起上一世，這一世簡直過得和神仙一般了。

不用擔負興天下農事的重任，不用日日對著泥土研究最適合種什麼糧食，更不用再小心防備那些為了利用神農山莊而無所不用其極的鬼蜮伎倆——上一世的未婚夫、恭親王齊淵不就是一個典型的例子嗎？

若非當日自己因為楚家幼子之事上門求證，怕是直到死都不會知道，其實青梅竹馬的表哥愛的人從來都不是自己，之所以和自己訂親，不過是要借神農山莊這塊踏板，幫他登上帝王之位罷了——

「珍兒，妳放心，我娶姬扶疏只是權宜之計，若非她是神農氏傳人，妳以為我會多看她一眼？母妃已經答應我，等我坐上大齊皇帝的寶座，就會想法子將她廢黜，把她發回莊裡繼續做田野村婦，然後和妳共享盛世榮華！」

所以自己應該是受的刺激太大了，才會替戰神楚無傷鳴冤之後，強撐著當眾宣布和齊淵解除婚約就失去知覺，再睜開眼更不得了——

竟是變成了一個整天只知道吃了睡，睡了吃、名叫陸扶疏的嬰兒！

什麼神農山莊，什麼戰神楚無傷，竟然全都距離自己那麼遙遠。

更沒有想到的是，上一世作為神農山莊最後一位傳人，說自己受盡寵愛一點也不為過，便是尊貴如公主，見了自己也得行禮，無論身處何地，都是人們爭相巴結的對象。

這一世倒好，根本就成了爹和二娘認定的「掃把星」，小小年紀便和大哥一起被送到這貧瘠得草都不長一根的小農莊來自己吃自己！

第一章　廢柴？強人！

連州城，陸家小院。

「當家的，這幾個窩頭你帶上──」甯氏抹了把淚，拿起幾個窩頭塞到陸清源手裡，又囑咐跟在後面的兒子陸家和。「見了小神農他老人家，便是你爹捨不開臉面，你記著多給人說好話。」

陸家和應了聲，扶著甯氏坐下。「娘您放心，大不了我給那位小神農跪下磕頭，總得求他大發慈悲才好。只要小神農他老人家肯出面，幫著證明了那些官爺的屯田絕收和咱們沒關係，咱們家也就有活路了。」

聽兒子說得懇切，甯氏忍不住又流下淚來。「家裡明明三個孩子，可到頭來，吃苦受累的卻是我的兒子家和──」

「好了！」陸清源不耐煩地打斷。「我會順便再到農莊上看看，說不好，家寶和扶疏的莊稼長得好著呢……」嘴裡雖是這樣說，卻明顯底氣不足，實在是那兩個孩子從懂事起，除了闖禍外，就沒做過什麼正經事。

從小到大，這兩個孩子竟然一次又一次把買來的矜貴蛤豆種生成豆芽，把撿好的高粱種一簸簸地端去餵了小雞……以致左鄰右舍都知道，自家大兒子是個腦子有毛病的，就算長得還算可人的小女兒扶疏，也是個不著調的。

「啊嚏——」扶疏打了個大大的噴嚏，愣了半天，這是，阿爹又在罵自己了？

天知道，自己有多冤啊！

明明自己這個前神農山莊少主在種莊稼上才是最有發言權的，可惜，卻沒人聽啊！虧自己腦袋瓜還算管用，叫上大哥一次次偷偷換掉爹爹準備好的種子，要不然這些年來，家裡怎麼可能一年年的都是大豐收？

做了好事不應該被獎賞嗎？倒好，卻和大哥一道被發配到這再貧瘠不過、連根草都不長一棵的小農莊來了。

話說堂堂神農山莊少主，混成自己現在這副德行的，也是世所罕見了吧？

扶疏用力吐掉口裡早已嚼得乾巴巴的草莖，小小地打了個呵欠，拍拍身上的土起身，趕著一群羊起身往家的方向而去，卻是走不了多遠就會被人攔住——

「扶疏，妳瞧我們這塊地種什麼最好？」

「扶疏，快來看看，肥料撒這些夠不夠？」

「扶疏……」

回家短短的一段路，竟是足足走了半個時辰還沒有到。

扶疏倒也能理解，眼看著要秋收了，該著手準備下一年的糧食種子了，這幾天家裡就沒有斷過人，兄妹倆簡直忙得腳不沾地。

本來扶疏沒想這麼快就引人注意的，只是大哥家寶是個熱心腸，從扶疏那裡學了東西後，看到鄰人種的莊稼不對路了，就會上前指導；原先別人看他是個毛頭小子罷了，並沒人放在心上，也有那些拿不定主意的，就照了家寶說的去做，倒沒料到收穫的時候大出意外——

凡是依照家寶指點的，無不獲得了大豐收，而那些不聽勸的，收成果然不好得緊。邊境之地，土地本就矜貴，可以耕種的沒有幾畝，大家都怕把地種壞了；自從兄妹倆來到，所有的問題都不成問題了，家裡的收成節節攀高，一來二去的，使得一些自詡莊稼裡的老把式（注）都不得不低頭。

兄妹倆的名聲，嚴格說來，應該是家寶的名聲漸漸傳揚開來，還得了一個「小神農」的綽號！以致方圓幾里村莊的農人一到農忙時都會一窩蜂跑過來請教，甚至還有幾十里外的人慕名而來的……

人雖然多，只這邊境一帶土地特質大致相同，倒不難處理，就是有個別棘手的，家寶拿不定主意，也有扶疏在後面兜著。

「好了、好了——」說話的是祥林爺，看扶疏明顯露出些疲累的樣子，忙攔住其他還想上前求教的人。「今天就到此為止，有什麼話，明兒個再說，扶疏可是咱們大家的寶貝，真把扶疏累著了，可別怪老頭子翻臉。」

今年春上，別人家的莊稼都綠油油的了，只有祥林爺家的那塊地寸草不生，多虧扶疏指點著家寶，讓他告訴祥林爺去山林間移了幾棵雜樹來，又重新耕種，好不容易趕上農時，雖

注：老把式，意即老手、行家。

不算大豐收，好歹繳了賦稅後還能勉強填飽肚子。

自那後，祥林爺一家便對家寶兄妹感激涕零，又憐惜兩個半大孩子孤身在這裡，簡直當成了自己親孫一般，但凡有點兒好吃的，就會巴巴送過來；更如同這會兒，儼然以扶疏的保護人自居。

「謝謝爺爺。」扶疏笑得愉悅——小農莊的日子雖是有些清苦，可過得真的滿開心的。遠遠地瞧見田埂上有個黑影正往自己這邊快速而來，扶疏臉上的笑容頓時更大。

「大哥——」

可不正是大哥家寶來接了！

「給妳——」家寶塞給扶疏一塊香噴噴的鹹油餅，順手接過扶疏懷裡抱的果子，空著的那隻手則緊緊拽著扶疏，一副唯恐妹子會走丟了的模樣。

「哎喲，咱們的小神農回來了！」二牛叔吆喝了一嗓子卻並沒有靠近——看家寶神情疲憊的樣子就知道，八成又被路遠的人家請去指導耕作農田了。嚴格說來，兄妹倆還都是孩子，可又要種地、又要放羊，還要指導遠遠近近的鄉親種莊稼，真是夠辛苦的。

「要是我能生出家寶和扶疏這樣有出息的娃，哎喲，我可不得天天給老天爺磕頭。」二牛嬸大聲地嘆氣——你說人家孩子是咋生的，就這麼有靈氣？

扶疏腳下不由一踉蹌。

給老天爺磕頭？在家裡時老爹每天瞧見自己兄妹倆，準保能晴轉陰，陰轉雨！不知道是不是想得太出神了，竟是有點兒生出幻覺來——那個正拿了根棍子往自己和大哥這兒衝過來的人，怎麼那麼像自己暴跳如雷的老爹呀，至於他旁邊那個正拚命衝兩人擺手的，可不是二哥陸家和？

「爹——」陸家和沒想到家寶跟扶疏會在這當口回來。

兩人一路打聽小神農的消息，卻是被人指引著到了這裡，爹本來說天色晚了，還找不到就準備回城的，又說既然到了這裡，便去自家小農莊上瞧瞧；哪知到了後才發現，地裡竟是長滿了齊腰深的野草，根本連一棵莊稼都沒有。

「大哥，扶疏，你們快——」爹現在可是在氣頭上！陸家和嚇得忙一把抱住陸清源。

陸清源卻一把推開他，轉身抽了根胳膊粗的棍子，伸手扯過家寶，劈頭蓋臉地就開始揍了起來。「逆子，你竟敢如此胡鬧！你這樣的敗家子，要來何用，我今天就打死你——」

扶疏一下懵了，等反應過來，正看見有鮮血順著家寶的額角汩汩流下。

「大哥——」扶疏哭叫了一聲。

「扶疏？」正在地裡幹活的二牛嬸一怔，自己怎麼恍惚聽見扶疏的哭聲？忙伸頭往兄妹倆住的小農莊的方向一看，神情頓時大變。「當家的，快，快叫人，有人在打咱們的小神農——」

「什麼？」二牛抬頭一瞧，可不是咋地？大家平時疼還疼不夠的小神農，這會兒正被人摁著拿棍子抽！「奶奶的，哪家的混蛋，竟敢跑到我們這地界來撒野！」他回身扛起鋤頭，邊跑邊喊。「祥林爺，快叫人來，有人跑到家寶家裡撒野——」

陸清源還不知道發生了什麼，就聽見身後一片喊打喊殺聲，然後是雜亂的腳步聲，忙回頭看去，好險沒嚇趴下——卻是足有五、六十個男男女女的莊稼人，正朝自己這邊跑過來，一時有些嚇懵了，竟是一手拽著家寶的衣服，一手舉著棍子，傻在了那裡。

扶疏乘機上前奪過陸清源的棍子，狠狠地扔了出去，又用力去推陸清源。「大哥——」

「妳——」陸清源不防備，被推了個趔趄，剛要發火，卻在看清家寶的模樣時，嚇了一跳——剛才氣昏了頭，下手不知輕重，這會兒才發現，竟是把兒子的頭都打破了，鮮血流得一臉都是，頓時一激靈，終於回過神來，心裡也很是後悔，不住念叨著。「家、家寶……」

最先趕到的二牛劈手揪住陸清源胸前的衣襟。「你是誰？竟敢跑到這裡行凶，敢打我們的『小神農』，想找死不是？」用力一推，就把陸清源推倒在地。

陸家和一愣，忙想上前攔阻。「你們是哪裡來的強盜？幹什麼要打我爹！」更奇怪的是，自己方才好像聽到，對方提到小神農？

栓柱一下摁倒他，怒聲道：「好小子，作賊喊抓賊不是！也不睜大眼睛瞧瞧，這裡也是你們撒野的地方！」

什麼叫「這裡也是我們撒野的地方」？

「這是，我家呀！」陸家和簡直暈頭轉向。

栓柱照著頭上就是一巴掌。「你們家，說瞎話也不——」

「別打了——」扶疏正好抬頭，忙抹了把淚道：「他們是，我爹，和我二哥——」

「妳爹和二哥？」二牛明顯不信，上下打量著陸清源和家和。「丫頭，是不是他們嚇唬妳了？這都幾年了，一直都是你們兄妹倆生活，也沒見你們家什麼人來過，怎麼突然就蹦出個爹和二哥來？甭怕，有我們在，誰敢欺負你們，二牛我第一個不饒他！」

嘴上雖是如此說，卻還是聽話地往後退了一下，但仍是虎視眈眈地盯著陸清源兩人，一副只要扶疏開口，就隨時都會衝上來的模樣。

陸家和不免一呆，越發覺得眼前情形古怪——明明扶疏不過一個十歲大的孩子，怎麼在這裡有這麼高的威信？看這些人年紀大多比自己大，甚至還有和爹爹差不多的，卻全對妹子服氣得緊，竟是一句話都不敢違拗。

陸清源卻是眼睛全在家寶身上，再怎麼不成器，這也是自己的兒子啊，真有個三長兩短，可怎麼有臉去見地下的髮妻啊！竟是一屁股坐在家寶身邊大哭起來。

「你個不成器的逆子！但凡你爭點兒氣，不做這麼多混事，爹也不捨得對你下這般狠手啊！都這麼大了，還是如此不務正業，爹爹年紀也大了，又能養你到幾時？」

說不好這次就會死到大牢裡了，長子還這般不成器，這一家老小，可該怎麼辦呀？

看陸清源哭得淒慘，其他人神情頓時有些將信將疑——說不是家寶的爹吧，對方的傷心可是絲毫不作假；說是吧，可他口裡那個混吃等死的沒出息兒子，真就是大家交口稱譽的小神農？

「喂，你是不是弄錯了？」二牛嬸自來是個爽快性子，當下就上前一步問道：「家寶這樣的還不算有出息，你倒是再找個也是家寶這般年紀卻能被稱作小神農的出來讓我們看看！」

小神農？陸清源含著兩泡眼淚一下呆在了那裡——自己此來，就是想找小神農求他指點迷津的，怎麼面前這些人一而再、再而三提到「小神農」這幾個字，更莫名其妙的是，還跟自己那傻兒子家寶聯繫在一起？

「你不會根本就不知道自己兒子的本事吧？」二牛嬸也隱約有些明白過來，不敢置信地瞧著陸清源。

「您方才說，我大哥、我大哥，就是，小神農？」陸家和最先反應過來，一下張大了嘴巴。

「怎、怎麼會？」陸清源都有些結巴了，看看這個，瞧瞧那個，最後可憐巴巴地瞧著仍是昏迷不醒的家寶。「你們、你們弄錯了吧？我兒子、我兒子不可能是小神農的。」

「什麼不可能！」發話的是栓柱。「去年我沒聽家寶的話，在家裡空地上種了一半蛤豆、一半粞米，家寶當下就跟我說不行，我不信，結果那麼大一處空地竟是顆粒無收。家寶還跟我說，幸虧周圍沒人種粞米，不然絕收的就不是我們一家了。」栓柱說著還有些後怕，幸虧自己當時沒昏了頭，把地裡也種上，不然，可真要喝西北風了！

蛤豆、粞米？陸清源一個踉蹌，臉色頓時變得蒼白無比，這次會跑來尋找「小神農」，可不就是為了這事——

陸家今年承包了連州大營的二十畝屯田，因想著那蛤豆最是矜貴，就咬牙種了一畝，剩下的十九畝地則全種上了粞米，本想著等豐收了，能攢些銀兩幫兩個兒子成家呢，哪想到到頭來二十畝地竟然顆粒無收。這還不算，一家人正在家裡哭天兒抹淚呢，那些軍爺卻又找上門來，說是他們問了神農山莊的人，就是因為自家那畝蛤豆，才會使得他們種的那百畝糧食顆粒無收，所以必須賠付他們一百畝屯田的損失！

原還以為是那些軍爺訛人，這會兒怎麼聽著和面前這漢子說的一樣啊！

恍惚間忽然憶起家寶八歲那年，不就是因為同樣的事被自己狠揍了一頓嗎？

更別說去年家寶回過家裡一趟，聽自己說起承包屯田的事，特意到地裡跑了一圈，回來就跟自己說種黍麥最好，千萬不可種蛤豆；可惜臨到種莊稼時，自己卻是信了董朝山的話，又臨時改成蛤豆……

包括之前種種，雖然每次家裡種子都會被家寶和扶疏因為這樣那樣的原因糟蹋掉，卻無一例外，當年全是大豐收；難道這不是巧合，根本原因卻是，其實家寶天生就擅長農事？

「我家家寶，真的、就是，小神農？」陸清源死死摳住地面，才能強忍著不哭出來。

「還當人家爹呢，把兩個孩子扔在這裡，從沒來瞧過一眼也就罷了，還這麼糟蹋自己孩子，這天下間怎麼有你這樣當爹的？」二牛嬸不滿地咕噥道，還想再說，終究顧忌到這人畢竟是扶疏兄妹的爹，又把到了嘴邊的話咽了回去，和其他人一起熬藥的熬藥，幫家寶處理傷口的處理傷口。

陸清源呆坐在地上，好半晌才踉蹌著起身，卻是擠開人群，跌跌撞撞往連州城的方向而去，直到離得那小農莊遠了，才終於忍不住嗚咽出聲，一聲聲叫著。「家寶、家寶——」

自己怎麼當人家爹的啊！這麼多年了，都錯怪了兒子！

甚至兒子的金玉良言都被自己當成了狗屎！反倒是信了董朝山的話——

當初自己地裡絕收，就想著也不知親家那裡是個什麼情形，哪知跑過去一看，他那地裡一顆蛤豆也沒栽，齊刷刷的，全是粞米。

當時自己就沒忍住，上前質問，誰知董朝山反倒倒打一耙，說自己想要賴了當初從他那裡賒的蛤豆錢！甚至最後，嚷嚷著要退婚——當初，明明是董家上趕著求著要把女兒許給家寶，這眼看著就到了成親的年紀了，怎麼也想不到董家會鬧這麼一齣！

罷了罷了，家寶已經受了這麼多苦，自己又如何忍心，再拿惹出的禍事拖累他？

第二章　小白臉？大英雄！

「唉呀，糟了——」剛把家寶安頓好，正準備歪在床上歇息片刻，忽然看到床頭上那包果子，扶疏驚得一下跳了起來。

大哥被爹爹打到臥床不起，自己簡直忙昏頭了，怎麼忘了今天是和雁南約好了見面的日子，她急忙地抓起那包果子就往外跑。

「大哥，我出去一會兒。」

等家寶應了一聲，勉強支起身子往外看去，哪裡還有自己妹子的影子？

扶疏一溜煙地跑向天碭山的一處山坡——

那處山坡叫楚公坡，好像是因為上一代大齊戰神楚無傷經常在那裡遛馬而得名。

扶疏很喜歡到那裡去，不獨是因為那兒的草委實長得特別肥美，更因為，那裡也算是唯一一處和扶疏上一世有關聯的地方。

上一世的娘親體弱，需要用靈藭草將養，楚無傷聽說後就親自去採了來，並讓專人定時送到神農山莊。爹爹常讚嘆說，楚無傷最是大齊第一條英雄好漢！自己從小仰慕，想著將來有一日，定要去拜訪那位當世大英雄，卻始終沒有機緣。

更沒有想到自己距離這位大英雄最近的時候，卻是從他那失怙的幼子口中得知戰神竟是死於奸人之手的消息。雖然之後自己當即趕赴午門，敲響登聞鼓為心中的大英雄鳴冤，卻終究無法喚回已逝英魂。

如今雖然遠離神農山莊，卻沒料到竟然有機會到楚帥曾經生活過的地方居住，也算是償了前生一大夙願吧！

也正是因為扶疏經常在這一帶放羊，才會認識楚雁南——一個長相再俊美不過的大頭兵。

說是大頭兵，實在太委屈這個美少年了！到現在，扶疏還記得，第一次見到楚雁南的情景——

那天自己正把一捧鮮美的果子並一束花放到據說是楚帥經常坐的那方青石上，一回頭，就看到了靜靜站在自己身後的雁南——

不過十五、六歲的少年，頎長的身形，俐落的武士勁裝，卻有著一雙宛若天上最燦爛的星子般的清冷眸子，只看一眼，彷彿就能把人給吸進去；到後來，竟然一而再、再而三地在這裡遇到，使得扶疏也不得不感嘆，兩人之間還真是有緣，漸漸熟悉了，才知道雁南就在不遠處的連州大營當兵。

只是，雁南的性子太悶了些，又一直這麼瘦，對照日常見到的那些兵丁們人高馬大的驃悍樣子，使得扶疏在面對雁南時，總是不由得生出些憐惜——因為這樣，沒少被雁南揉著頭說自己是「傻丫頭」。

也是，但看外表，自己可不是比雁南還要小幾歲呢！

跑得太急了，扶疏不住喘著粗氣，一屁股坐倒在草地上。

雁南還沒來嗎？還是，等不及，已經回去了？正想站起來登到高處往遠處瞧一下，卻隱隱聽到一陣呼喝聲傳來。

忽然覺得有些不妙，她忙忙起身就往打鬥聲傳來的方向跑去，待躡手躡腳轉過山坡，眼睛一下睜大——

那個穿著一襲青衣的少年，可不正是雁南，而他的前面，正站著一個體格魁梧的大漢，旁邊不遠處，還有四、五個倚著斜坡或躺或坐的大男人；然後，那個魁梧大漢手裡的鐵棍一下揚起——

扶疏兩腿不住哆嗦——不是氣的，而是嚇壞了！雁南那般細皮嫩肉的，要是對方這一棍敲下去！竟是腦子一熱，拾起根棍子，邊叫著「二牛叔、柱子叔，快來呀」邊朝著大漢就衝了過去——

細聽的話，明顯有顫顫的哭音。

沒想到會有人衝出來，楚雁南和大漢齊齊一愣，還沒反應過來，扶疏一棍已經招呼了下去，正正砸在大漢的背上，只聽「咚」一聲，大漢竟然應聲而倒。

扶疏顧不得看其他人的反應，回身抓住楚雁南的手，一轉身就往坡頂的方向狂奔而去。

一直到了坡頂，楚雁南才反應過來，一把扣住扶疏手腕，喉嚨裡是不容錯認的笑意。

「傻丫頭，跑那麼快做什麼？」

「不、不跑快，怎麼、怎麼行……」扶疏不住喘著粗氣，心有餘悸地往後看去。「他們，那麼多……咦？」卻是一下傻了，方才還橫七豎八倒在地上的壞人，竟是一瞬間全被風給颩跑了一樣，一個都沒有了！

扶疏再揉了下眼睛，依舊是一個鬼影也沒有瞧見。

「那還逞強當英雄？」楚雁南聲音完全不似平日的清亮，竟是有些沙啞。「妳怎麼知道我打不過他們？再說了，不是還有二牛叔他們嗎，哪用得著妳一個小丫頭喊打喊殺的？」

「哪、哪有……」扶疏笑得得意。「我不過是借了二牛叔的名，想嚇唬他們一下——」而且，還真把人給嚇走了呢！

「妳——」楚雁南一下蹙緊了眉頭，似是想要罵扶疏，卻不知為何，手一用力，一下把扶疏抱在了懷裡。是不是叫扶疏的人，都這麼傻？姬扶疏為了給爹爹鳴冤，死在午門外，現在這個扶疏，也這麼傻……

「快、快放開我——」扶疏被悶得簡直喘不過氣來，忙拚命掙扎。

完全沒看到五、六個彪形大漢正跌跌撞撞地轉了出來，一個個滿臉羞愧地衝楚雁南一拱手，就一溜煙地往軍營方向跑了。

「這個小白臉，他娘的下手還真狠啊！」心有餘悸的樣子。

「什麼小白臉？」另一個卻是嚇得一哆嗦。「是小煞星還差不多！」

「還不都怪你！」其餘幾個人卻一起轉頭吼道：「不是你說那小子，又臭美、又娘氣，一準是哪位將軍養的兔兒爺，所以肯定是靠溜鬚拍馬才能騎在兄弟頭上，我們會和他打這一架？」

真是他奶奶的，兄弟幾個還是第一次被人打得這麼慘，直被揍得爬都爬不起來了——最讓人受不了的是，還是一個照面就被揍趴下了。一開始大家還是跌倒後再爬起來，到最後，卻是打死也不願再起身了，那小子拳頭是真狠啊，一拳下去，五臟六腑都要被捶出來了。

他們齊齊望向走在最前面的那個漢子，神情羨慕。「就是柳河你運道好——」那麼好運氣，被一個小姑娘給拿棍子砸倒了，不像他們，生生被揍得痛暈過去。

叫柳河的漢子卻是有些心虛，天知道看著一幫哭爹叫娘、鬼哭狼嚎的兄弟，自己當時真是完全被嚇傻了，想直接趴下來裝死吧，這面子上又實在過不去；所以說，那拿棍子的小姑娘真是自己的恩人啊，自己正好順勢趴在地上不用挨揍了。

「噤聲——」柳河忽然垂手站好，其他人一愣，不明白柳河這麼大反應做什麼，剛要問，卻聽見一陣清脆的馬蹄聲，忙回頭看去，個個臉色都是一白——

我的娘哎，卻是那個小白臉，不對，他們偉大的楚校尉，正騎著馬兒疾馳而至。

好在楚雁南並沒有搭理他們，只把馬韁繩扔給迎過來的親衛楚秋。

楚秋小跑著道：「少將軍，您可回來了，大帥要升帳呢。」

升帳？楚雁南頓了一下。「金門哪裡有異動？」

即將入冬，北方的游牧民族草原枯竭，無以為繼，經常在這個時節揮兵南下，希望能從大齊奪得過冬的糧食。

近年來，先是桀族人大舉入侵，一開始倒也嚐到了甜頭，只是自從陸帥重返邊關，便接連慘敗，嚇得一連後退了數百里，再不敢靠近大齊邊境。

倒是金門那邊的謨族，聽說前段時間遭遇大災，現在又是寒冬降臨，八成會想著將禍水南引，掠奪大齊子民的財物，以度過災厄。

現在這般時候，大帥突然升帳，顯見軍情有變，而最有可能襲邊的自然非謨族莫屬。

「少將軍明見。」楚秋一臉崇拜——那些莽夫看不起少將軍，他們哪裡知道自家公子的本事，還要說什麼，楚雁南已經大踏步往帥帳而去。

聽說是越騎校尉楚雁南告進，中軍帳裡的大多將領眉眼中都有些不屑之意。

道理都是一樣的，大家在軍營裡摸爬滾打這麼久了，哪個不是靠軍功說話？要想升到校尉的職位，手裡怎麼說也得有幾百、上千顆敵人的人頭才成，更不要說越騎校尉，一致是公認的只有能力超拔之人才能勝任的。

也只有世所公認的大齊戰神楚無傷，才年方弱冠便得了這個職位。

可這小白臉能和威名赫赫、戰功彪炳的楚帥比嗎？聽說今年才剛滿十五，竟是比楚帥當年還要小個三、四歲！

用腳趾頭想也知道，八成是父祖一輩在朝中了得，靠了祖上的庇蔭！真是上陣打仗，十有八九會嚇得腿肚子轉筋，說不好，還會尿一褲。

這麼屁大點兒年紀，也敢到素有虎狼之師之稱的陸帥這支隊伍做校尉，膽兒也算夠肥的！

特別是和楚雁南一塊被升為校尉的李春成，更是瞧著楚雁南就有一百個不順眼——

前兒自己還高興得不得了，終於升到校尉了，自己可才二十八歲，也算是年輕有為了，說不好，將來也能像陸帥一樣拜將封侯也說不定。

哪知授勛的時候，卻是還站在這小子的後面——虧自己本來還以為是哪家的兒子跑來找爹呢，正要讓他喊叔叔，哪知道人家也和自己一樣是朝廷敕封的校尉，而且被封的還是自己心心念念很久的越騎校尉！就是說破天去，自己可也不信，一個乳臭未乾的小奶娃有什麼出眾的能力，可以勝任越騎校尉一職。

「喲，我們楚大校尉這是去哪兒玩耍了？」李春成冷哼一聲，絲毫不掩飾自己對楚雁南的敵意。「我說楚校尉，咱們這可是軍營，身為校尉，你手裡可捏著成百上千兄弟的性命，你自己貪玩是你的事，可不要連累了我們的弟兄。」

李春成此言一出，坐在正中間面如冠玉、眉目俊朗的中年男子明顯皺了下眉頭。

「春成多慮了。」旁邊的偏將軍王明宣也涼涼一笑。「腦袋別在褲腰帶上的是咱們這些粗人，至於楚大校尉，一看就是個在後方享福的命，你以為所有人都跟你這個大老粗一樣，一門兒心思想著殺敵報國？」

楚雁南站住腳，定定地看了話裡帶刺的王明宣一眼。

王明宣猝不及防，正好和楚雁南的眼睛對上，只覺對方眼睛如針一樣，竟是刺得自己心頭猛地一涼，頓時更加惱火，很是傲慢地將了楚雁南一軍道：「怎麼？我說的不對？難不成楚校尉準備主動請纓？」心裡卻是篤定，嚇死這小子，他也肯定不敢請命上戰場，一看就是專會拉稀的衰樣！

「末將正有此意，多謝兩位提點。」楚雁南卻是不疾不徐，不但沒有絲毫懼意，眼底更是一片清明。

王明宣神情微微一怔，恍惚覺得這楚校尉成竹在胸的神情很是熟悉，還沒有反應過來，楚雁南已經撩起袍子跪倒在地，聲音高亢——

「大帥，越騎校尉楚雁南願意請命前往金門與謨族一戰，定會斬下來犯人頭，以揚我大齊國威！」

這小子知不知道自己在說什麼啊？王明宣抽了抽鼻子。還斬下犯人頭！據自己所知，謨族因前段時間災荒所致，對這次南侵勢在必得，派出的可是有謨族第一勇士之稱的齊默鐸。當初自己在楚帥帳下聽命時，也曾和齊默鐸交過手，這人善使兩支狼牙棒，力大無窮，更兼有勇有謀，委實是個勁敵。這小白臉倒好，一開口就要斬下齊默鐸的人頭，當真是不知天高地厚！

李春成沒想到楚雁南真敢請命，頓時就有些發急，本來是料定了楚雁南肯定不敢上前線的，才想著損他一通，然後自己再請纓，也算是出了口惡氣不是？怎麼也沒想到這小兔崽子竟然還就跟自己槓上了——只是一個乳臭未乾的小奶娃，真上戰場的話，傳出去還不得讓人笑掉大牙！

李春成忙眼巴巴地看向坐在中間的陸天麟——

陸帥和上一代戰神楚無傷楚帥是拜把子兄弟，便是性子也有很多相似之處，比方說一樣的愛兵如子，定然不會眼瞅著這小子拿弟兄們的性命來意氣用事。

哪知陸天麟瞧了眼依然直挺挺跪在地上的楚雁南，竟然點了點頭道：「好，楚校尉既然有如此膽魄，本帥准了。」

此言一出，不只李春成，便是帳中其他人也都是目瞪口呆。

今兒這是怎麼了，一個、兩個的都這麼反常？明明看著就是個紈袴的小白臉，竟敢請命上戰場；還有平日裡以最善籌謀、智計百出著稱的陸帥，也還真給准了。這都是什麼事啊，這可是稍有不慎，便會丟掉成千上萬性命的戰場，怎麼這會兒瞧著就跟兒戲似的！

「在下理解楚校尉急於建功立業之心，只是，你可當真明白上戰場意味著什麼？」鎮軍將軍鍾勇臉色一寒道，又轉向陸天麟。「大帥，此一戰非比尋常，若然不能一戰而勝，勢必會後患無窮；以末將看來，還是派一員老成持重的將軍出戰為妙。」

既然派了齊默鐸來打先鋒，謨族定然還有後招，而且這個時節，對大齊虎視眈眈的可並不是只有謨族一家，一旦大齊兵敗，難保其他異族不趁火打劫！

楚雁南忽然抬起頭來，眼神正對上陸天麟，然後輕輕往李春成身上一瞟。

陸天麟微微一怔，終是目視李春成道：「李校尉──」

「末將在。」李春成心裡大喜，很是神氣地瞥了楚雁南一眼，高昂著頭上前一步，心裡更是暗爽。小子，毛都沒長齊呢，還敢跟老子叫板，自己就知道，大帥肯定還得派自己去；想當年，自己可是在金門那裡摸爬滾打了五、六年之久，再沒有人比自己更熟悉那裡的地理形勢。

「本帥命你跟隨楚校尉一起前往金門，你可願意？」陸天麟接著道。

「末將──」李春成正要答應，忽然覺得不對，不應該是命令自己帶人前往金門嗎？怎麼成了跟隨楚校尉？

其他將軍也都是一怔，不明白陸天麟葫蘆裡賣的什麼藥，甚至開始隱隱懷疑這楚雁南是不是和陸帥有仇啊，不然豈會這麼急著一定要送他上戰場送死？

看陸天麟始終沒有改變主意的意思，李春成只得一拱手。「末將遵命。」

所有人都散去後，獨有楚雁南以「商議軍情」為由留了下來。

甚至有人親眼見到楚雁南的親衛楚秋，鬼鬼祟祟地送了一大包東西到帥帳裡去——

當即便有人猜測，肯定是這小子方才昏了頭，滿嘴跑馬車，本想充充場子呢，這會兒聽大帥竟果真允了他的請求，讓他帶兵上前線，八成嚇壞了，等大家都走了，不定怎麼服軟求饒呢！

瞥了一眼仍舊垂手肅立在下面的楚雁南，陸天麟終於開口。

「說說吧，為什麼一定要帶上李春成？」他心裡又是酸澀，又是自豪——幾年不見，這孩子的氣度，越來越像結義大哥楚無傷了。

「李校尉曾駐守金門，對那裡的地理形勢最熟悉不過，雁南覺得，帶他去是最好的選擇。」楚雁南回答得倒也中規中矩。

只是眼前卻不期然地閃過扶疏說起「大齊戰神楚無傷」時，那神采飛揚的模樣——

那麼熟悉的神情，那麼自豪的樣子，一如十年前在自己絕望之時，那個朝自己伸出手的神農氏姬扶疏。

「雁南——」捕捉到楚雁南眼中的悲愴，陸天麟心裡一痛，半晌道：「你還小，不要把自己逼得太狠。」

沒有人知道，所謂「十五歲的小白臉」楚雁南，正是已故的大齊戰神楚無傷之子！從找到這個孩子的那一刻，自己就親眼見識了，這個孩子，有多拚命，而壓在這孩子身上的大山卻有兩座——

一個是已故去的大齊戰神楚無傷，另一個是大齊百姓心目中的神祇姬扶疏。

不得不說，和他相依為命的陸天麟是最懂楚雁南的那一個。

楚雁南一直認為，姬扶疏是為了救他、為了維護父親的尊嚴而死——

「楚帥一生為國、忠心不二，最是這世上第一光風霽月的真男子、偉丈夫！若說那般光明磊落的戰神會造反，我姬扶疏第一個不信！這楚帥幼子我也救定了，有扶疏在，便不允有任何人傷了這孩子一根汗毛！」

當初，面對著刀槍林立的追兵，姬扶疏牢牢把才五歲的自己護在懷裡，甚至在天下人都被奸人蒙蔽，對楚家門廳指指點點罵聲不絕時，依舊對爹爹的人品堅信不疑。

所以自己才會執意離開滿目繁華的都城，而來這荒涼苦寒的邊塞之地——

姬扶疏用生命維護了父親的忠貞，那自己就用一腔的熱血來踐行她對楚家的評判！

不是為了忠君，更不是為了美名，就只是為了永遠留住記憶裡的姬扶疏眼中那抹仰慕而又無比驕傲的熠熠神采。

這樣的話，是不是就可以讓自己千瘡百孔的心，尋覓到一絲活著的寧憩？

「雁南，死者已矣，該忘的，儘量就忘了吧。」陸天麟端起旁邊的酒杯，一飲而盡，接著，又往杯子裡續了滿滿一杯，卻被楚雁南上前一步按住。

「二叔，別喝了，酒喝得多了，傷身。」說著回身把褡褳拿過來，把裡面扶疏給的果子全倒在桌面上。「吃這個吧，酒，還是少喝。」

很多事，想忘就忘得了嗎？這麼多年了，二叔怕是沒有一日忘記過二嬸，還有那個未曾謀面便已夭折的孩兒……

不然原先滴酒不沾、風度翩翩的玉面將軍陸天麟，又如何會落到這樣嗜酒如命，甚至連茶水都要用酒代替的境地？

第三章　欺上門來

一大早，扶疏就被一陣馬兒的嘶鳴聲給吵醒，迷迷糊糊地坐起來，看到院裡筆直站著的楚雁南，還以為自己在作夢。

「妳是屬豬的嗎？」楚雁南嘴角抽了抽，自然地用手指幫扶疏把紛亂的頭髮理順，又塞了一盆植物到扶疏懷裡。「我要離開一段時間，這盆莨芽妳幫我照看。」

「離開？」扶疏明顯還有些懵懂。「要去哪裡？」

「很快就會回來。」楚雁南卻是避而不答，直覺自己要說上戰場的話，小丫頭肯定很難過……

只是不告而別的話，傻丫頭定然又會擔心得不得了。

「乖乖的，等我回來就好。」看著睡意矇矓，甚至和自己說著話，頭還不住一下、一下點著的扶疏，楚雁南忍不住又伸手把剛幫扶疏理順的頭髮揉得亂糟糟的，這才不捨地起身上馬，絕塵而去。

「啊？」扶疏一下清醒過來，眼前哪裡還有雁南的影子？

能聽見身後小丫頭的怪叫聲，楚雁南嘴角不由掠過一絲自己都沒有覺察到的笑意——

果然是年少輕狂嗎？明明大戰在即，自己竟是怎麼也控制不了離開之前再來看一眼小丫頭的念頭。

扶疏摸著又被弄得亂糟糟的頭髮，發了半天呆才想起——被楚雁南一鬧自己差點兒忘了，和大哥說好了，自己待會兒要回家一趟。

不是扶疏多疑，總覺得那天爹和二哥行為很是反常——

明明二哥之前一再說是來找小神農的，可知道大哥就是小神農後，竟然一言不發地直接離開了……

雖然心裡對爹把大哥打得那麼慘有怨氣，可這麼多天了，再多的氣也消了；畢竟，那是自己的爹啊。算了，還是回家去瞧一下，她才能安心。

吃完飯收拾好，扶疏先去摘了滿滿一籃子野果，然後門上門，這才往連州城裡而去——

說實在的，不是沒辦法，扶疏並不想回那個家。

爹和二哥也就罷了，主要是二娘甯氏——

說起來甯氏也是個苦命人，當初甯氏一樣是陸清源明媒正娶的妻子，哪知成親當日，據媒婆言說因遭遇馬賊已然死去的陸清源原配娘子青娘，突然抱著一個嬰孩回轉，甯氏也就生生由妻變成了妾。雖是後來青娘傷心陸清源停妻另娶，至死都帶著家寶及扶疏住在村頭一個偏僻的小院裡，卻仍是不能抹平甯氏滿肚子的委屈。

吃穿上，甯氏倒也不曾苛待家寶、扶疏，就只是，從沒把兩個孩子當成一家人罷了——二哥淘氣了，二娘會凶他，凶完又會摟著他掉淚；若是自己和大哥淘氣了——更正，應該說自己淘氣了，二娘從來都是不管不問，即便爹爹把大哥吊到梁上打，二娘也是眼皮都不抬一下的……

一聲呵斥忽然在耳邊響起——

「誰家的小丫頭，怎麼走路的這是！」

扶疏愕然抬頭，一個留著幾綹山羊鬍子的乾巴老頭，正怒氣衝衝地瞪著自己，發現是自己光顧著想心事了，兩人差點兒撞到一起，她忙連聲道歉。

那老頭哼了聲，還要再罵，一陣得得的馬蹄聲由遠而近，卻是一匹棗紅馬，馬背上是個油頭粉面的公子哥兒，明明一身的肥肉，卻偏要穿一身紅色的絲綢，配上胯下那匹棗紅馬，整個人就像一頭燒紅的烤乳豬。

扶疏挑了挑眉，只覺真是倒盡了胃口——真倒楣，怎麼一回城就遇到了陸家成這個混帳東西——陸家成，他是扶疏的大伯，陸清宏的小兒子。

說是大伯，其實在陸清宏眼裡，根本從來沒把陸清源一家放在眼裡，甚而百般欺凌。

陸清宏的娘，也就是陸清源的嫡母，就是個手段厲害的，當初自己有孕在身時，唯恐丈夫拈花惹草，便作主把貼身丫鬟給了丈夫做妾——那個苦命的丫鬟，就是扶疏的祖母，陸清源的親娘——又在丈夫故去後，二話不說，攆了陸清源母子出去。

這次陸清源拉家帶口從清河鎮回來時，陸清宏也是百般為難，還是其他人看這一家老小著實可憐，在旁邊說合，陸清宏才勉強同意他們回當初陸清源母子落腳的破屋住下。

期間陸清源還曾一廂情願地想著和大房的人重修舊好，卻是無論如何委曲求全，始終沒得到一點好臉色。

許是受了父輩影響，陸家成也是完全不把叔叔陸清源放在眼裡，甚至對家寶兄妹三人也是凶得很，近年來，益發有把這一家子當奴僕看待的趨勢。

瘦老頭已經笑呵呵地迎著陸家成跑了過去，神情又是得意又是巴結地道：「二公子這是從哪兒來呀？」

「剛從城外回來。」陸家成氣喘吁吁爬下馬，故作神秘地道：「我告訴你啊，這馬上，可又要打仗了。」

「什麼？」瘦老頭明顯嚇了一跳，神情立時變得張皇失措。「老天爺，這才安生幾天啊！」

扶疏卻是心裡一緊，忽然想起早上楚雁南的話，說什麼要離開一段時日，難道是，要上戰場？她頓時就有些發急，剛轉身要走，卻聽陸家成笑道——

「你怕什麼？有我保著呢，怎麼也不能讓你們家受什麼委屈。對了，陸大傻子那門親事退掉了沒有？」

陸大傻子？扶疏咬了下嘴唇。陸家成這個混蛋，這是又在編排大哥呢！從爹帶著一家老小從清河鎮搬回連州城祖屋，家裡就沒消停過，特別是有些木訥的大哥，更是陸家成經常羞辱的對象。只是，什麼叫「親事退掉沒有」？

「二公子放心，就這一、兩天，老朽肯定能把這門親事給退掉——」瘦老頭忙陪笑道，回頭看見扶疏還站在那裡，不悅地提高嗓門。「還杵在這裡做什麼呢，去去去——」

怪不得瞧著眼熟，原來這留山羊鬍子的瘦老頭，竟然就是大哥的岳父，董朝山。

扶疏終於明白了爹為什麼囑咐讓大哥和自己待在農莊裡，十有八九，和董家有關！

要說董朝山和陸家也是多年舊識，當初在清河鎮上時，兩家便是近鄰，這董朝山素來有些遊手好閒，又不會其他營生，經常隔三差五地跑到陸家借錢，甚至在陸清源一次上門催討時，主動提出，願意把自己的三女兒許給陸家的兒子，兩家做個娃娃親算了。

董家的三女兒叫董靜芬，生得很是齊整，陸清源平日裡倒也喜歡，當即就應了下來，不但舊日裡借的錢糧不作數了，還又奉上一份豐厚的聘禮。

即便是這次回連州，董家也是搭了陸家的車一塊兒逃出來的。只是這董朝山，怎麼會同陸家成在一起？還說什麼，退親?!而且就算是退親，又關陸家成什麼事？

扶疏心事重重地回到了家，迎面正好碰見二娘甯氏。

甯氏似是沒想到扶疏會回來，怔了片刻，勉強擠出一個笑容。

「扶疏——」甯氏喚了聲，神情卻是有些彆扭。

扶疏頓時了然——之前二娘待自己和大哥並不甚親熱，現在這個模樣，八成是聽爹和二哥說起，大哥成了名揚鄉里的小神農……

扶疏伸手接過甯氏手裡端的一盆衣裳。

「二娘您一個人在家嗎，爹和二哥呢？」心裡卻是更加詫異，怎麼二娘看著蒼老了這麼多？

甯氏尚未說話，外面響起一陣沈重的腳步聲，卻是挑了個扁擔的陸家和，正從外面走來，他的身後還跟著同樣拖著扁擔的陸清源，兩人都是一身的土，完全是一副出去做苦工的樣子。

扶疏忙上前一步，想幫著兩人收好東西，正好看到陸家和兩隻手磨得鮮血淋漓的樣子，不由嚇了一跳。「二哥你的手——」

陸家和尚未答話，院門「砰」一聲被人一下推開，董朝山一搖一擺地走了進來，瞥了眼衣衫破舊的陸清源父子兩人一眼。

「喲，清源兄弟啊，在家呢？老哥還以為，你又跑哪裡發財了呢！怎麼著，欠我的蛤豆錢也該還了吧？」

陸清源還沒開口，陸家和就先忍不住了，憤然道：「你說這話是什麼意思？還好意思說賴你家的蛤豆錢！若不是你誆騙著我爹種了那玩意兒，我家裡那麼多田，又怎麼可能會鬧到顆粒無收的境地？」

蛤豆？聽了家和的話，扶疏突然明白了什麼——這是那二十畝屯田出事了？心裡卻是大嘔，爹怎麼這麼糊塗，明明之前特意讓大哥提點過他的；又聯想到之前聽到的董朝山和陸家成的對話，哪還有不明白的，這董朝山，百分百是故意來害自家的。

陸清源神情也是慚愧至極，之前家寶確實說過，這裡不適合種蛤豆，真正原因自己也沒聽清楚，只是自己卻是不信；總覺得，一個毛孩子懂得什麼，自己可是幾十年的田把式了，沒想到，竟是這麼個結局。

「這就是你們陸家的家教？」董朝山神情鄙夷，一副自己很了不起的模樣，指著陸清源的鼻子道：「瞧瞧你教出的好兒子！小毛娃子也敢對老夫指手畫腳？什麼叫鬧得你家顆粒無收？陸清源，你這是什麼意思？想賴帳就直說，別指使你兒子在這裡胡唚（注）！我董朝山真是瞎了眼，好好的閨女，會許給你們這樣的人家！」

「什麼叫許給我們這樣的人家？」廚房裡的甯氏也不管不顧地衝了出來，看著處心積慮害了自家的董朝山，恨不得撲上去咬一口。「當初可是你董朝山上桿子求著和我家老大訂親的，你自己說說，這些年你占了我家多少錢糧？現在又說這樣的昧心話，也不怕天打雷劈！」

董朝山被搶白得臉一陣紅、一陣白，卻又不好跟個女人計較，只氣得狠狠一跺腳。

「陸清源，既然話說到這分上了，咱們這個親還結的什麼意思？憑你家那個大傻子，還想娶我閨女，我呸，門兒都沒有！我現在就把話撂在這裡，算我董朝山瞎了眼，認識了你們這一窩白眼狼——」說著從懷裡掏出當初交換的庚帖往地上一摔。「這是你們家大傻子的，還不快把我家閨女的帖子也給還回來！」又惡狠狠地加了句。「那袋蛤豆錢，限你們三天之內還上來，不然，別怪我不客氣！」說完，一甩門，揚長而去。

「董朝山，欺人太——」陸清源僵立原地半天，手扶著門框想要衝出去，哪知剛一抬腳，就一個踉蹌，「砰」地一聲栽倒地上。

「爹——」扶疏大驚失色，家和也慌了神，俯身背起陸清源就往外跑。

「快去醫館。」扶疏忙也追了出去。

不經意間一回首，卻見一個身姿纖細的女子正提了個籃子從西邊匆匆而來，看左右無人，頭一低，徑直進了陸家祖宅，那張芙蓉面，竟是熟悉無比。

注：胡唚，意即胡說。

扶疏怔了下，頓時臉色鐵青。自己認得不錯的話，方才那繡娘，好像是，自己未來大嫂，董靜芬?!

兄妹兩個好不容易把陸清源弄到醫館，已是累得氣喘吁吁。好在陸清源不過是怒氣攻心，很快就醒了過來，待看到神情惶惑守在一旁的一雙兒女，眼中一熱，好險沒墮下淚來，都是自己這個當爹的沒出息，才累得兒女至此。

扶疏微微嘆了口氣——一直覺著自己年齡還小，還是不要太引人注目的好，畢竟，這一世自己可不是神農莊少主姬扶疏，也就是個出身農家的村女罷了。

可惜人算不如天算，看眼前情形，自己還是得出手。

好在這兩年來，自己和大哥一直在外，所以即便突然拿出什麼好東西來，藉口應該也不是太難找吧？

只是在這之前，自己要先去確定一件事——那就是未來大嫂董靜芬到底是怎麼回事。

做了這麼多年的兄妹，沒有人比扶疏更清楚大哥有多喜歡董靜芬。

董靜芬和大哥年齡相當，小的時候也常跑到家裡來玩，生就文弱秀麗的樣子，是讓人看了一眼就會止不住心生憐意的那種女子。

可就是有一條，未來大嫂美則美矣，性子卻也和人一樣，太嬌弱了些，依著董靜芬的品性，最好是做那溫室裡的花朵，被一絲不苟地密密保護著，不教染上一絲風雨才好；偏是家中老父不爭氣，生就遊手好閒不顧家的性子，生生讓一朵嬌花受盡風吹日曬之苦。自己已好幾次見到，全家人都睡下後，大哥又偷偷扛著鋤頭出門，跑到董家的地裡，幫他們鋤草、收拾莊稼……

好在董靜芬也是個知情知意的，一開始還托自己轉交給大哥幾雙繡得很好看的鞋墊及汗巾這些東西，但是自從兩年前自己和大哥一同被爹送到小農莊後，董靜芬就再沒有托自己給大哥帶過東西。

初時扶疏還想著一則許是年齡大了，想著就要成親了，大嫂那樣的臉皮薄，八成是不好意思了；二則畢竟農莊離連州城這麼遠，即便有心，也不方便不是？

只是這所有的猜測，卻在看到祖宅外匆匆趕進去的董靜芬時發生了動搖。

實在是董靜芬的神情太過奇怪，若是一般被叫進府中伺候的繡娘，不應是小心翼翼唯恐行差踏錯嗎？怎麼董靜芬會在看到陸宅的那一刻，露出那般含羞帶怯的眼神？

本來，扶疏對董家退婚一說根本沒放在心上的，那董朝山的人品自己委實喜歡不起來，可也正是這樣淺薄虛榮的人，恰恰最好擺布。

以大哥現在的本事，只要顯露出一二，諒那董朝山必然歡喜得什麼似的，別說退婚，怕是會恨不得馬上就把閨女給嫁過來！

而且這一世，相處了這麼久，扶疏心裡早把陸家寶當成了自己最親的人，既然大哥喜歡，扶疏自然會幫著大哥把董靜芬給娶回來，只要董朝山要的不是太出格，扶疏自信，是絕對可以滿足他的要求的。只是祖宅外所見到的那一幕，卻讓扶疏的心思起了變化，甚至隱隱懷疑，難道說鬧著和大哥退婚一事，並不是董朝山一個人的主意，甚至董靜芬，也有些不妥？

神農家族人自來癡情，從來信奉的是一生一世一雙人，即便皇家擔心照此下去，姬氏家族人口日益單薄，會有滅族之禍也不無可能；每一代皇帝都曾千方百計，想要誘導姬氏後人多置姬妾、多子多福，可惜，卻從沒有一次成功過。

這也是為什麼上一世扶疏一旦意識到自己不過是齊淵的一枚棋子，而那個自詡情深意重的表哥心裡根本就沒有自己時，雖是心痛欲絕，卻仍是毫不留情地選擇了一刀兩斷的根本原因！

現在，扶疏最擔心的是，大哥會不會也和上一世的自己一樣，以為自己擁有的是人世間至純至美的一分情，其實卻是寫滿了欺騙和污濁……

若然退親不過是董朝山一個人的意思，扶疏自是不會放在心上，仍會大力支持大哥娶了董靜芬過門，怕就怕，自己那未來大嫂……

董靜芬坐在梳妝檯前，小心地把頭髮綰了又綰，又對著首飾盤出了會兒神，終於拈起一支珠釵插在頭上，高高舉起銅鏡前後左右照了個遍，終於滿意地點頭——珠釵是家成送的，聽他說，這一支就足足要十兩銀子呢！若是自己真跟了陸家寶那個傻子，怕是這輩子，都別想戴得上這樣漂亮的首飾。

「娘，我去繡莊做工了——」

這會兒，家成應該已經在繡莊等著了吧？

想到陸家成說不定又給自己帶了什麼好東西，董靜芬步伐越來越輕快，快到扶疏身邊時，忽然覺得有些不對，下意識地抬頭，卻見左前方不遠處，一個女孩正站在那裡。

看董靜芬看過來，女孩上前一步，叫了一聲「靜芬姊」。

「妳是——」董靜芬愣了一下，下一刻忽然臉色大變，竟是一低頭就想過去，卻被女孩一把拉住手腕。

「靜芬姊，是我，扶疏啊。」

「扶疏？」董靜芬神情明顯有些慌張，半晌勉強笑道：「原來是扶疏啊，這麼些日子不見，險些認不出來了；只是我繡莊裡還有事，就不和妹妹多說了。」說著，轉身又想走。

「姊姊且慢，扶疏有一事相問。」好不容易找著人了，不問清楚，扶疏怎麼肯放她離開。

「妳——」看扶疏的樣子，這會兒怕是無論如何不肯放自己離開了，而且這般強勢的模樣，也實在和以往那個天真爛漫的小丫頭形象大相徑庭，董靜芬雖是不高興，也只得站住腳。「有什麼話，妳說吧。」

「今兒個董伯父到我家裡鬧了一場，姊姊可曾聽說？」扶疏依舊是淡淡的，神情裡的冷意卻是刺得董靜芬心裡一緊。

「什麼叫鬧了一場？」董靜芬也沈下臉來。「大人的事，妳一個小丫頭片子，又懂什麼？這事妳不懂，也管不了，有妳爹娘還有哥哥們在呢，還是不要操那麼多閒心的好。」

「這麼說妳是知道的了？」扶疏的臉徹底冷了下來，相較於身高遠勝自己的董靜芬，氣勢竟是還盛上幾分。「還是，包括和大哥退親，妳都知道，而且，樂見其成?!」

沒想到扶疏說話竟會這麼直接而且不留情面，董靜芬益發慌張，轉而又有些惱火，終於忍不住道：「好一個嘴尖舌巧的丫頭！這麼點大就滿口退親不退親的，真是好不知羞！還不快讓開，妳不走，我可是要走了。」

「董靜芬，我大哥對妳如何，妳心裡應當比我更清楚，我再問妳一遍，妳當真是鐵了心，要捨了我大哥，嫁給那陸家成？」扶疏深吸了口氣，索性打開天窗說亮話。「還是，妳另有苦衷，退婚一事全是令尊一廂情願？」

董靜芬氣得咬牙，從父親訂下和陸家寶的婚事起，董靜芬心裡就一直委屈得緊——從小長得好看，使得董靜芬心氣甚高，卻沒想到一早會被許給陸家寶這麼個一看就呆頭呆腦、毫無情趣可言的男人。

好在陸家寶雖是性子乏善可陳，倒也是個會疼人的，訂了親後，有什麼好吃的果子，都會讓扶疏給自己送，還好多次偷著到田地裡幫自家鋤草耕作，弄得大姊、二姊都笑言家裡竟是多了個田螺姑爺。

董靜芬冷了的心終於又有了絲熱呼氣，若是真這樣成了婚也就認命了，卻是沒想到，會遇見陸家成！

論長相，陸家成委實不如陸家寶，可，他卻是自己見過最溫柔、最多情、最體貼的男人，那些精美的糕點、漂亮的首飾、上好的絲綢，更是讓習慣了貧窮的董靜芬眼花撩亂，終於忘記了自己是已經有婚約的人，轉而投進了陸家成的懷抱。

至於說陸家成已經成婚，卻是並不在董靜芬的考慮之內，陸家成老早就說過，他心裡只愛自己一個，只要自己點頭答應嫁他，便會立即休了家裡的幾個女人，把自己娶回家去。

自己又不傻，怎麼會放著風光的陸團練家的少奶奶不幹，卻跳到陸家寶那個火坑裡。

這會兒聽扶疏咄咄逼人的質問語氣，早已是不耐煩至極，想著索性讓陸家寶死了心，而且就是個小丫頭片子罷了，又能拿自己怎麼樣？便是說出去，也是無人信的。

董靜芬當下冷冷道：「陸扶疏，妳哥是陸大傻子，妳腦子也有毛病不是？不管是妳自己想要來的，還是妳大哥讓妳來探我的口風的，既然妳想知道，那我現在就告訴妳，我和妳大哥的事，無論誰來說，都總是不成的，我這輩子就是死，也不會嫁給一個傻子！」

當初，便是陸家成一句「無論妳什麼時候出門，都會被人指點說是陸大傻家的媳婦」把她給徹底擊垮，毫不猶豫地改投進了陸家成的懷抱。

啪！扶疏神情憤怒至極，抬手朝著董靜芬臉上就是一個耳光。「水性楊花的愚蠢女人！就憑妳，給我大哥提鞋都不配！」

「妳、妳敢打我？」沒想到扶疏突然發飆，董靜芬有些懵了，實在想不通，憑扶疏窮得叮噹響的家境，明知道自己很快就會嫁給長房那邊的陸家成，即便不上趕著巴結自己，不是也應該嚇壞嗎？怎麼竟還敢跟自己動手？

回答她的卻是扶疏又一個耳光。

「我等著看妳如何從偏門被抬進陸家！不對，說不好，偏門妳也走不了！」

扶疏冷笑一聲，便要揚長而去。

「妳——」董靜芬簡直氣瘋了，剛要撲上去扯扶疏的頭髮，卻被一隻手給攔住，猝然回頭，不是陸家寶，又是哪個？

「大哥——」別看扶疏方才挺凶的，這會兒卻是有些惶然，方才自己和董靜芬的對話，大哥應該沒聽到吧？

「家寶——」哪知董靜芬卻是先落下淚來——記得沒錯的話，家寶可是最見不得自己受一點兒委屈，一向千依百順，自己說什麼他就聽什麼。這小丫頭不是要替她大哥出頭嗎，那自己就要陸家寶幫自己打回去，心裡才能舒服些！當下益發擺出一副柔弱無依的樣子道：「扶疏她怎麼如此凶頑？竟是這般無緣無故對我出手，你瞧我的臉……」

陸家寶靜靜地瞧著董靜芬白皙臉蛋上清晰的指印，眼中閃過一抹刻骨的痛，慢慢從懷裡摸出一個藥盒遞過去，艱難地道：「抹一下。」

「抹一下？」看著手裡破舊的木匣子，董靜芬半天才回過神來，不應該是幫自己打回去嗎？怎麼竟然是，讓自己抹一下？合著這兩個耳光自己就白挨了？

那邊家寶卻已經牽了扶疏的手道：「咱們，回家。」竟是拋下董靜芬一人，逕自離開。扶疏乖乖地任大哥拽著自己走，也不看同樣怔愣在原地的董靜芬，默默地跟了上去。

「大哥——」良久，扶疏還是開口，實在拿不準方才大哥聽到多少。

哪知陸家寶卻是越走越快，根本不給扶疏開口的機會，扶疏不得不小跑著才能跟得上陸家寶的步伐。

「大哥——」扶疏一把拽住陸家寶的衣襟，直接攔在兄長面前，氣喘吁吁道：「大哥，你不問我為什麼出手打那個女人嗎？」長痛不如短痛，扶疏決定，還是把實情告訴大哥的好。

陸家寶卻一直默然，始終低著頭，弓著腰，便是呼吸也沒有一點變化，扶疏還想再說，卻驚見一滴淚珠「啪」的一聲砸到地上，濺起幾點土星，又很快消失無跡……

扶疏心陡地一縮，家寶卻已經轉身繼續大踏步而去。

快到家時，家寶終於站住腳。「扶疏，妳回家去，大哥去農莊，趕羊……」

娘說過，自己是男子漢大丈夫，就是再痛，也得一個人扛著。不過，扶疏，別難過，大哥會緩過來的……

第四章 誰是傻子

看著家寶和扶疏趕回來的幾十隻羊，陸清源和甯氏眼睛都有些不夠使了。

「這是，哪裡來的？」半晌，陸清源才回過神來，卻是完全不敢相信自己的眼睛。

下午強撐著病體和甯氏幾乎跑遍了所有相熟的人家，要麼吃了閉門羹，要麼人家就和打發要飯的似的，給個幾斤糧食罷了，竟是快要跑斷腿了，也不過得了幾十斤。

夫妻兩個本是已經絕望了的，想著明日裡九成九要被關到大牢裡去了，卻沒想到，一向被鄰人譏諷說是「陸大傻子」的長子，會弄了這麼大一群羊回來。即便兒子真成了眾人交口稱讚的「小神農」，這樣的情景也委實太不現實了。

「家寶你……是不是真做了什麼傻事？」陸清源馬上想到一個可能——長子那般憨直的性子，難不成是聽說了家裡的難處，就鋌而走險做了蠢事？「我不管你是從哪裡弄來的，快還回去是正經，可不能做傻事啊！」

「爹，不是你想的那樣——」扶疏知道陸清源想歪了，忙上前攔住。「您上回去，不是看到了咱們地裡的草嗎？那些草就是特意種來養羊的。這些羊和別人沒有一點兒關係，全都是咱們自個兒的；本來想再餵些時日，到了年底漲上價了，再牽來給爹爹拿去賣的，現在家裡遭了難，大哥和我就想著，先牽來擋擋急。」

爹爹送自己和大哥去的那個小農莊，土地實在太過貧瘠，即便種了莊稼，也注定不會有收穫。扶疏便指揮著家寶種了這種既可以用來牧羊又可以改善土質的牧草，等到來年，小農莊應該就可以變成最肥沃的一塊土地。

「你們說的，是真的？」陸清源簡直不敢相信自己的耳朵，自己之前因為農莊的地裡長滿了野草，可是把兒子打得死去活來。「家寶，家寶……」念叨著兒子的名字，陸清源真是又愧又悔——世人都說兒子腦子不好使，現在看著，腦子真正不好使的是自己吧！

那麼厲害的兒子的話不信，只一門心思地按照自己想的去種地，結果落了這麼個悲慘下場，若沒有兩個孩子的這群羊，說不好，明兒個全家就得拿棍子出去討飯也不一定。

這樣看來，家寶哪裡傻呀，分明就和母親在世時說的那樣，是陸家的寶啊！

「是爹不好，爹，對不起你呀！」越想越悔，陸清源已是老淚縱橫。

「爹，您甭這麼說——」家寶下意識地看向扶疏，種草也好，養羊也罷，可全是妹子拿的主意。

扶疏微微搖了搖頭——開玩笑，爹和大哥可不一樣，於大哥而言，從來都是選擇不問緣由地絕對相信自己，要是跟爹爹說是自己的主意，他相不相信是一回事，說不好，還會鬧出什麼事端。

這也是為什麼，明明自己有一肚子種地的本事，卻是並不敢說給爹爹聽。爹爹再是如何維護自己，卻也難保不會對自己懂得這麼多農事感到懷疑，真弄個什麼和尚、道士來捉妖那就麻煩了！現在爹能承認大哥已經讓自己很滿意了，至於自己，還是不要出什麼風頭了。

家和瞟了一眼家寶和扶疏，神情明顯是有些狐疑，總覺得這兩隻鬼鬼祟祟的，好像有些不對勁的樣子。

「家寶，平日裡，是爹錯待你了！」陸清源又是高興又是感慨，神情裡還有些難過。「今兒當著你二娘和弟弟、妹妹的面，爹把這個家交給你擔著了，從明兒個起，這個家，就由家寶來做主。」自己兒子可是小神農呢，有兒子照看這個家，自己即便真蹲了牢獄，也是放心的。

「當家的——」聽陸清源如此說，甯氏的眼淚一下湧上來了。「咱們把這些羊賣了，再去求求那些官爺……」這些羊確實能賣些錢，可還是遠遠抵不上那上百畝屯田顆粒無收所造成的損失。聽丈夫的意思，明顯是做好了去蹲大牢的準備。

陸清源打斷甯氏的話，道：「這些羊可全是家寶和扶疏的心血！沒糧食賠給那些軍爺，說什麼都是白搭！至於找人求情，這個當口了，妳瞧瞧誰肯給咱出面？」

話雖這麼說，陸清源心裡卻是慘然，說到底，還是祖宅那邊瞧著自己這個庶子礙眼罷了。早年，嫡母就看自己和母親礙眼，更是老父一死，便和嫡兄陸清宏把自己娘倆掃地出門。不然，自己也不會被迫背井離鄉，流寓清河鎮……早知道會有這些變故，當初就是死在清河也不回來了，省得帶累老婆、孩子遭這份罪！

「罷了，還是留下換些糧食，一家子嚼吃吧，有家寶和家和擔著這個家，我就是死到大牢裡，也甘心了！」

「爹，事情還沒到那分上。」扶疏忙扯住陸清源的衣襬，不著痕跡地推了下家寶。「大哥已經找到了解決的辦法，是不是啊，大哥？」

「啊？」家寶愣了下，明明心裡還很迷糊，只是自來聽慣了妹子的話，便毫不猶豫地點頭。

「爹，我有辦法。」大不了最後，自己替爹爹去蹲大牢。

「什麼辦法？」若是之前，陸清源肯定會認為兩個孩子在吹牛皮，可現下卻是有些將信將疑，畢竟，在自己走投無路、求告無門時，再也沒想到，兩個孩子會突然趕了一批羊回來；更何況，家寶可是被人家叫做小神農的……這會兒聽兩人如此說，心裡竟是升起些許希冀。

「事情要解決的話，爹爹還需要做一件事——」扶疏跑到陸清源身邊，小聲說了幾句什麼。

「把那軍需官領到咱家小農莊就成？」陸清源神情很是驚疑，下意識地看向家寶。

家寶忙又點了點頭，心裡卻也是一頭霧水，根本就沒弄清扶疏打的什麼主意。

陸清源現在對長子卻是信賴無比，看家寶點頭，臉上終於露出些喜色來。

「好，你們先去農莊，我這就去一趟你們二叔公家。」

這二叔公名叫陸丙辰，倒是陸清源和陸清宏的親叔叔。

不管陸清宏對自己兄弟如何惡劣，那位叔公倒還算對陸清源頗多照顧，當初能租種到那上百畝的上好屯田，也全靠了陸丙辰幫著說合，據他說，和那軍隊裡的軍需官大人卻也是有些來往的。

家寶的性子陸清源知道，絕不是那說大話的人，既然說只要請來軍需官大人就能幫自己消掉災厄，那肯定能做到。

看老父歡天喜地出了門，扶疏又轉身對家和與甯氏道：「二娘、二哥，你們在家好好照看這些羊，我和大哥還得回去一趟。」

兩人方一走出家門，迎面就碰上陸家成。

陸家成沒想到會突然碰到家寶，頓時有些心虛，更在對上陸家寶烏黑的一雙眸子時，不知為何，就突然想到了若干年前，因自己縱狗去咬陸扶疏，陸家寶瘋了一樣抱著自己的狗狠命撕咬的情景；心裡不覺咯噔一下，頓覺一股涼氣直竄上後背，就這麼走吧，又覺得沒面子，半晌狠狠地朝地上吐了口唾沫，冷笑一聲道：「什麼人是什麼命，一個傻子，也想和我搶……我呸！」

陸家寶只覺腦袋嗡地一聲，卻被扶疏一下攥住手。

「大哥，咱們走。」陸家成，很快，就會讓你和董靜芬那個賤人明白，什麼叫，悔不當初。

兩人一路回了農莊，扶疏直接給了家寶一把鋤頭，交代道：「把這畦地給翻一遍。」

這小農莊分前後兩個院子，前面院子裡的房屋，扶疏和家寶住著，後面這個院子裡就是幾間茅草屋，也不能住人，索性當了羊圈。

又因這麼大一所院子顯得空蕩蕩的，於是直接就在裡面種了各式作物。

閒來無事，這些土地空著也是空著，又心癢扶疏說的那些種地的道理，家寶就自己動手把這院子裡的地全都翻了一遍，甚或跑遍了整個連州地界，取來各式土樣，然後照著種了很多東西；果然每一種扶疏吩咐種下的東西，都長得好極，不止家寶大有收穫，而且現在瞧整個院子裡，或金黃、或深綠，一塊塊色彩斑斕，如同一幅絢麗多姿的圖畫，又有各色果實掛滿枝頭，真是讓人看了就心情大好。

至於腳下這畦地，卻是當初家寶對扶疏說的這連州地界怕是不能直接種蛤豆有些將信將疑，就只管在中間撒了幾顆種子，哪想到不過幾株豆苗就生生弄得一畦地都沒了收成，那之後這裡種什麼都長不好；倒是前些時日被爹爹打一頓後，扶疏幫自己尋了蘚芽這種草藥來，自己把沒用完的隨手給種上了，現在瞧著，長得倒是繁茂得緊。

待把一畦地給翻好，兩人已是一腦門子的汗，看扶疏有些氣喘，家寶頓時心疼不已——平日裡這種粗活，哪捨得讓妹妹插手？今兒個卻是為了家裡，累成這個樣子。

只是妹子平日裡明明很少做這些的，可一旦上手了，竟是比自己這個常在地裡幹活的哥哥還要熟稔。

「我家扶疏，真是既聰明又能幹。」家寶拄著鋤頭，由衷地道。

聰明？能幹？扶疏失笑，這些算什麼？除了力氣不如男子，論起種莊稼，放眼整個大齊，自己說是第二的話，絕沒有人敢稱第一，不然，還算什麼神農氏的傳人！

「走吧，大哥，咱們還得趕緊去山谷裡挖些蘚芽回來——」這畦地要全移植蘚芽，還有得忙呢！

兩人一路笑鬧著很快來到山谷裡，那些蘚芽的種子果然已經成熟，扶疏先小心地把種子收集到揹著的袋子裡，然後才指揮著家寶小心地挖出那些蘚芽——眼下已是深秋季節，移植東西的話，明顯不好成活；只是那是對別人而言，對扶疏來說，即便是大冬天，想種什麼東西的話，照樣可以種出來。

別的倒還罷了，尤其是那薛芽，可真是好東西，軍營裡肯定會有大量需求，真要去城裡買的話，可也是貴得很！

心裡突然又有些不是滋味，自從知道楚雁南去了戰場，扶疏倒是寧願這薛芽軍營裡一點都用不上才好，也不知雁南這會兒怎麼樣了？明明只願雁南不要受傷，卻又後悔無比，早知道他要上戰場，就多幫著採些救命的草藥給他了。

那個臭小孩，就是嘴硬，自己可瞧著一點兒也不會照顧自己，這般跟著大軍奔赴戰場，也不知能不能吃得消……

「籲——」

一身黑色鎧甲，身披黑色斗篷的小將軍橫劍立於馬上，一張本是如清風朗月般的俊美容顏卻是肅殺無比，令所有人都為之心旌搖惑；不是扶疏口裡的臭小孩楚雁南，又是哪個？

「安營紮寨——」楚雁南手裡的劍凌空一舉。

正自顧自看得出神的諸位軍將倏地回神，旁的人也就罷了，李春成卻險些氣得吐血——這是緊急馳援的軍隊，還是遊山玩水的少爺啊？有這麼帶兵的嗎？

不但每日裡一大早就要安歇，甚至食不厭精、膾不厭細，還不時搜羅各種好吃的，這哪裡是打仗，說是遊山玩水還差不多。

瞧瞧現在，都幾天了，一直拖拖拉拉，才走了這麼點路，現在太陽還老高呢，又要安營紮寨，照這個速度，怕是還要走上三天才能到達金門。打仗可不是兒戲，最重要的便是搶占先機！也不知大帥怎麼想的，會弄了這麼個任事不知還是一身奶味的娃娃來領兵。

李春成恨恨地跺了下腳，徑直召集了自己兄弟往營帳而去。

旁邊的柳河不由替李春成狠狠地捏了一把汗，這位李校尉，八成也是犯了和自己等人一樣的毛病！前面那位小爺，瞧著是個面善的，其實卻最是心狠手辣！

比方說上次打架，這小爺就專踹兄弟幾個的肚子，瞧著不傷筋動骨，卻最是痛苦難忍；媽的，回來後，哥幾個抱著肚子好幾天都吃不下去一點兒東西——不是不餓，而是吃什麼吐什麼，到得最後，真是連苦膽都吐出來了。那時才知道，自己兄弟幾個分明是看走眼了，瞧著這小娃娃像王母娘娘御座下的金童，其實卻是閻羅殿裡跑出的鬼煞，那殺氣可不是一般的重。

而且楚校尉的身手那可真是好，本以為兄弟幾個都是練家子，哪想到楚校尉手裡根本就不夠看，竟是三兩下被打了個落花流水、屁滾尿流，根本就毫無招架之力。

雖然想不明白明明是要打仗的，校尉大人卻為什麼要鬧這一齣，可上回被揍怕了的，卻是沒有一個人敢去詢問——早被打服了，不聽話，還想挨揍嗎？

聞著外面烤肉的香味，帳篷裡的李春成越發來氣，狠狠地咬了口手裡的乾饅頭——既然是打仗，李春成就按照打仗的標準嚴格要求自己，即便休息得這麼早，仍是時刻警惕，說是枕戈待旦一點兒也不為過。

耳聽得那邊又是打鼓又是敲鑼的，李春成越聽越煩躁，恨恨地把手裡的饅頭狠狠摔了出去，回身拉過戰馬，飛身上馬，繞著營地開始策馬狂奔。

瞧著風馳電掣一般的李春成，那些正在鼓搗晚飯的軍士紛紛叫好，特別是李春成的手下，更是賣力地鼓著腮幫子不住吶喊助威，間或無比輕蔑地掃一眼始終靜默的楚雁南的帳篷。

「楚校尉——」柳河撩開帳篷往外看了下，又回頭覷了眼始終直挺挺靜坐在帳中的楚雁南，終於小聲道：「您大人不計小人過，李校尉也就性子傲點——」

要說李春成除了性子魯莽些，卻是最不惜命的一個，打起仗來可不是一般的勇敢，可是最對自己胃口了！這些日子自己也看出來了，這楚校尉瞧著不顯山不露水的，卻最是個心思難測的，可別惱了李春成才好。

「你把李春成叫來。」楚雁南一眼看破了柳河的心思，終於伸了個懶腰，站起身來。

「是！」柳河一下興奮無比，看楚校尉的意思，這是，準備大戰一場了?!立馬請士兵去通知。

「讓我去見他？」李春成明顯一愣，半晌終於哼了聲，一甩膀子道：「我正有此意。」

跟著兵士來至楚雁南帳篷外面，柳河已經候著了，看李春成來了，忙迎上去道：「李校尉——」

先前李春成看柳河還好，認為倒也是個漢子，可這許多日子以來，瞧著柳河對楚雁南言聽計從，連個屁都不敢放的樣子，卻是膩味得緊，當下也不理柳河，徑直挑開帳篷就往裡進。

柳河臉上閃過一絲古怪的笑，卻是鬼鬼祟祟地離得遠了些，又叫來士兵，吩咐不許任何人靠近楚校尉帳篷百步之內。

這邊剛吩咐完畢，那邊帳篷裡就開始「砰砰嚓嚓」地響了起來。

裡面每響一聲，柳河就縮一下肩頭，倒是李春成的親兵卻是興味盎然的樣子——聽裡面的情形，李校尉和那小白臉幹上了？

敢情好，早憋了一肚子的氣，這會兒李校尉不定怎麼收拾那姓楚的小子呢！

旁邊的柳河卻是一臉的悲天憫人——這李春成可比他們可憐，當初好歹有個手持棍子的女俠終結了他們的痛苦，這會兒荒郊野外的，除了謨族的探子，怕是再沒人能把李校尉救出生天！

中軍大帳內——

「再來。」楚雁南氣定神閒，衝著四仰八叉躺倒在帳中的李春成招了招手。

李春成一張脹成紫紅色的臉龐這會兒卻是幾乎成了醬黑色，趴在地上呼呼直喘粗氣，直恨不得鑽到地下才好。

「不想打了？」楚雁南睇了睇眼，轉身，慢悠悠地往帥位而去。

哪知躺倒在地上的李春成卻忽然一躍而起，朝著背對著自己的楚雁南就撲了過去——不管了，拚著丟一回臉，從背後來個偷襲，好歹也要扳回一局！

眼看著已經撲到楚雁南近前，李春成眼中凶光大盛，打算要狠狠地把這小子撲倒一回。

哪知楚雁南身形倏地在眼前消失，李春成正自迷茫，後背的衣襟忽然被人抓住，碩大的身子一下被人舉了起來。

身子陡然懸空，李春成驚叫一聲，拚命地掙扎著，卻是無濟於事，想要張嘴喊，又旋即閉住嘴巴——這麼被摔下去，實在太丟人了有沒有？可再怎麼樣也不能求饒啊，這外面可全是自己的手下，就是被打死，也沒臉喊一聲痛啊！

楚雁南單手舉著李春成，看著臉憋得通紅的李春成，勾了下嘴角道：「再打？」

李春成嘴唇動了下，卻是說不出一個字，看楚雁南作勢要把自己往地上丟，嚇得忙舉起雙手道：「小——」本想說「小子」的，到了嘴邊才覺出不對，慌忙改口。「不打了、不打了！小、楚校尉，你把我放下來吧，春成服了！」

奶奶的，再有人跟自己說小白臉跟娘兒們一樣，想怎麼揉搓就怎麼揉搓，自己非大大地抽他一頓不可——方才，比娘兒們還好看的小楚校尉，生生把自己摔了足足十八個跟頭啊！再打下去，真要讓自家老娘都不認識自己是誰了。

楚雁南手腕一抬，輕而易舉地把李春成放到地上。

看著腳下這片土地，李春成差點兒涕淚交流，不是躺著也不是趴著，而是直挺挺地在地上站著——不得不說，腳踏實地的感覺真他娘的好啊！

「喂，楚老大——」所謂願賭服輸，李春成也是個爽快人，這會兒早被揍得心服口服，連帶著對楚雁南的態度也發生了一百八十度的大轉變，滿口老大、老大的，那叫一個親熱。

「怎麼？」楚雁南捏了捏指關節。

「不要——」李春成嚇得忙不停擺手，果然人不可貌相，這會兒怎麼覺得這小楚校尉可是比自己還好鬥呢！瞧他的樣子，明顯是沒打盡興的模樣；只是，再加兩個自己，怕是也不能讓這小祖宗盡興吧？

「服不？」依然是惜言如金的兩個字。

擱往日，李春成非得又炸毛不可，這會兒卻是點頭如搗蒜，那神情要多乖巧就有多乖巧——開玩笑，再不服，還真讓這小煞星把自己翻煎餅一般在地上撂過來再撂過去啊？正想著起身告退，卻忽聽楚雁南道——

「回去準備下，吩咐三軍準備好明日的早飯，半個時辰後拔營，丑時前務必趕至金門！」

「啊？」李春成下意識地揪了揪耳朵，老大說什麼？要拔營起寨，連夜趕路？

「沒錯。」楚雁南點頭，拿出一張地圖，在一個標注箭頭的地方一點。「咱們從這條路過，雖是路途艱險些，卻是近了足有一半，丑時之前，完全可以趕到，然後等天亮——」

這會兒的楚雁南運籌帷幄，那般鄭重冷凝而又成竹在胸的神情，分明是一位沙場老將，哪有半分稚弱之氣？

李春成完全被這種氣勢給震懾，半晌才咋舌，自己倒是有多愚蠢，竟妄想挑戰這樣一位天生的將星？這般風采，自己也就在現在的陸帥和當年的大齊戰神楚無傷身上領略過！

可是，不對呀！

據自己所知，這次謨族進犯，可是經過精心準備，雖然先鋒官是謨族第一勇士齊默鐸，可坐鎮中軍統籌指揮的卻是謨族最為狡詐多智，同時也是謨族國君唯一的女兒葉漣公主。

而金門之所以告急，就是因為那女人委實太為奸詐，竟是虛虛實實捉摸不定，不只掠奪了大齊大量物資人口，更兼狡猾，搶了財物就走，然後龜縮回謨族領域，任憑大齊將領如何叫罵，卻是堅閉城門不出。

而謨族雖是小國，偏是地形險峻、易守難攻，一旦退回去，別說幾千人馬，就是幾萬大軍，怕也拿它莫可奈何。

「所以咱們才連夜趕路。」楚雁南瞄了一眼李春成，破例多解釋了一句。

「老大你的意思是，明天他們會出城犯我邊境？」李春成依舊一臉懵懂。「可是，老大，這事你怎麼知道的？」

楚雁南不說話，伸手要去拿茶壺，李春成眼疾手快，先一步拿在手裡，覥著笑臉給倒上，問道：「老大，說說——」

楚雁南接過茶杯，雲淡風輕地抿了一口，然後又緩緩放下，半晌才抬了下眼皮道：「很簡單，我們打了一架。」

什麼叫打了一架？李春成卻是不住叫屈，明明是自己一個人挨打好不好？

李春成腦海中突然靈光一閃，眼睛一下睜大，怪叫一聲。「您這是——」卻被一個茶杯一下堵住嘴巴，聲音忙又低了下來。「老大的意思是，這附近有敵人的斥候？」

李春成說到最後，卻是幾乎要哭出來了。合著自己就是用來演戲的？虧自己還自詡熟悉金門地形，滿想著到時候一定讓楚雁南自己求到面前來，結果自己不過是個引蛇出洞的誘餌罷了！早知道如此，也和老大一塊兒享受生活了，現在倒好，吃了這麼多天乾饅頭不說，還被狠狠地揍了一頓。

奶奶的，等明天到了戰場，不多殺幾個譟族混蛋就出不了胸中這口惡氣——不是他們，自己能好端端地遭這份罪?!

兩人計議停當，李春成本待要走，來至門前，卻又站住，忸怩半晌，終於還是大著膽子問道：「那個楚老大，能不能告訴我，你的力氣到底有多大？」

「想知道？」楚雁南緩緩靠在椅子上。

「嗯，想、想。」李春成眼睛一亮，這想要打敗人家，總得知道自己的差距在哪兒吧？這以後也好有個奔頭不是？

「抓我——」楚雁南淡然道。

「抓你？」李春成頭搖得和撥浪鼓一樣，還抓？真當自己蠢呀？再抓自己屁股就不是兩瓣，要變成三十瓣、四十瓣了。

楚雁南嘴角微微上挑。「不是想知道我力氣多大？」

「老大你的意思是，不會再把我摔出去？」李春成大喜，摩拳擦掌地就衝了過去，一把揪住楚雁南的衣襟，卻是方才被揍慘了，唯恐會惹惱了楚雁南，李春成只敢用了八分力氣。

哪知自己一向引以為傲的力大如牛，這會兒卻彷彿泥牛入海，別說提起楚雁南了，對方竟是連眼睫毛都沒動一下。

李春成真有些懵了，雙腿一沈，臉憋得通紅，使出吃奶的力氣猛地往上一提，楚雁南卻仍彷彿焊在地上一樣，紋絲不動；倒是李春成，非但沒把楚雁南提起來，自己也因為用力過猛，竟然一頭朝著安坐椅上的楚雁南懷裡就扎了過去。

楚雁南眉頭輕蹙，腳尖輕輕在地上一點，整個人平平往後移去，恰恰避開李春成的投懷送抱。

只聽「咚」一聲響，李春成再次結結實實和大地來了個親密接吻，只摔得五臟六腑都好像移了位一般，半晌才艱難地抬頭，抖著手指指向楚雁南，神情充滿控訴。

「老、老大，你騙人——」明明說好不再摔自己的，那現在這麼狼狽淒慘地趴在地上的又是哪個？

楚雁南卻恍如未聞——開玩笑，從小到大，自己就和三個女人有過這般親密的舉動，一個是已然辭世的娘親；一個是——眼前如此清晰地現出姬扶疏那張不過清秀的容顏，那麼簡單的一個把自己抱在懷裡的舉動，卻是這一生再沒有過的溫暖！

至於自己主動抱過的，楚雁南眉梢眼角閃過一絲悠然的笑意，好像就只有陸扶疏那個傻乎乎的小丫頭了……

第五章　一鳴驚人

金門守將于國威這會兒正在兵營裡長吁短嘆，告急的文書已經送往連州多時，怎麼陸帥的援軍到現在還沒到？

眼看著除了自己死守的金門府庫，其餘財物已經被謨族劫掠一空，要是再不來，怕是這府庫也守不住了！

倒不是于國威長別人氣勢、滅自己威風，實在是那齊默鐸不愧是謨族第一勇士，委實力大無窮，到現在，齊默鐸手裡已經折了自己手下三名將領，而且，全是被一棍子砸成肉泥！

看于國威愁得連飯都吃不下去的樣子，左將軍劉凱忙勸道：「將軍也莫過於憂心，聽說陸帥已經派出援軍，便是那謨族，這些日子不是也消停了嗎？」

「那謨族現在龜縮，不過是不清楚援軍虛實罷了。」于國威長嘆一口氣。「所以我就更加發愁。」既希望陸帥派來的是精兵強將，好把謨族一舉擊潰；卻又擔心，真來了厲害的，八成那精刁如狐一般的謨族人又會縮回國境……

「報——」一陣急促的腳步聲忽然傳來，一個斥候模樣的士兵神色驚慌地闖進帳來。「謨族一支軍隊正往府庫方向而來！」

「什麼？」于國威一下站了起來，動作太大了些，身下的椅子登時被帶翻。「謨族人又來了？」

忙登上城樓，果然見遠處黑壓壓的一眼望不到邊的謨族人正往金門方向衝殺而來，隱約能看見中間飄揚的寫著一個大大「葉」字的鳳旗。

「不好——」于國威臉色一下難看至極——這之前，一般都是齊默鐸自己帶人來，這謨族公主葉漣卻是從未在三軍前出現過，這只能說明一件事，謨族這次怕是所圖者大！

只是實在太蹊蹺了，明明援兵就要來了，這葉漣到底是有什麼依仗，竟敢弄這麼大陣勢？

「公主——」齊默鐸看看身後一身火紅盔甲美豔不可方物的葉漣，眼裡是勢在必得。

「末將這就去取了那于國威性命——」

這幾天真是憋得狠了，公主一直強壓著不許自己出戰，好不容易昨日斥候來報，說是陸天麟派出的援軍，竟交給了個稚弱娃娃帶領，更兼主、副帥不和，走到半路上就自己打起來了。

公主才終於下定決心，今日攻下金門府庫，聽說那府庫裡糧草充足，應該可以暫時解了謨族危局——一旦自己立此大功，就可以堂而皇之請求皇上把公主配給自己了！

正自想入非非，斜後方忽然傳來一陣鼓噪聲，左右兩邊樹林裡，忽然轉出兩隊人馬，齊齊掩殺過來。

金門方向傳來了一陣歡呼聲——于國威眼眶頓時一熱，左邊那員小將雖是沒見過，右面那個可不正是從前的老上司，剛剛提升為校尉的李春成？

那些蹼族士兵一向囂張慣了的，這會兒也有些發懵，弄不懂發生了什麼，本是志得意滿的葉漣心裡頓時咯噔一下——不是說齊國援軍後日才會到嗎？怎麼這會兒竟突然出現？

更要命的是，這樣神出鬼沒的領兵手法，哪裡像斥候回稟的紈褲所為？

「鳴金收兵——」

「想要走？」李春成大笑一聲，對著楚雁南一拱手。「老大，果然神算！龜孫子們，納命來吧！」卻是很自覺地把齊默鐸留給了楚雁南——這傻大個聽說力氣大得很，自己還是有些自知之明，讓老大收拾他好了。

齊默鐸本來有些心慌，待看清騎在馬上的楚雁南的模樣，頓時仰天大笑。「果然是山中無老虎，猴子稱大王，我還以為是哪路神仙！這麼美貌的小子，敢情是特意巴巴地送來給本將軍暖床的嗎？」一番話說得身後的將士也是哄堂大笑。

李春成手裡的槍抖了一下，好險沒從馬上摔下來——這傻大個說什麼？暖床？還是讓那個小煞星暖床？

百忙之中，很是同情地瞄了一眼齊默鐸——果然無知者無畏啊，這人要是上趕著找死，可真是擋也擋不住！

齊默鐸忽然打了個寒顫——不過是一句話，怎麼周圍的空氣突然就冷了下來，更讓人不解的是，周圍這都是什麼眼神？怎麼瞧自己都像瞧一個死人？

還沒有想出個所以然來，楚雁南已經取下馬鞍旁的金槍，直上直下地朝著齊默鐸就劈了下去。

齊默鐸簡直要氣樂了，自己是什麼人啊，堂堂韃族第一勇士，最大的就是力氣！這小子倒好，竟敢這麼出招，那還不是找死嗎？

眾人耳聽的「喀嚓」一聲響，再瞧去，卻是齊默鐸的狼牙棒，已經斷為兩截，楚雁南手裡的長槍卻是絲毫未停，繼續又準又狠地劈了下去——

繼狼牙棒之後，齊默鐸小山一樣的身體從馬上轟然倒下，卻是已經被整整齊齊地劈成了兩半，甚至裂掉的左、右半邊臉上還整齊劃一地保持著同樣一抹不敢相信的震驚神情！

「啊——」親眼目睹主帥被活生生劈成兩半，齊默鐸的手下最先崩潰，轉身開始狂奔。

楚雁南眼中全是肅殺的冷意，金色長槍往空中一指。「殺——」

今日休矣！葉漣臉上再無一絲血色，調轉馬頭就想逃跑，卻有幾支鵰翎箭擦著耳際髮梢飛過，一字排開堪堪射在自己馬前。

葉漣回頭，只覺渾身冰冷如墮冰窟——卻是那個俊美飄逸如神仙一般的少年，正端坐馬上，手持彎弓，弓上搭箭，箭尖直指自己的咽喉！那雙冰冷的眸子，更是宛若來自地獄的惡魔……

同一時間，陸家小農莊。

「爹，二叔公，幾位官爺好。」許是第一次見到這麼多外人，家寶難免有些緊張，甚至說話都有些磕磕絆絆。陸清源尚且沒說什麼，陸丙辰卻先皺起了眉頭——方才清源可和自己打包票，說是家寶有辦法解決屯田的事，自己還以為多日不見，家寶有出息了呢，可現在再看看家寶這個樣子——

短褂上有一個補丁不說，瞧那條褲子，下面的褲腿明顯已經短了一截，就那樣吊在腳脖上，再配上木訥的神情，哎呀，怎麼瞧著比先前還要傻上幾分啊？

那滿臉虬鬚的漢子也皺了下眉頭，神情明顯有些不滿——自己也是看這陸清源家可憐，才勉強答應跟他來看看；倒好，給自己弄了這麼個傻子來，這不明擺著是要自己玩嗎？

現在前線軍情緊急，據聞戰爭已經在今早打響，可軍營裡庫存的草藥卻已是非常之少，特別是那能止血的蘚芽，更是難尋得很，這幾個村夫倒好，竟然敢在這個節骨眼上弄個傻子來糊弄自己！

明顯注意到來人的不屑——扶疏心下了然，這就是所謂的以貌取人吧！

大齊歷來重農事，自來神農山莊的弟子地位之高，便是正經科舉考試的舉人怕也不如。以大哥現在的水平，朝廷知道了一準會當成寶貝一樣！便是眼前這高傲的軍需官大人，等會兒不定會怎麼央著大哥幫他呢——畢竟，據自己所知，這連州軍營開墾的屯田雖多，卻是因不善管理，收成並不好，大哥這樣的人才，正是朝廷，更是這軍營所急需！

那軍需官名叫周英，已經預感到，自己八成是白跑了一趟，沈著臉哼了一聲。「我倒要看看，你們家有何寶物！若敢誆騙於我，別怪我不客氣！」

陸清源聽得腳下一踉蹌，差點兒摔倒。

旁邊的陸丙辰也壓低聲音，很是惱火道：「清源，你怎麼也和家寶這傻小子一塊胡鬧！虧我還保你……」這下恐怕連自己也會被拖累吧？

扶疏只作聽不見，只管向前疾走，待到了房屋後面的小院，推開後院的門，自己則往旁邊一讓。「到了——諸位，請。」

因院子的圍牆很高，外人根本看不到裡面的情景，這門一推開來，所有人都驚得眼珠子幾乎要掉下來了——

天哪，這是神農山莊的百草園嗎？

「這麼低的蘋果樹，怎麼會結出這麼多果子來？」

「還有這麼大顆的石榴，我還是第一次見！」

「咦，這棵是櫻桃樹嗎？不是五月才會掛果嗎？怎麼現在就有，還結了這麼多？」

「呀，這一畦是碧粳米，聽說可是貢米，怎麼長這般好！」

「這是，蘚芽？」周英則在一畦地旁蹲下，手都是抖的，自己看到了什麼？每次發生戰爭時，這些可都是能救命的東西！偏是從沒有人栽種成活過，也因此很是稀有；可今天，卻在一個普通的農家後院裡，看到了有人栽種在自己地裡，還……全都活得這麼好！

「這、這都是誰種的？」周英聲音都是哆嗦的，神情之貪婪、急切，宛如掘寶人挖到了如山的寶藏。

真是挖到寶了！再想不到，這偏遠的連州地界，竟是有這等奇人！只要能把這個人找出來，說不得，這連州以後就會變成魚米之鄉，還愁什麼軍糧供應不上！

再轉向家寶和扶疏，周英臉上早堆滿了快要溢出來的笑容。「小兄弟，敢問，這些東西都是——」

「軍爺想知道是誰種出來的？」扶疏插口道。

「啊？」周英似是這才發現旁邊即使粗布衣衫也難掩秀色的扶疏，忙不迭點頭，態度真是好得不能再好了。「啊呀呀，我還是第一次看到這麼漂亮的小姑娘。小姑娘，妳知道是誰種的對不對？快告訴我，待會兒伯伯給妳買糖吃。」

哪知道以為好哄的小姑娘，竟是個鬼靈精——

「那百畝受災屯田——」

「只要妳能幫我找出這位奇人，那百畝屯田不算什麼！」周英一拍大腿，神情豪爽。屯田還可以再開，至於這等人才卻是可遇不可求！於軍營中其他人而言，殺敵報國方是建功立業之階；於自己這個軍需官而言，能解決糧草供給才是大功一件，說不好，自己功名富貴就和這位奇人連在一起了！

「是啊——」陸丙辰和陸清源也是看得心癢難耐。「好閨女，快說，這些東西，都是誰種的啊？」

大家一般都是種地的，真得奇人指點，甭說吃飽喝足，說不得發家致富也是小事一樁！家寶神情頓時有些慌張，不過是聽了妹子的話，亂七八糟地種了些東西，怎麼所有人都驚成這樣？

扶疏卻已是粲然一笑，一指家寶。「那種地的奇人——遠在天邊，近在眼前，就是我大哥，陸家寶。」

周英第一感覺就是——妳玩我是不？

即便自己身在軍旅，之前也曾經躬耕於田園，種田一事，也算是行家裡手，因此一眼就能看出，這麼一個院子，卻是暗藏玄機——

連州土地，分明是大齊貧瘠之最，而這個普通的農家小院裡，生長了這麼多種類不同的莊稼不說，竟還均是收成喜人，怕是肥沃之地也不過如此！

更不要說還有個不應出現在這個季節的，明明瞧著長得極矮，卻偏是碩果累累的果木！

如此神奇之事，自己也只在世人傳說神農氏姬家造化神功時曾有耳聞！

就是說破天去，自己也難以相信，竟是那個傻小子的手筆?!

扶疏抿了抿嘴，心裡卻是驕傲至極，那些果子草木，倒是並沒有什麼特異之處——這連州地界土地氣候與別處各異，於其他地方而言，本應四、五月分成熟的果子，連州卻是九月天高氣爽才最合適，不過世人囿於常規，不知變通，才固執地以為這裡並不適宜栽種那些東西。

獨獨是這看似不起眼的各色糧食，才最是非比尋常！

所以，不得不說大哥於種地一途，領悟力超強，更兼吃得進苦——為了盡可能多向自己討教種地的本事，大哥這兩年來足跡幾乎遍布了連州所屬的各個鄉鎮，無論走到哪裡，還會一趟趟地把各地的土樣揹回來。

比方說這小小的院子，便有連州幾乎所有的土地樣本，可以這樣說，但凡是這連州地界，只要拿過來任一地泥土，大哥都可以毫不猶豫地給出最適宜種的糧食。

所以說，對這周英而言，雖是損失了上百畝屯田的收入，卻是挖到了最得用的寶貝！

看周英臉色不豫，旁邊的陸清源嚇得臉都白了。

雖是已經接受了長子善於農事這件事，可對於小神農的稱呼，陸清源卻並沒有完全接受——小孩子嘛，又略微有些本事，會有些過譽的誇獎，也是可能的。而眼前這小院，卻明顯是大手筆，兒子即便有些本事，要做到這些卻也是不大可能的！私心裡甚至完全同意周英的「奇人」之說，既然周英已經答應只要找出奇人就可以既往不咎，還是見好就收才對！當下也衝家寶道：「你這孩子，還愣著做什麼，還不快把那位奇人給請出來？」

「爹——」家寶吭哧半天，不好意思地瞧了下個個都是雙眼放光盯著自己的人，臉上竟微微地沁出些汗來，半晌才忸怩道：「沒有奇人，這些都是我自己種的——」本還想加一句「全是妹妹教我的」，忽然想到扶疏之前的囑咐，忙又把話咽了回去。

只是實在不習慣被這麼多人關注，家寶索性蹲下身，指了指旁邊的薂豆道：「這是薂豆，最是耐旱，連州南邊佢裡鄉的土地最適合種這種東西；那是甘薯，東邊的清埡鎮，大家都以為是黏性的黃土，其實沙性才是主要特點，種這個肯定好使……」

說起種地來，家寶簡直是如數家珍，最後更是拉著眾人來到盛放須草的房間裡。

「還有這須草，咱們這兒很多土地，想種好糧食，須得先種上這草攢些肥料，然後再種糧食，不然打的莊稼怕是連雀兒都不夠吃；咱家農莊的地裡種的就是這種草，等來年再種糧食，一定能獲得大豐收……」

「我說呢！」一旁邊的陸丙辰聽得一拍大腿。「我們家就有一塊這樣的地，足有十多畝，年年扔下種子，年年都幾乎要荒掉，可把我給愁的；可老輩人世世代代都是這樣種下來的，也沒人給我說過得先種些草，哎呀呀，要是早知道，也不會拋撒那麼多種子了！」說著竟是和家寶熱火地討論了起來。

別看家寶平日裡很是嘴拙，說起農事來卻是口若懸河，陸丙辰和陸清源直聽得目瞪口呆，便是旁邊的周英，一開始的神情還是不以為然，漸漸也越聽越入神，到了最後，直接拉住陸家寶的手，指著那畦蘚芽道：「小兄弟，能不能告訴老哥，這東西，你是咋種出來的？」

扶疏聽得暗笑，這周英看著外表粗獷，原來卻也是個一肚子精明的，方才還說大哥傻小子呢，這會兒工夫就開始稱兄道弟了！

「這個呀……」陸家寶愣了下，下意識地看向扶疏，沒想到真讓妹子給猜中了，這位軍爺果然對剛種上的蘚芽最感興趣。

「小兄弟，不能說？」周英卻是會錯了意，這蘚芽可是比糧食還要貴重，人家說不好指著這東西賺錢呢！只是這蘚芽委實是好東西，當下只管厚了臉皮道：「好兄弟，你要能幫哥哥種這些個東西出來，老哥回去就稟明陸帥，一畝地補貼你十兩銀子，不，二十兩銀子！」

二十兩銀子？陸清源聽得眼睛都直了，幫著種一畝地就給二十兩銀子？可連州這兒上好的田地一畝才不過六、七兩銀子罷了！

「不是——」家寶愣了下，忙擺手，自己沒說要錢啊！

這是嫌二十兩少？這些蘚芽要是交由自己去採買，耗資甚鉅不說，還時常拿了錢也沒處買，可這些東西，卻是可以救將士們命的啊！

周英當即咬牙道：「好兄弟，就當你幫幫老哥，每畝給你五十兩，老哥手裡也就這麼大點兒權力，是再不能多的了！」

「我不要錢——」看周英明顯不信的樣子，家寶吭哧了半天才道：「多虧軍爺們守著連州，我和爹娘、妹子才能在這裡住下來；又因為我家，誤了軍爺的屯田，所以，不要錢，就只是——」想起扶疏的話，他很是為難道：「我們手裡的種子有限，到明年春上，也只能幫軍爺種上兩畝左右罷了。」

「竟然能種兩畝？」周英卻是大喜過望，這麼珍貴的草藥，自己滿想著能有個幾分就不錯了，哪知這傻小子竟然說能種出來兩畝！有了這些好東西，能救多少兄弟的命啊！

轉而更是慚愧至極，虧自己一開始還狗眼看人低，直接把人當成了個傻子，原來根本就是有眼不識金鑲玉！

看陸家的家境，明明極為貧寒，瞧瞧陸家寶身上穿的，再破舊不過，卻要無償幫自己種薜芽！這般高義，當真讓人佩服之至。

周英當下用力地拍了下陸家寶的肩道：「好兄弟，老哥替大齊萬千軍士謝謝你了，不用說了，我回去就回稟大帥，每種出一畝地，直接支給你五十兩銀子！」

又想到家寶過於憨厚的性子，他忙又囑咐。「那些活計兄弟你不用自己做，我會稟明陸帥，特意撥些兵士給你，具體怎麼做，你交給他們就成。」

「那怎麼成？」家寶忙不迭搖頭，一向自己親力親為慣了的，並不習慣使喚人的。「你們都是軍爺，我就是個種地的——」

「種地的又怎麼樣?」周英卻是哈哈一笑。「我的好兄弟,你難道忘了,咱們大齊最厲害的家族,就是種田的——」說著神情卻又有些黯然,自從姬扶疏小姐故去後,這幾年邊境供應日益吃緊,不然,大帥也不會命人空閒之餘便到處開墾土地……

「是啊,陸公子——」旁邊幾個本來一直靜默的士兵也紛紛道:「你瞧我們幾個怎麼樣?不然,就把我們要過去吧?」

所謂近水樓臺先得月,這麼好的機會可得好好把握——要不了幾年,說不好,便得回鄉,真能跟著這位陸公子學會種地的本事,就是回去務農,小日子也能過得舒舒服服。

「哎喲!清源啊,」陸丙辰也明白這個道理,忙把陸清源拽到一邊,小聲道:「我家你那大侄子年歲也不小了,得空了,你和家寶說說,讓他去給家寶打個下手怎麼樣?咱們都是一家人,你可不能把你大侄子當外人啊!」

自回到連州地面,還是第一次有人這麼高看自己,更何況還是自己的二叔!陸清源興奮得臉都紅了,心裡美滋滋的,簡直和喝了幾斤老酒一樣熨貼,忙不迭地點頭答應。

那邊周英已經隨手從懷裡摸出張五十兩的銀票,遞給家寶道:「這些錢先拿著,得空去買幾件合身的衣服。」

一句話說得陸清源頓時老臉一紅,這會兒才知道,自己和甯氏竟是忽略家寶到了這個地步。

家寶愣了一下,忙拒絕道:「軍爺——」

「什麼軍爺?」周英一瞪眼,裝作生氣的樣子。「家寶你不想認我這個老哥哥不是?」

「是啊，家寶——」陸丙辰也是個老於世故的，早看出周英的延攬之意，忙附和道：「別再客氣了，就聽周大人，哦，不、你周大哥的。」

陸丙辰心裡卻是感慨萬分，陸家歷代務農，也就陸清宏有出息些，但只不過是團練，還是個副手罷了，平日裡就威風得什麼似的！這還是第一次結交到正經仕途裡的人！看來以後陸家要光耀門楣的話，十有八九，要著落在所有人都看走眼的家寶身上！

只是陸丙辰再沒料到，大家看走眼的，除了一個陸家寶外，更有旁邊始終被忽視的陸扶疏……

第六章　退婚

「聽說你們家今年顆粒無收，等我回去，會先讓人給你們送些米麵過來。」周英把自己的外袍脫了，硬給家寶穿上，又一再囑咐陸清源，一定要好好照顧家寶，這才帶人離開。

一直到把周英送了很遠，陸清源才回轉。

到家裡，看著家寶，陸清源眼睛再一次紅了——從前總以為是兒子搗蛋，甚或是腦子有問題，才會一而再、再而三地糟蹋家裡的糧食種子，現在才明白，卻是大錯特錯！虧自己還是當人老子的，卻是一再看走眼。

「爹——」家寶又恢復了平日裡木訥的樣子，只把手裡的銀票遞過去。「給你。」

「別——」陸清源忙往外推，啞聲道：「好孩子，這是軍爺賞你的，你拿著、拿著。」

「我，用不著——」家寶還是把銀票塞到陸清源懷裡，頭卻是低垂著。「還董家，蛤豆錢，然後，把親事，退了；剩下的錢，送家和去私塾，再給扶疏做幾件新衣服……」

「退了？」陸清源一愣，明顯有些轉不過彎來，畢竟董朝山那人雖是不成器，他那閨女委實不錯，長子可是一向稀罕得緊！而且即便董家之前嫌棄家寶，可要是知道家寶現在這麼出息，肯定也會打消退婚念頭的。

「是啊，家寶，我和你爹會再尋王媒婆去董家說和，你放心，和董家的親事不會黃了的。」一旁的甯氏也忙安慰道，神情卻是羞愧至極，現在才知道，自己錯得有多離譜，這麼多年了，自己對家寶和扶疏，說不上苛待，卻也是根本不曾在意過！可這孩子卻是從沒有過一句怨言，還這麼護著家和……

「大哥，我不去私塾了，我跟你種地——」陸家和鼻子酸酸的。「銀子你留著娶親——」

他還要再說，卻被扶疏攔住。「爹，娘，二哥，就聽大哥的，退了和董家的親事吧。」易得無價寶，難得有情郎，放著大哥這樣好的男子不知珍惜，卻要一門心思地一頭栽進陸家成那個火坑裡，不得不說，董靜芬真是瞎了眼！

三人都是一愣，陸家和更是直覺不對，扶疏可是最疼大哥的，也最清楚大哥有多稀罕董家姑娘，之前提起那女子時，都是「靜芬姊姊、靜芬姊姊」叫得最是親熱，怎麼這會兒說起董家，神情裡卻是無比棄厭的模樣？還是，發生了什麼自己不知道的事情？

陸家和還想再問，外面卻是傳來一陣腳步聲，一個男子的聲音隨之傳來——

「二叔，嬸子，爺爺說讓我先給你們送袋糧食來——」

一家人忙出來，卻是陸丙辰的孫子陸家康正扛了一袋糧食進來。

看陸清源出來，陸家康忙放下糧食。「二叔——」

「喲，家康呀——」這幾天備受冷遇，再沒想到陸家康會親自送糧上門，甯氏明顯有些受寵若驚。

「這袋糧食你們先吃著，吃完了讓家寶哥說一聲，我再送來——」家康擦了把汗，看向家寶的眼神卻是充滿了驚奇。就在方才，祖父一回到家中，便一迭聲地吩咐自己趕緊給二叔家送糧食過來，並連連感慨，陸家真是祖墳裡冒青煙了，才會出陸家寶這樣的天才兼奇才！可據自己所知，陸家寶可是平日鄰里公認的大傻子，怎麼不過半天工夫，傻子就成天才了！

陸清源正要開口道謝，又一陣咚咚的腳步聲響起，門隨之再次被推開，卻是方才跟在周英身邊的幾個兵丁，有人扛著麵，有人揹著菜，甚至最後那個兵丁手裡還提了一條子肉。

陸家康嚇得忙往後退，這些兵丁可是連州的守護者，平日裡最是威風，怎麼今兒個都跑進大家一向看不上眼的二叔家了，還拿著這麼多好東西！

沒想到周英真是個雷厲風行的，這麼快就派人送了東西來！陸清源慌得什麼似的，不住作揖。「哎喲，軍爺這麼客氣作甚，叫老漢怎麼報答——」

「這些算得了什麼——」為首的漢子擺了擺手，笑咪咪道：「就是陸公子——」幾人紛紛起身，齊齊衝著陸家寶一揖到地，笑呵呵道：「趕明兒那種地的本事，可是千萬教給我們兄弟一些。」

陸家康只看得眼珠子都快掉出來了——別看大伯頂了個連州副團練的名號，可見著了軍營裡的人，也不會被人這般尊重，可現在這幾個彪形大漢，卻是對陸家寶如此恭敬！

「幾位大哥太客氣了——」陸家寶一下紅了臉，忙要回禮，又有喧鬧聲在院子裡響了起來，透過窗紙可以瞧見，卻是董朝山，正氣勢洶洶地衝進來。

「陸清源，你個遭瘟的愛占便宜的老東西，還不給我出來——」

陸清源被罵得臉一下通紅，下意識地看了眼家寶，神情中隱隱透著股惱怒，狠狠地跺了下腳，抬腿往院裡去。

「家寶，你陪著軍爺坐會兒，爹去會會董朝山那個老王八蛋！」

「二叔，你慢著點——」陸家康卻是個有眼色的，來時祖父可是交代了，甭管碰見誰來找事，自己只管幫著二叔家便是！現在又看到這軍營裡的人都這麼恭敬，信心自然更加堅定了，忙上前一步扶著陸清源，一道往外面去。

家寶愣了下，神情明顯有些難看。

幾個漢子互相看了眼，低聲對家寶道：「公子只管出去，我們先待在房間裡，有用得著我們兄弟的地方，招呼一聲就成。」

這陸公子可是軍需官大人以及營中兄弟的貴客，敢到陸家鬧事，真是不長眼睛！

待在裡間的甯氏卻悄悄叫住家和，從枕頭下拿了疊東西塞到家和手裡。

家和愣了下，伸手打開來，下意識地抬頭望向甯氏——竟全是這些年來，董朝山打的借條。

扶疏也湊過來，只看了一眼，神情頓時就是一喜。「二娘，您好厲害。」

甯氏老臉卻是一紅，把董朝山的這些借條以及這麼多年來花給董家的每一筆花銷都記得清清楚楚，唯一的目的就是，將來作為幫家和爭家產的依據——家寶娶親花了多少，自己兒子到時只能多，絕不能比家寶少，卻沒料到，現在還能派上這用場。

「……鄉親們呢，你們也都知道那蛤豆有多貴，那可是我們家一年的花銷換來的啊，要不是因為是親家，說死，我也不會把那蛤豆給了他們呀！這些年，他們老陸家從我家坑走了多少銀錢去？我只想著，都是親家，能過去就過去吧，哪想到還蹬鼻子上臉了，瞧現在這架勢，分明是逼得我們家散了啊——」董朝山正自鼻涕一把淚一把，連說帶比劃。

「你說我上輩子作了什麼孽啊，當初看他家可憐，又一再央人說合，說什麼那陸家寶怎麼怎麼聽明懂事，我一時心軟，才把閨女許給他家；誰知道，他們家兒子，卻是個缺心眼的大傻子！鄉親們，你們說，有這麼坑人的嗎？」

「董朝山，你他娘的胡說八道！」陸清源氣得渾身哆嗦。

回身尋了半晌，陸清源掄起倚在牆上的掃帚，劈頭蓋臉地朝著董朝山就拍了下去。

「你個王八犢子，你壞良心啊！到底這些年，誰占了誰家的便宜啊？當初不是你借了我家的錢糧，然後央人說要把閨女許給家寶，我會同意這門親事？就憑我家家寶的本事，什麼樣的媳婦娶不來，還到我家來糟蹋我兒子，我今兒個打死你個忘恩負義的龜孫子！」

沒想到陸清源竟直接掄了傢伙要和自己拚命，驚得董朝山頓時就有些慌神——本來敢這麼囂張，一則有陸家成在後面撐腰，二則，董朝山早已篤定，無論自己說得多難聽，陸家肯定都是不願意退親的，也因此，定然不敢得罪自己，這才敢滿嘴跑馬，顛倒黑白，想說什麼就說什麼；卻沒想到，上次任憑自己怎樣嘲笑辱罵都不敢還嘴的老實頭陸清源，這回的態度卻是這般強硬。

躲得急了點，差點沒摔倒，董朝山氣得一梗脖子，陰陰道：「就你們家那大傻子，還什麼媳婦都能娶來！我呸！說大話也不怕風大閃了舌頭——」

還要再罵，一直站著的陸家康卻插嘴道：「你這老頭好不曉事，再敢辱罵我家寶哥，信不信我打嘴巴抽你！」

董朝山素來是個欺軟怕硬的，看陸家康人高馬大、一臉不善，先就有些怯了。

「家康，你怎麼跑過來了？」一陣狗叫聲傳來，卻是陸家成帶著兩個家丁，牽著一條碩大的獵狗適時出現，看向陸家康的神情明顯有些不悅。「大人的事，你少摻和，這兒沒你什麼事，快回家去吧。」

陸家康皺了皺眉頭，畢竟對方是陸家成，不是董朝山，一時有些不知該如何是好，只得悻悻然閉了嘴，轉身往外而去——還是回家喊了爺爺來妥當。

董朝山卻以為陸家康是怕了陸家成，頓時又來了勁，裝出一副委屈得不得了的樣子。「二公子，你可得給我作主啊！今兒個我就把話撂這兒了，這親，我今兒個一定得退了，他陸清源不是說他兒子什麼媳婦都能娶得來嗎？讓他們家大傻子去娶那些千金大小姐吧，我們老董家可是高攀不起！還有那蛤豆錢，也得還我，不然，咱們就見官去！」就陸家這種光景，再被自己這麼一鬧，陸家寶十有八九連個媳婦都說不上！

一直默不作聲的家寶忽然上前，把手裡的一個匣子塞到陸清源手裡，正眼也不看董朝山。「爹，我不要董家姑娘。」

家寶聲音並不大，卻也足夠讓旁邊的人聽清楚，陸家成一眾人頓時訕笑了起來——這陸家寶倒是有趣，竟然說，他不要？

董朝山也被噎得一堵，怎麼聽著怪怪的？明明主動權在自己手裡，是自己女兒不要這個傻子了，怎麼這傻子的意思倒是他不要自己女兒？

還沒想明白，陸清源已經把手裡董靜芬的庚帖朝著他就摔了過去，高聲道：「今天就請眾位父老鄉親做個見證，我們家寶和你家閨女退婚，從此男婚女嫁，各不相干！」這董家實在太過分，真以為除了他家閨女，家寶就娶不上媳婦了嗎？「只是——」

本以為陸家會死乞白賴地求著自己，卻沒想到這麼爽快地就同意退婚，董朝山一時有點兒摸不著頭腦，甚至心裡有些空落落的，聽陸清源又加了個「只是」，馬上想到那袋子蛤豆——這老東西是不是想用彩禮錢頂了啊！當即尖聲道：「只是，只是什麼？那袋子蛤豆錢，你陸清源可怎麼也甭想賴掉！」

「你說，要多少錢？」陸清源卻是絲毫不在意的樣子，態度還強硬得很。

董朝山瑟縮了一下，事情好像越發不對了，明明陸家已是山窮水盡，聽自己要錢，不是該馬上打躬作揖求饒嗎？下意識地看向陸家成。

陸家成抖了抖手，那條碩大的獵狗一下蹦了出來，衝著扶疏和家和大聲汪汪叫起來。

扶疏嚇得身子一抖，家寶忙上前護住，看著陸家成和那條狗的眼睛幾乎要噴出火來。

董朝山卻是來了精神，裝模作樣地低頭盤算了下。「我也不訛你，這蛤豆，就算你個本錢罷了，十兩銀子，再不能少了！」又打量了下陸家的院子，一副很不情願的樣子道：「實在沒有的話，我董朝山也不逼你，這處院子，就用來抵債好了！」

十兩銀子？陸清源氣得恨不能一拳把董朝山打飛出去，那麼點蛤豆種子，就跟自己要十兩銀子？他真當那蛤豆是金子做的嗎？而且聽董朝山的意思，竟是還打上了自己房子的主意?!

陸清源剛要發火，家和卻跑了來，把甯氏給的那疊借據遞過去。

陸清源翻了幾下，心裡越發有了底，衝著董朝山冷笑一聲道：「好，咱們今兒個就把帳算個清楚！」說著先舉起那張五十兩的銀票，衝著董朝山和眾人晃了一下。「不就是十兩銀子嗎？我陸清源出得起！」

看到上面五十兩的印記，董朝山一下睜大了眼睛，神情懊喪至極——早知道陸家還有油水，就再拖些時日，再借些出來多好！

至於旁邊的陸家成，神情中卻全是怒意——是哪個混帳東西，竟會借給陸清源這麼多銀子？之前自己可是放出了話，不許接濟陸清源一家。

董朝山已經走上前，伸手就想去接那銀票。

陸清源卻一下舉起，晃了下手裡的一疊借據高聲道：「姓董的，你不是口口聲聲說我家該還你多少銀子嗎？現在就讓父老鄉親看看，到底是誰欠誰的！」

離得近了，董朝山一眼就看到最上面一張借據上自己的名字和摁的手印，頓時有些張皇失措——這陸家當真可惡至極！這些可是兩家訂親前自己借的，都多少年了，本以為早已經不在了的，怎麼還都好好地存著？

陸家成卻眯起眼睛，在那張銀票和家寶身上穿的明顯料子不錯卻長了好大一截的袍子上不住梭巡著，臉上的神情越發陰冷。

「你說什麼別人就會信嗎？」董朝山硬著頭皮道。「我們家是什麼家境，怎麼可能會借你的錢？」卻是明顯有些色厲內荏。

「爹，既然人家不承認，您也不用和他廢話了。」陸家和涼涼地一笑。「他不是說要見官嗎，咱們就去見官好了，讓官老爺評判，這些欠條到底是哪個的；對了，我記得這上面好像還有利息的……」

董朝山頓時越發慌張，那些欠條加在一起，怕不就有二十兩銀子之多，還有那利息，當初唯恐陸家不願借給自己，自己就主動提出還的時候給高一些，到現在這麼多年了，利滾利的話，可真是要老命了！

真是到了官府，自己的謊話立馬就得被戳破，老臉沒地方擱不說，又到哪裡找這麼多錢還給陸清源啊，他忙向陸家成投了個求救的眼神。

圍觀的鄰里也看出不對勁，怎麼瞧著，這姓董的好像真是訛人啊！

「什麼欠條，拿來我看看。」陸家成終於開了口，語氣卻是隨隨便便，根本沒把陸清源這個叔叔放在眼裡的樣子。

「你算什麼東西？」一直默不作聲的家寶卻忽然開了口，兩隻拳頭更是緊緊地攥著，那神情，恨不得殺了陸家成一樣。「憑什麼要把欠條給你看？」

有點被家寶狠戾的眼神給嚇到，陸家成不由瑟縮了一下，轉而更加惱火，好啊，連這個傻子都敢跟自己叫板，真是豈有此理！當即板著臉，擺出一副高高在上的模樣，道：「家寶，有你這麼說話的嗎？真是不知禮儀，我可是你哥——」

「陸家成，你還要臉不要臉！」開口的是陸家和。「你也知道禮義廉恥四個字嗎！我爹可也是你叔，作為晚輩，你又是怎麼對我爹說話的？」

陸家成頓時語塞，轉而惱羞成怒。「臭小子，讀了這麼多年書，都讀到狗肚子裡了！倒是嘴尖舌巧，我只問你，你們手裡那張銀票從哪裡來的？」又轉向陸家寶，厲聲道：「還有這衣服，瞧瞧，大了那麼多，明顯就不是你的！我猜得不錯的話，這銀票和衣服，本就是來自同一處的吧？」

剛才也仔細想過了，家族裡除了自家，也沒有哪家人能一下就拿出五十兩的銀票，再瞧瞧陸家寶身上穿的衣服，料子雖好，卻是明顯不合身得緊！既然篤定沒有人會借給他家，那就只有一個可能，這些東西，不是偷的，就是搶的。以陸家寶呆不龍咚的性子，自己想得十有八九是真的！

果然，陸清源臉上閃過一絲愧色——周英身材魁梧，比家寶高出了一個頭還多，也因此他的衣服穿在家寶身上，怎麼瞧怎麼彆扭。

陸家成卻是更加堅信了自己的猜測。

旁邊的董朝山也明白了陸家成的意思，眼睛轉了轉。「好你個陸清源，偽造借條還不算，還敢唆使你這個傻兒子偷人家東西，嘖嘖，五十兩啊！走，咱們這就去見官！」

董朝山說著就想去搶陸清源手裡的借條，卻被家寶擋住，董朝山卻是順勢倒在地上死死抱住家寶的腿，登時就在地上打著滾，撒起潑來。

「哎喲，殺千刀的小偷啊，還要殺人滅口啊——二公子，你可得給小老兒作主啊！」

陸家成也做出一副大義凜然的樣子。「真是沒有王法了！先坑了大軍，現在又敢當著大夥的面傷人，家裡還藏著來路不明的財物——即便咱們是親戚，我可也不能包庇！」說時給兩個家丁使了個眼色，隨即鬆開了手裡的狗繩。

去。

那兩個家丁一下撲了過來，就想按住家寶，連帶著那隻凶狠的獵狗也朝著家寶撲了過去。

「大哥——」沒想到這麼多人瞧著，陸家成還敢如此蠻橫，扶疏和家和頓時大驚失色，旁邊的陸清源也忙上前護著，卻被陸家成的家丁一下給推倒。

「抓起來，全都抓起來！」陸家成氣勢洶洶地道。前兒個見到了靜芬，哭成了個淚人兒似的，說是被陸家寶和陸扶疏給打了！敢對自己的女人動手，明顯就是沒把自己放在眼裡，今天一定要給他們些顏色瞧瞧，看他們還敢犯上不！

哪知一道炸雷似的聲音忽然響起——

「我看誰敢！」

幾個人高馬大的漢子忽然挺身而出，陸家成嚇了一跳，那條惡犬卻是轉過頭來，張牙舞爪地朝著為首的漢子就撲了過去；那大漢是戰場上見慣了鮮血的，自是絲毫不怕，冷哼一聲，忽然抽出一把刀，朝著那狗就捅了過去，惡犬躲避不及，一下被捅了個正著，大漢隨之一抬手，將那條碩大的狗朝著陸家成就砸了過去。

一切發生得實在太快，等陸家成反應過來，已經把那隻血淋淋的狗抱了個滿懷，肥胖的身子撲通一聲倒在地上，頓時嚇得面如土色。

「救命呀，陸大傻子的同夥要殺人了——」陸家成嚇得吼叫。

那兩個家丁慌忙回身來救，卻哪裡是幾個漢子的對手，很快就被揍得鼻青臉腫、趴倒地上起不來了。

董朝山也是個機靈的，看情形不對，趕緊鬆開抱著家寶腳脖子的手，轉身就想鑽進人群逃跑，卻被一個漢子提起衣領，狠狠地摜在地上。

「你個老不死的，竟敢糟蹋陸公子！憑陸公子的本事，想要嫁陸公子的好女子多得是，你們家的女兒，不定是什麼骯髒貨色，我們陸公子才不稀罕！」

「好了——」家寶臉色卻是愈加灰敗，心裡更是鑽心得痛。

幾個人愣了下，打頭的漢子馬上明白了家寶的心思，怕是嫌自己兄弟幾個口無遮攔說得難聽了，趕緊道歉。「陸公子，對不住，我們兄弟都是粗人，說話不中聽您可別和我們計較！」

雖是不敢罵董家閨女了，卻還是要給陸公子撐腰的——來時大人可是吩咐過，絕不許任何人讓陸公子不高興。

當即上前，三下五除二（注）把陸家成和董朝山給結結實實地捆成了個粽子一樣，又把地上散落的欠條收好裝起來，衝著陸清源道：「奶奶的，這兩個混帳東西，敢誣賴陸公子不說，還敢欠債不還！陸老伯，陸公子，這兩個人就交給我們處理，不還錢，看我們兄弟怎麼收拾他！」說著，朝地上的兩人各踹了一腳。「狗娘養的，還不快起來，跟我們走吧！」

旁邊的人瞧得眼睛都直了，一定是天上下紅雨了吧？不然，那幾個威風凜凜的漢子，怎麼會對人人都不放在眼裡的陸家這個傻子這麼恭敬?!

第七章　竹籃打水一場空

「幾位大哥，你們放開我，要多少錢，儘管開口——」陸家成從小嬌生慣養，什麼時候見過這陣仗，直嚇得腿都軟了，不住開口求饒。

董朝山則是直著嗓子道：「親家、親家，你不能這樣對我啊，救命啊！我不想死啊——」

幾個大漢簡直要氣樂了，這都哪兒跟哪兒啊，兄弟幾個就是長得結實些，可是標標準準的良民呀！

當即沈了臉，衝著紛紛走避的百姓道：「叫你們知道，我等是在陸帥手下聽命，長官不是別人，正是軍需官周英大人，這兩人一個為害鄉里、欠債不還，另一個竟敢放縱惡狗撕咬我們，當真無法無天！」

眾人眼睜睜地瞧著幾個人大模大樣地把陸家成和董朝山給押了出去，硬是沒人敢說一句話，到得最後，瞧向陸清源父子的眼神全都是又敬又畏——

果然是不叫的狗咬人最狠，平日裡看著這爺幾個最是老實不過，哪料想卻是這般的狠角色，竟是紛紛自思，平日裡自家應該沒有得罪過這家人吧？

待得陸清宏得到消息趕來後，哪還有兒子陸家成的影子？

注：三下五除二，形容做事乾脆索利。

那兩個家丁這才敢從地上爬起來，連跌帶爬地跑到自己主子身邊。

「老爺，您可來了，二少爺他被幾個匪徒給抓走了！」

陸清宏抬起腳，朝著兩人狠狠地就踹了過去，意有所指道：「混帳東西，我陸清宏是什麼人，連我的兒子都敢誣害，真是活膩味了！」說著轉向陸清源，後槽牙咬得咯吱響。「陸清源，你的良心都讓狗吃了嗎？竟然做出這種喪盡天良的事情，家成可也是你親侄子！我可還活著呢，你就敢對家成下這種黑手，真當我是吃素的嗎？」陸清宏一揮手，身後的幾名家丁朝著家寶和家和就撲了過去。

眼看那些人竟是真的要捆了家寶和家和，扶疏上前一步怒聲道：「住手！你要是敢動我兩個哥哥一根汗毛，信不信，我保管讓人十倍、百倍地還到你兒子身上！」

陸清源也清醒過來，回身拿了個鐵鍬，哆嗦著嘴唇道：「大哥，你真的把我當過你兄弟嗎？除非我死，不然，誰也別想再欺負了我兒子！」

「你們——」明顯對兩人的態度始料未及，陸清宏又急又氣，陸清源他倒沒放在眼裡，可就是方才那個小丫頭所說的，卻是不得不防！

只是對那幾個敢綁走了自己兒子的漢子，卻是無論如何也想不通到底是什麼來頭——匪徒應該不至於，這兒可是在陸天麟陸大帥統治之下，陸大帥是上一代戰神楚無傷的把兄弟，其人雖是長相風流儒雅，性情卻最是剛烈，不然也不會當年聖旨命楚無傷自裁時，他第一個站出來表示不服，甚而對宣旨欽差都敢大打出手。

作為一個眼裡根本揉不下沙子的人，這邊塞之地的大小毛賊，早被陸天麟給掃蕩一空，無論如何也不可能出現光天化日之下綁架人質的悍匪！

可不是匪徒的話，那些人的身分卻是無論如何也解釋不通的，畢竟再沒有人比自己更清楚這個庶弟的斤兩！

眼下最重要的，還是得知道對方到底是什麼來頭，等把兒子救回來，再好好收拾自己的好庶弟和兩個臭小子，到時候，有得是法子讓他們生不如死。

只是扶疏方才說得明白，陸清宏不敢再硬來——真是逼急了，說不好，這一家窮鬼真會拿兒子開刀——

他們一家子的賤命加到一起可都比不上自己兒子矜貴。

說不得，眼下只好虛與委蛇，只得壓下心頭的怒火，勉強擠出絲笑意道：「清源，這不是兒女連心嗎？方才，是大哥太急躁了；只是清源，你瞧大哥也一大把年紀了，膝下就這兩個孩兒罷了，要是家成真有個三長兩短——」說到最後，陸清宏甚至還用衣袖拭了拭眼角。

「你侄子縱有千般不是，你好歹看在大哥面上——清源，你老實告訴我，那幫帶走家成的人，到底是什麼來頭？」

陸清源這會兒根本不吃這一套，一梗脖子道：「就是陸大帥手下的人，帶走了家成——」話音未落，就被陸清宏火冒三丈地打斷。

「陸清源，都這個時候了，你還來騙我！」

軍營的百畝屯田因陸清源的緣故顆粒無收，現在說不得恨自己這庶弟恨得牙根癢癢，還幫他？以為自己同他一樣是白癡嗎！

既然問不出個所以然，就別怪自己不客氣！當下惡狠狠地一揮手。「好，既如此就別怪我不客氣！若是家成有個三長兩短，我就拿你們這一家子的賤命來抵！」

正要讓人再上前，卻被匆匆趕來的陸丙辰喝住。「清宏，快住手，別為難清源！」

陸清宏明顯一怔，也知道平日裡陸丙辰對陸清源也算照顧，只是自己這二叔性子自來謹慎，做事可是有分寸得緊，照顧是一回事，可也絕不至於為了維護陸清源和自己翻臉，怎麼這會兒竟敢跑來跟自己叫板？

陸清宏當下冷冷道：「二叔，您這是什麼意思？您說我為難他？您可知道，清源他對家成做了什麼？」

本以為以自己這二叔的老奸巨猾，看到這般情形，肯定就不敢再說什麼了！哪知陸丙辰卻似乎根本看不出陸清宏已經到了暴怒的邊緣，逕自搖搖頭道：「清宏，事情我已經聽家康說過了，這件事，委實怪不得清源。這連州誰不知道，那董朝山最是個潑皮無賴，家成怎麼就和他混到一起了？還跑到清源家這般攪鬧不休！」

「二叔！您這是什麼話？什麼叫家成攪鬧不休？」陸清宏簡直要氣瘋了，明明是自己兒子被人欺負，現在不知所蹤，陸丙辰竟然說這樣的話，話裡話外明顯對陸清源偏袒不已！

陸丙辰心裡卻早有了計較，陸家兩個兄弟不和，自己勢必要選擇一方。從前懾於陸清宏的威勢，自己也不想太為己甚，能睜一隻眼，閉一隻眼過去就過去了，可現在，情形卻不一樣了。

陸清宏雖是目前暫居上風，但此人最是刻薄寡恩，自己就是事事依從他，也落不了什麼好去；倒是陸清源這個侄子，是個忠厚本分的，而且以家寶的能耐，他們家要發達還不是早晚的事？

如果說之前還有些猶豫，一聽說那些大漢肆無忌憚地把陸家成和董朝山帶走，陸丙辰馬上明白，說不得家寶的本事，連陸帥都知道了，不然，周英怎麼敢這麼大膽？

想通了這點，自然就毫不猶豫地做出了選擇。

「難道不是嗎？」陸丙辰沈下臉來，意有所指道：「清宏，因為你是我侄子，所以我有句話說給你聽，再怎麼著，家寶也得喊家成一聲哥。那董朝山是什麼東西，值得因為他壞了你們兄弟的關係？若真是有有損家族聲譽的事情傳出來，到時候別怪我和其他幾個伯叔不客氣！另外就是，你真想救家成，還是趕緊去求周英大人吧，抓走家成的那幾個漢子，委實是周大人手下。」

真以為所有人都是瞎子嗎？自己早聽老妻說，那董家閨女時常以繡娘的身分出入清宏家，這等兄奪弟妻之事，傳出去可不只陸清源一家沒臉，整個陸家的臉面都要丟盡了！

陸清宏臉色頓時更加難看，之所以從來沒把兒子和董家閨女的事放在心上，其中一個很大的原因就是，他根本就沒把自己這個庶弟一家人放在眼裡——自己拿捏欺負陸清源幾十年了，也沒見家族的人誰敢放個屁；而現在，陸丙辰竟把這麼點小事，提到關乎家族榮譽的高度。陸清宏隱隱覺得，家族的天，好像要變了！

在親自去軍營拜訪了一圈後，陸清宏更是越來越心驚——

陸清源說的竟然是真的，也不知他們一家走了什麼狗屎運，竟然得到了軍需官周英的青睞，而自己兒子和董朝山，也真的是被周英的人給帶走的！
和陸清宏的惶恐憤怒不同，陸清源卻是難得地過了幾天舒心日子——
本以為妥妥的牢獄之災免了，連帶著還讓一向欺壓自家的陸清宏父子吃了癟，陸清源只覺從沒有過的揚眉吐氣，連帶著吃的飯都香甜多了。
這日用過早飯，陸清源就想到地裡轉轉，出了門卻總覺得不對勁，好像走到哪裡都有人對自己指指點點；可等自己走近了吧，那些正在說話的人群就馬上散了，連帶著瞧向自己的神情都是古怪無比。
陸清源心裡狐疑，瞧見前面又有一群人聚在一處竊竊私語，就放輕腳步走過去——
「哎喲，你們聽說了嗎？那個陸家寶，根本就不是陸家的種，聽說當初家寶的娘串親戚時遇到馬賊，家人都以為她不在了，沒想到過了好長一段時間竟又回來了，倒好，還抱著個襁褓中的娃娃——」
「何止啊！聽說連帶著他們家那小閨女，也是馬賊的崽。」
「不會吧？那小閨女倒是瞧不出來，家寶那孩子明明生得和陸清源一個模子刻出來似的。」
「這個也不好說，這世上長得像的人多了去了！而且你想啊，若是親父子，哪家爹會捨得把兩個那麼小的孩子一送就送出去一、兩年都不待看一眼的？聽說那董朝山家，就是為著這個，才鬧死鬧活地要退婚，說是不能讓閨女找個這樣沒規沒矩不名譽的人家——」
「要真是這樣，那董家親退得有理！陸清源可做得不地道，自己理虧，還生生把人家弄到大牢裡，聽說到這會兒還沒出來呢！」

「你們，混蛋！」陸清源氣得渾身哆嗦，腳一軟，扶著一面矮牆就癱坐在地。等扶疏和家和聞訊趕來時，那些亂嚼舌根的人早跑得連個影子都沒有了，就只剩陸清源抱著頭蹲在地上不停流淚。

「扶疏，好閨女，是爹沒本事，才拖累得妳和家寶跟著受委屈啊！」

要是這話再接著傳下去，別說自己抬不了頭，就是兩個孩子，也沒臉做人了。當初自己可是答應過妻子青娘，無論如何也會把兩個孩子拉拔大，絕不會讓任何人欺負了他們去。

可這麼多年來，自己卻沒有盡到做父親的責任，甚至屢屢責罰家寶；至於扶疏，與其說她是自己的女兒，不如說自己更多的把她當成一個不得不擔負的責任——

「那人於我和家寶有大恩，這麼長時間不來接孩子，想必已然遭了不測……陸清源，我嫁給你這麼多年，從沒有求過你，就當你彌補這麼多年對我和家寶的虧欠，也務必要答應我，一定要善待扶疏，把她當成咱們自己的女兒……」

這是青娘臨終時說的話。

這麼多年來，自己一直對青娘心中有愧——當年就是因為這些閒言碎語，自己才會懷疑青娘，硬是逼得青娘有家不能歸，最後生生病死在那樣一個簡陋的院子裡……

「爹，您這是什麼話？」扶疏忙扶住陸清源，故意加重語氣道：「爹忘了，我大哥現在可是連軍營裡的人都尊敬的小神農！

「我去找大哥，這事兒，大哥一準能處理好。」

眼睛裡卻是閃過一抹寒意——好你個陸清宏，竟是想出用這般下三濫的招數！而整齣戲裡，剛從大牢裡放出來的陸家成以及董朝山，怕是都脫不了干係！

不得不說對方當真聰明至極，造謠也是造得極有水平，竟是真真假假，讓人分辨不清——比方說關於娘親當年失蹤遭遇馬賊的那一段，就是真的，可後面關於自己和大哥的身世，卻全然都是胡扯。而放眼整個連州，會惡意針對自家的，也就只有陸清宏家，至於知道陸家舊事的也就是董家罷了。

聽扶疏如此說，陸清源終於止了淚，心裡升起一線希望來。是啊，自己怎麼把家寶忘了？上次家裡的禍事，不就是家寶幫著撐過去了？

陸清源當下強撐著道：「快去，找妳大哥，看看是哪個黑心肝殺千刀的——」一語未畢，卻又是老淚縱橫。

扶疏應了一聲，就作勢往農莊方向去，卻是走到半途又悄悄折了回來，徑直往董靜芬當繡娘的錦裳繡莊去了。

從董靜芬敢那般無恥地傷害大哥，扶疏就沒有打算放過她。

扶疏自來就是個護短的人，就如同前世，既然認定了楚帥是忠義雙全的男子漢大丈夫，即便要對上大齊帝王，扶疏也敢站出來把楚家幼子護在身後；更不要說今世，董靜芬竟敢如此肆無忌憚地傷害最愛自己的大哥，甚至，還連帶侮辱自己這一世的娘親。

本來還想著既然已經退親了，就從此井水不犯河水，哪料到那兩家人不但不思悔改，竟還變本加厲！

這女人不是想要裝得很無辜嗎？那自己就成全她，倒是不知道，若是被陸家成的那個潑婦老婆摁在床上時，會有怎樣精彩的表現？

至於說自己那個好大伯陸清宏，等到董家發現竹籃打水一場空轉而和他家鬧起來，定然也很是熱鬧吧？

正自想得入神，卻看見一個胖胖的身影一閃，腳步極快地往錦裳繡莊的方向而去，可不正是陸家成和他那個長隨鄧和？

扶疏眼中閃過一抹了然的神情，正想貓了腰跟上去，眼前卻是一暗，扶疏一驚，身子下意識地後仰，差點兒跌倒，卻被人一下拽住。

「二哥──」扶疏愣了一下，有些吃驚地瞧著面前滿臉怒容的陸家和。「你怎麼在這裡？」

「該我問妳才對！」陸家和狠狠地瞪了扶疏一眼。

剛才就覺得扶疏不對勁，虧得自己留了個心眼，不然，真讓這個丫頭跟上去，後果簡直不堪設想……

陸家和當即冷了臉對扶疏道：「妳快回去。」

回去？扶疏頓時有些不樂意，自己的計劃才剛開始，現在回去了，可不是要便宜了陸家成和董靜芬那兩個賤人？

只是在二哥面前，又不好說，她正自磨磨蹭蹭想藉口，卻被家和看了出來，瞪了一眼道：「就妳是大哥的妹妹，我就不是大哥的兄弟嗎？」

「你知道？」扶疏頓時一愣。

陸家和越發不悅，這個丫頭眼裡，到底有沒有把自己當成哥哥啊？瞧瞧這是什麼神情！索性挑明了道：「妳放心，我一定會讓那對賤人付出代價！」

只是扶疏畢竟是女娃子，這樣的事卻是一絲一毫也不能沾；要是任扶疏跟上去，再看到什麼不該看的，自己這個當哥哥的可真是萬死難贖其罪了！那兩個賤人算什麼東西，怎麼值得自己妹子付出哪怕一丁點兒代價。

「噢。」聽家和如此說，扶疏馬上明白，二哥怕是也知道了董靜芬和陸家成的醜事，又看陸家和氣呼呼地瞧著自己，明顯是真的生氣了，忙乖乖地點頭，很是狗腿地加了一句。

「二哥你好厲害，妹子真是太佩服你了！」

早知道這個二哥是鬼靈精，陸家成那個人渣肯定不是二哥的對手。

陸家成這會兒早已是心癢難耐。

自己老婆家世雖好，偏生長得黑粗大胖，哪裡比得上董靜芬一身嫩得能掐出水來的白皙肌膚，更兼溫柔繾綣、柔情萬種，真是銷魂得緊。

雖然陸清宏因陸家成鋃鐺入獄一事，對引發這件事的始作俑者董靜芬很是不滿，甚而直接對陸家成說，董靜芬根本就是個禍水！陸家成卻仍是這個耳朵進，那個耳朵出，只想著董靜芬的銷魂滋味，早把陸清宏的敕戒扔到了九霄雲外。

這不，陸清宏前腳離開家，陸家成就鬼鬼祟祟地出門，特意兜了個圈子後，便直奔那錦裳繡莊而來。

外人不知，其實這錦裳繡莊早被陸家成暗地裡給盤了下來，交給了董靜芬打理，因此雖是青天白日，陸家成也是絲毫不懼。

熟門熟路地進了後面的小院子，吩咐鄧和在外面守著，陸家成徑直往左手邊的房間而去。還未走到近前，房門忽地一下就從裡面打開，一身粉色衣衫的董靜芬正俏生生站在門內，看到陸家成，水眸中頓時盈滿了淚，只輕輕叫了一聲「陸郎——」，眼淚便像斷了線的珠子般紛紛從臉上墮下。

陸家成只覺小腹一熱，抬腿關上門，雙手掬住董靜芬的小蠻腰，就要往床上抱。

「寶貝，乖乖，好靜芬——」眼看美人在懷，陸家成哪還把持得住，口裡只管混叫一氣，喘息著道：「妳個小騷貨，就給了我吧——」說著伸手在董靜芬挺翹的雙峰上狠狠捏了一下。

董靜芬嚶嚀一聲，已是媚眼如絲，卻仍緊緊揪住自己的衣衫道：「陸、陸郎，我爹爹——」

陸家成已是出來了，自己也聽陸清宏的話，潑了陸家寶兄妹一身的髒水，爹爹卻不知為何還沒有放出來。

「妳放心，小心肝，最遲明日，我就會把妳爹給救出來——」陸家成胡亂地應著，手卻是不停地在董靜芬身上揉搓著。

「哎喲，你，輕些——」董靜芬終於停止了掙扎，歪倒在陸家成懷裡，嬌喘吁吁。「陸郎，你怎麼瘦了這麼多，這幾日，苦了你了——對了，我和那個傻子的親事已經退了，你家裡那個母老虎——」

自從董朝山被關起來，董家人也是四處奔走，董靜芬無比深切地體會到了什麼叫世態炎涼，要嫁給陸家成的心思竟是越發堅定——自己再不要過這種貧窮卑賤的日子，等自己成了陸家少奶奶，一定會讓那些敢看輕自己的人好看！

「好親親，妳且等些日子，好歹我總會讓妳如了願，等我尋到那個母老虎的錯處，馬上就會休了她——」看著炕上董靜芬白皙的身子，陸家成早已心猿意馬，傾身撲了上去。「寶貝，妳說怎樣，就怎樣，那個潑婦連妳一根腳趾頭都不如，我早就厭極了她，陸家少奶奶的位子，早晚得是妳的——」說著，身子一挺，卻不防身後的門咯噹一聲被人用力撞開，李氏尖利的聲音頓時響徹整個繡莊——

「陸家成，你說什麼？你竟然要為了這個臭婊子休了我？」李氏發瘋一樣地上前，對著陸家成和董靜芬兩人又撕又打。

「哎喲——」陸家成只覺背部火辣辣地疼，忙要躲閃，卻已被揪著耳朵狠命地往旁邊一推，肥碩的身子撲通一聲摔下床來，再一看李氏因憤怒而近乎扭曲的神情，直嚇得魂兒都要飛了，結結巴巴道：「娘子，怎麼是妳——」

董靜芬左右臉蛋上接連挨了十多個耳光，腫脹得和個豬頭相仿，想要反抗，卻被李氏的丫鬟給死死摁著，沒奈何，只管淚水盈盈地瞧著陸家成，嗚嗚哭著一徑喚道：「陸郎，陸郎救我——」

話音未落，李氏抬腳朝著董靜芬下體死命踹去。

「陸郎？妳還敢叫我相公陸郎？賤人！竟敢當著我的面勾引我相公，我今兒就打死妳這個不要臉的臭婊子！」卻是怎麼打也不能消除心中恨意，一扭頭，正好看見旁邊繡架上的針，伸手取下來，回頭照著董靜芬身上就是一通亂扎。

「陸郎——」董靜芬疼得聲音都直了。

陸家成身體一抖，卻是根本不敢上前。

「陸郎，救我——」董靜芬拚命地想要掙扎，卻哪裡是李氏的對手，劇痛之下，竟是和入了魔障一般，死死盯住陸家成，聲音淒厲至極。「陸郎，不是你說會休了這個母老虎，三媒六聘娶了我為妻嗎？不是你說一定會保護我，再不讓我受一點委屈嗎？為什麼不救我——」

「董靜芬，妳別不識好歹！」陸家成沒想到董靜芬會說出這樣一番話，一時又急又氣。李氏這個母老虎，自己可是惹不起，董靜芬這樣說，不是成心不讓自己好過嗎？而且憑董靜芬的家境，竟然一門心思地想做自己的妻子，真是不知天高地厚！

陸家成氣急敗壞之下，也顧不得什麼了。

「董靜芬，妳他娘的發什麼瘋！真以為自己是什麼矜貴的千金大小姐了？就你們家那破落情形，妳以為，不是妳和妳爹上趕著，我會被妳這種賤人給纏上？」又轉向李氏可憐兮兮道：「夫人，妳別聽她胡說八道，我冤枉啊，都是她纏著我！」

董靜芬臉色頓時一白，神情絕望至極——還以為自己甩了陸家寶就可以過上幸福的生活，卻沒有想到，陸家成根本就是把自己當成了玩物。

恍惚間憶起從前陸家寶待自己如珠如寶的珍惜情形，再比照如今陸家成棄自己如敝屣的無情無義，董靜芬早已是淚如雨下。

第八章　貴人

「呸，賤人，活該！」一聽著繡莊裡的鬼哭狼嚎，陸家和恨得幾乎咬碎了牙齒，半晌朝地上狠狠吐了口唾沫，轉身就想要往自家方向而去，哪知剛上了大路，迎面就和一輛馬車撞了個正著——

整輛車子的車身竟是全由最貴重的芙陽烏木做成，甚至車扶手，用得都是寸木寸金的上好沈香木！

還有套著的那八匹馬兒，竟是通體雪白，渾身上下沒有一根雜毛，全是世所難覓的寶馬良駒；這還不算，馬車的兩邊還有兩隊官兵護著，甚至後面還跟了個太監！

家和嚇得忙退避到路邊，卻又忍不住偷偷往馬車裡覷了眼——這樣的排場，也不知是哪家貴人才坐得起；別說坐了，就是這樣站著看一眼，他小腿肚就開始轉筋。

一念未盡，就一下睜大了眼睛，好險沒叫出聲來——老天，車上坐著的人，怎麼會是大哥，陸家寶？

陸家和簡直不敢相信自己看到的，下意識揉了揉眼睛——

雖然車上的人明顯被人用心打理過——身穿一件天青色長袍，平時有些凌亂的頭髮也用了個白玉髮箍綰了起來，越發襯得意氣風發、器宇軒昂。

可陸家和還是認定，那就是大哥陸家寶沒錯。

眼看著馬車往軍營的方向疾馳而去，陸家和一掉頭撒丫子就往家裡狂奔而去。

跑進家門，正巧看見扶疏正捧著一盆草忙活，家和一個箭步上前，一把握住扶疏的手腕，語氣急促道：「妹子，你們在農莊上時，是不是認識了什麼貴人？」

扶疏受了驚嚇，手裡的蒗芽差點兒打翻，驚得忙緊緊抱住，嗔怪地瞪了一眼家和道：「什麼貴人不貴人的，二哥怎麼也是如此毛躁！」

這可是雁南託付自己照顧的，好不容易這蒗芽終於又長了第二片葉子，要是自己被二哥嚇到，失手給摔了，可要心疼死。

「不是——」家和也意識到自己好像太急躁了些，忙鬆開手，皺眉道：「我方才看見大哥了，大哥坐在一輛會發出香氣的馬車上……」說著詳細向扶疏描繪了那輛馬車的形狀和奢華。

「會發出香氣的馬車？」扶疏一愣，眼前倏忽閃出一個稚弱的身影——自己所知道的，會散發出香氣又那般奢華的馬車，也就阿箏家有一輛。

阿箏全名秦箏，是鎮國公秦池的孫子。

即便扶疏自來不關心朝政，卻也知道秦家的來歷。

秦家祖上是從龍功臣，鎮國公秦池更是先皇的嫡親舅舅，當初先皇能在眾多皇子中脫穎而出、登上皇位，全賴秦家全力擁戴，也因此在朝中說是炙手可熱，一點兒也不為過。

只是那滿門的富貴卻是和秦箏無關。

雖同樣是秦家子弟，秦箏卻是秦府最不被看重的庶子罷了。

到現在，扶疏還清楚地記得初見秦箏時的模樣。那時的秦箏已經是五歲的年紀了，卻是身形瘦弱宛如三歲幼童，一雙純良的眼睛裡，寫滿了他那個年齡不該有的畏怯和憂傷……

一眼看到那樣一個楚楚可憐的無助娃兒，十三歲的扶疏一下心疼得不得了。

記得當時，自己最有成就感的事，就是只用了一年不到的工夫，終於把阿箏餵成了個白白胖胖的小肉墩子……

阿箏小時候最愛嘮叨的一件事就是——「長大了要永遠和扶疏姊姊在一起」，卻不想天意弄人，兩人竟已「天人相隔」十年有餘，也不知長大後的阿箏變成什麼樣子了？是否已然娶妻生子？

「扶疏，扶疏——」眼見扶疏聽了自己的話，忽然就呆在了那裡，臉上先是露出一抹笑容，那笑容卻漸漸變淡，到最後，化成眼角兩滴大大的眼淚，家和一下就慌了手腳，以為是自己方才用力大了，弄疼了扶疏，頓時苦了一張臉。「好妹妹，妳別哭了，都是哥哥不好！」

「沒事……」扶疏終於回過神來，忙擦了擦眼睛，勉強露出一個笑容。「只是眼裡進了沙子了。」嘴裡這樣說，心口卻是一抽一抽地疼。

阿箏，你現在在哪裡，過得可還好嗎？

連州軍營外。

「快快快，國公爺和大帥已經在裡面候著了。」家寶坐的馬車剛駛進營中，便有人迎了上來。

「陸公子，快下車吧，咱家跟你說啊，裡面的可都是大貴人，你可要小心應對，真有個什麼，咱家可也保不了你。」雖是這麼會兒工夫，那唐公公可也看出來了，這陸家寶是個憨厚心實的，便破例多囑咐了幾句。

不是自己多心，實在是這會兒營帳裡坐著的這兩人都是了不得的大人物——

一位是大齊繼楚無傷大帥之後崛起的新一代戰神陸天麟。

另一位雖是年紀尚輕，偏是身分尊貴得緊，那就是年紀輕輕便承襲了鎮國公爵位的秦箏秦公爺。

你說兩人身分顯赫也就罷了，要命的是，這兩人偏偏又是冤家對頭！

當初奉旨來邊關賜死楚無傷的欽差不是別人，正是秦箏的叔叔秦城。

而彼時，陸天麟正在楚無傷帳下聽令，聽聞聖旨，上前一拳把秦城打飛了出去。

秦家當時氣焰正盛，又是皇親國戚，還是奉旨欽差，從來只有他家欺負別人，什麼時候被別人欺負過！自然怎麼也咽不下這口惡氣，當即奏明先皇，說是陸天麟乃是楚無傷同黨，同樣意圖謀反；好在那陸天麟自幼孤兒出身，沒有家人可株連，不然，怕也會和楚家一般落得個滿門抄斬的悲慘結局。

可饒是如此，陸天麟數年功名也毀於一旦，幸好提前得到消息逃了出去，不然，這會兒怕已是白骨一堆。這一流亡，就是四、五年之久，一直到楚無傷冤案得雪，才被朝廷重新起用。

皇上這次會派秦公爺做欽差來連州勞軍，未嘗沒有化解兩家仇怨的意思，皇上的心思是好的，可自己怎麼瞧著，這兩人卻是根本沒有和解的意思啊！

陸帥是赫赫軍威，寒著一張臉，瞧著委實嚇人得緊；秦公爺本就是個冷心冷面的，那樣挺直身板坐著，不言不語的，只嚇得自己一會兒工夫就出了一身的白毛汗，要不然，自己怎麼會主動請命，去帶那位據說是農事高手的陸公子前來。

怕是他們倆任一個動了氣，或是有所遷怒，處死這陸家寶可也跟捏死隻螞蟻相仿！自己該交代的已經交代了，裡面的事可不是自己能作得了主的，這位陸公子只能自求多福了。

「這位大人——」遠遠地看到家寶，周英忙迎了上來，陪著笑臉塞了一個鼓鼓囊囊的袋子到唐公公手裡。「大人一路鞍馬勞頓，帶路這樣的活就交給卑職好了。」

唐公公接過袋子，掂量了下，頓時眉開眼笑，點了點頭，示意周英自便。

「好兄弟——」周英追上家寶，臉上滿滿的全是歉意，都是自己大嘴巴，幹麼要提到家寶。

可是當時那般情形，自己實在是不知道說什麼好了！

那秦公爺也好，陸大帥也罷，打完哈哈後，竟是一起成了鋸嘴葫蘆——

大帥平時雖然也冷些，可也絕不是現在這般，整個人和冰塊似的，透著一身的冷冽殺氣，就是瞎子也能看出，大帥心情糟糕得很，一個不小心，說不好就會人頭落地！

若是別人看了大帥這個樣子，早嚇得兩腿打顫，說不好嚇尿了也不一定，那位秦公爺倒也是個人物，不只沒被大帥的威勢給嚇到，由內而外釋放出的冷氣更是一點兒也不比大帥少。

好嘛，那帥帳頓時就成了個天然大冷窖！

自己可也真搞不懂，大帥也就罷了，受過那樣的苦，這性子變了些也正常——

可奇怪的是，那位年紀輕輕就位高權重、春風得意的秦公爺，怎麼也是一副深仇大恨的樣子？

只是再怎麼著，也不能看他們就那樣僵持下去不是？那些京城裡的貴人老爺們，可是個個都猴精猴精的，一個弄不好，就會在背後使絆子；當初楚帥那麼厲害，不是都栽在那樣一幫奸臣手裡了嗎？

自己就想著，好歹別當面撕破臉皮才好。

幸好這之前打聽過，這位秦公爺自幼在神農山莊長大，想著應該對農事上心，自己就湊趣說了家寶的事，誰承想，秦公爺立馬就開了金口，說讓自己把人帶過來給他瞧瞧。

這可真是要了老命了，就家寶那個性子，典型的三腳踹不出個屁來，真是惹怒了秦公爺，說不好，立馬就會大禍臨頭，只是事已至此，後悔也沒用。

周英不敢把自己的擔心說出來，只一迭聲地囑咐道：「好兄弟，待會兒，公爺問什麼，你只管答什麼就是，你放心，有大帥在，公爺不會對你怎麼樣的。」話雖這樣說，心裡卻是捏著一把汗，以秦箏的身分，真是找家寶麻煩，把怨氣撒在家寶身上，怕是大帥也不好阻攔！

幸好家寶向來是個粗線條的，雖是有些膽怯，卻也並不十分畏懼，跟著周英走進帥帳，規規矩矩地跪下磕了頭，站起來才注意到，大帳正中有兩人相對而坐。

右邊那人面如冠玉，眉目如畫，下頷三綹長鬚，腰間掛著三尺寶劍，那般威風凜凜的樣子自然必是陸帥無疑；只是看到陸天麟對面那人，家寶卻是愣了一下，實在是那人看著太年輕了些，也長得太過好看了些。

那人瞧著頂多二十歲，身材頎長，容貌俊雅，配上那樣一襲素白裘衣，整個人瞧著似是玉雪堆出來的一般；偏是那一雙黑沈沈的眼眸，卻又深不見底，家寶只看了一眼，心裡就有些發慌，忙又不自在地移開眼。

「喀」的一聲響，卻是秦箏輕輕放下手中的茶碗，旁邊的侍從忙遞上一條素色的錦帕，帕子右上角有一朵小小不起眼的黃色雛菊。

秦箏的十指白皙修長，雖不過一個簡單的接手帕的動作，卻偏是優雅至極，特別是撫過那朵淡黃的雛菊時，動作更是輕柔無比，猶若那是什麼價值連城的寶貝……

家寶的眼睛倏忽落在那朵雛菊上，緊繃的神經忽然就鬆弛了下來——卻是扶疏的帕子上也愛繡這麼一朵小黃花。

說起扶疏的女紅，因二娘疏於教導，一向是最不濟的，偏偏是這種小黃花，繡得很漂亮。

秦箏正好擦完手抬眼，和家寶的眼神碰了個正著，卻因了少年那澄澈眼神裡純然的喜悅而微微一怔，竟是摩挲著那朵小黃花淡淡道：「喜歡？」

家寶平日裡反應總是慢半拍的，這會兒卻是福至心靈，一下聽懂了秦箏話裡的意思，忙大力點了下頭。

「嗯，喜歡。」凡是妹子喜歡的東西，家寶從來都是不問緣由地一定會喜歡上的。

旁邊的周英卻聽得扶額，這個蠢貨，自己剛才怎麼囑咐的，這麼快就忘了！這般無禮，秦公爺說不好會立馬翻臉。

哪料想秦箏臉上的寒氣卻是消散了些，臉上神情說不出是眷戀還是傷感地道：「嗯，我也，很喜歡。」

出生在那樣一個顯赫的家庭，卻偏有那樣一個卑微的身分，在府中的那五年，自己從來沒有做對過一件事，也從來沒有得到過一句表揚；卻在來到神農山莊後，得到了有生以來第一個大大的讚美……

可其實，自己不過是在紙上畫了一朵小小的雛菊罷了，那是縮在牆角歪歪斜斜再單薄不過的一朵菊花，一如卑微到無所適從的自己，然後小心翼翼地把它送給了自己眼中的天之驕子姬扶疏——

作為神農家族的唯一傳人，這世上有什麼好東西是她沒見過或者得不到的？哪料想扶疏竟會那樣喜悅，彷彿自己給了她什麼了不得的寶貝，甚至纏著家裡的嬤嬤教她把那朵不起眼的小花給繡了出來。

那一刻，自己才知道，原來，這世上竟會有人因為自己一個隨意的舉動而這麼開心、這麼自豪！

扶疏啊，自己生命裡僅有的一道陽光。

如果說在這之前，秦箏根本沒把土頭土腦的家寶放在眼裡，可不過交談片刻，卻讓秦箏不得不對家寶刮目相看——

與周英更關注眼前的利益不同，秦箏卻明顯對家寶嘴裡「萬物相生相剋」的說法更感興趣。

這樣的話，也是前世扶疏口裡經常說的——

「阿箏，世上萬物相生相剋，這些土地會因為這樣那樣的原因變得貧瘠，也一定可以因為相反的原因變回肥沃！等我將來走遍天下，掌握了所有的土壤特質，一定讓這天下重新變為千里沃野！」扶疏站在高崗上，扠著腰，那般意氣風發。「阿箏，我一定可以完成爹爹的遺願的，對不對？」

扶疏的笑容那般燦爛而明媚，一如眼前少年紅潤的臉龐，活力四射；自己原以為，扶疏的生命也一定會如同她手下的莊稼那般永遠蓬勃旺盛，卻再沒料到，她竟會那麼倉促地離開，以致這十年來，自己每每以為是做了個噩夢罷了，夢醒來，扶疏又會站在自己床前，揪著自己兩隻耳朵又叫又笑。

「啊呀，阿箏，你真的變成了小胖子，對嗎?孩子就該這個樣子嘛，胖乎乎的才可愛啊！」

秦箏不自禁地兩手交握，好像那樣，能讓自己感到更多的溫暖，臉上的神情卻更加蕭索——瘦成這個樣子，可真怕將來到了地下，扶疏會認不出自己！

「是啊。」家寶忙不迭點頭，神情是滿滿的驕傲和自豪。扶疏說過的話，又怎麼可能是假的？

「那大齊其他地方的土地——」秦箏終於回神，眼神也有些熱切。

扶疏，我找到了一個和妳看法一樣的人呢，說不定，這個孩子，可以幫妳實現願望呢！

家寶卻有些發懵，若說如何種莊稼，家寶絕對能說得頭頭是道，可說到相生相剋，卻也只是聽扶疏提起過，當下撓了撓頭，憨憨地笑道：「我也只是想一想，這相生相剋，我懂得也不多——」真正懂得多的是自己妹子，可妹子卻囑咐過自己，這樣的話，是萬不可和別人說起的。

一旁的周英暗暗嘆氣，自己這個傻兄弟可真是實誠，看那秦公爺的樣子，明顯對那什麼相生相剋很感興趣的樣子，有那腦筋轉得快的，怕是會馬上打蛇隨棍上，說不好，就會博個大大的頭彩，家寶倒好，竟是直言說自己懂得不多！

不怪周英遺憾，實在是就周英所知，這秦箏之所以身分烜赫，不只是他年紀輕輕便襲爵成為大齊最年輕的國公爺，還因為他有著神農山莊的背景。

陸家寶真是入了秦箏的眼，怕是不只農事上可以得到很大的幫助，便是在仕途上也大有可為。

正自胡思亂想，忽聽秦箏道：「家寶，要是本公推薦你去神農山莊，你可願意？」

「神農山莊？」家寶愣了下。「神農山莊不是沒了嗎？」

好幾次，自己都聽見扶疏自言自語，說是再沒想到神農山莊會就此消失於世，那般傷感的樣子，是自己永遠也無法忘記的。

這一刻卻忽然聽秦箏說要送自己去神農山莊，不由大感訝異。

「陸家寶，胡說什麼?!」再沒想到陸家寶會說出這般膽大包天的話來，周英嚇得登時出了一身冷汗。

從姬扶疏故去後，神農山莊確實沈寂過一段時間，可前年，卻忽然有另一支神農氏的傳人橫空出世，聽說凡是他們經手侍弄的土地，無論肥沃還是貧瘠，俱能長出茂盛的莊稼，結出累累碩果。

那般化腐朽為神奇的鬼斧神工手段，便是比起姬扶疏，聽說猶有過之，相信假以時日，大齊定可再現盛世。

只是現在神農氏的行事作風和以前的神農山莊卻是大不一樣，如果說以前的神農山莊旨在農事，對功名利祿並無半分興趣，他們的威望全是民間百姓人心所向；而現在的神農山莊卻是和官家關係密切，聽說有相當一部分神農家族的子弟投身官場，或者和官場關係緊密。

那神農山莊的人也和世俗官場的人一般，很是講究官威、官體，容不得世人對神農山莊有半分微詞。

前些時日就有一些朝廷重犯被發配到連州苦力營中，聽說就全是冒犯了神農山莊的人。

這在以前，是根本不可想像的事情。

而現在陸家寶竟然說什麼「神農山莊」沒了，可不是犯了大忌諱！單憑這一句話，怕就會惹惱秦箏，那樣的話，陸家寶就是有十條命，也沒辦法救回來了。

秦箏的臉果然陰沈了下來。「誰告訴你，神農山莊沒了？」聲音並不高，卻是森冷無比。

家寶卻仍是處於茫然狀態，不懂為什麼所有人都是一副如臨大敵的模樣，傻傻地看著秦箏道：「可是，姬扶疏小姐故去了啊——」

自己也聽娘說過，姬小姐最是仁愛，是天下百姓心中的神祇啊。很顯然妹子的心思和娘的心思是一樣的，姬小姐是神農氏最後一個傳人，姬小姐沒了，神農山莊也就等於不存在了吧？

「還敢胡說八道！」周英飛起一腳，把陸家寶踹翻在地。「公爺面前，不可放肆！還不快向公爺賠罪！」一邊連連向秦箏拱手。「公爺恕罪，這陸家寶一則年齡尚小，二則一直長於這般窮鄉僻壤，最是孤陋寡聞，若是言語之中有什麼冒犯之處，還請公爺見諒。」

據自己所知，好似現在的神農家族當家人，對姬扶疏那一支很是冷淡的樣子。

秦箏卻是看都不看周英一眼，一徑逼視著家寶道：「你方才說，姬扶疏小姐——」「故去」那兩個字，卻是無論如何說不出口。

家寶雖是想不通，周英為什麼會把自己踹翻，卻也隱隱約約明白，這位老大哥，怕是為自己好；只是性子使然，卻是並不會作假，當下仍是老老實實道：「扶疏小姐是這世上獨一無二的啊——」

許是因為自己最寶貝的妹子也叫「扶疏」吧，在家寶心裡，對那個聞名天下的姬扶疏小姐也很是親切的感覺，連妹子提起都黯然神傷的人，肯定是這世上最獨特的存在了。

周英嘴角直抽，恨不得上前把家寶一拳打暈了拖走才好，虧自己前些時日還想著原來是自己看走眼了，這陸家寶其實是個深藏不露的高人才對；現在自己收回那句話，這小子就是個徹頭徹尾的缺心眼，不然，怎麼會連自己這麼明顯的暗示都看不懂！忙看向旁邊始終靜默不語的陸天麟。

陸天麟卻是神色不變，自顧自地端起茶杯啜飲了一口，神情中閃過一絲冷然——虧皇上話裡話外暗示自己應效法楚大哥，和神農山莊打好關係；可別人不清楚，自己卻明白，大哥和以前的神農山莊之間是不摻雜任何功利的純然欽佩和仰慕，也只有那樣高風亮節的神農山莊，才會養出姬扶疏那般讓人神往的奇女子！

反觀現在的神農山莊，卻是目空一切、狂妄自大，對權力的熱衷遠遠大於對農事的喜愛，這樣的一個家族，又怎配得上神農氏從前的盛名?!

以前聽周英說起陸家寶時，自己以為不過是個運氣好點兒的傻小子罷了，這會兒卻是瞧著順眼得緊。本來嘛，陸大帥心裡自來和家寶的心思是一樣的——

只有姬扶疏才配得上神農氏傳人的稱謂，沒了姬扶疏的神農山莊還算是什麼神農山莊？

看到陸天麟的神情，周英終於稍稍放下了些心，大帥的樣子，應該會保下家寶了……

可這個秦箏卻據傳最是冷酷而又無法無天的性子，聽說他是個即便在朝堂中和人一言不合，都會擼袖子把人揍個半死的主，現在傻小子敢這般冒犯，怕是終究免不了會受些皮肉之苦。

哪知秦箏愣了半晌，嘴角露出一個似哭還笑的表情，竟是長身而起，伸手把家寶給拉了起來。

「獨一無二嗎？好，好一個獨一無二！陸家寶是嗎？走，陪本公喝一杯！」

十年了，整整十年了，雖是寂寞如斯，可秦箏卻不想和任何一個人分享哪怕一點有關扶疏的記憶。

從扶疏剛離世時的天下皆哭，一直到現在新的神農山莊的崛起，中間經過了太多曲折，扶疏這個名字，也逐漸被所有人淡忘。

夜間獨坐，秦箏每每獨自念叨那個名字到天亮，卻不得不眼睜睜地看著健忘的世人，把那樣美好而乾淨的扶疏漸漸拋在腦後……

而現在，在這漫天黃沙的連州邊塞，卻有一個少年，即使明知道可能會觸怒自己，卻仍是倔強地昂著頭，瞧著自己的眼睛說──「姬扶疏是這世上獨一無二的存在！」

第九章　相逢不相識

「啊？」直到被旁邊的右將軍馮鏗狠狠地打了一巴掌，周英才回過神來，哎喲，這戲法是怎麼變的？果然傻人有傻福嗎？

依著秦公爺往日的性子，不是應該把家寶拖出去杖斃嗎？

現在倒好，才一會兒工夫，竟變成哥倆好了。

探頭看看天色，不知不覺，竟已是午時，果然是已經到了飯點了，周英忙小跑著跟上去，陪著笑臉道：「卑職已經奉元帥之命準備好了酒席，公爺請，陸公子，您也請吧。」

陸天麟也施施然起身，逕自往後面而去，根本沒有招呼秦箏的意思。

餘下眾人個個苦了臉，卻也只得快步跟上去。

酒席已經擺上，明顯可以看出周英是花了大工夫的，雖然現在是戰時，前方軍糧吃緊，可為了不讓秦箏挑到大帥的錯處，周英還是使盡了渾身解數，弄了滿滿當當一桌大餐出來——

真是天上飛的、水裡游的，應有盡有。

當然，周英也做好了心理準備，以秦箏的家世，怕是山珍海味早吃厭了，這些東西應該也入不了他的眼，能隨便吃兩口就不錯了。

哪知卻是再次跌破眼鏡——

先是差不多半盤肉丸子，然後又是半盤紅燒肉，最後還有半盤肘子——

若不是秦箏的吃相實在是優雅至極，周英真要以為眼前這人怕是哪個廟裡的餓死鬼才對。

你說大帥大胃王也就罷了，這個看著身材修長的秦公爺竟也是不遑多讓；這還不算，秦箏竟還足足喝了兩罈子的燒酒！

這下不只周英，便是旁邊的其他將士也都是眼睛掉了一地，上上下下打量著依舊面不改色、體形頎長、丰神俊美的秦箏，心想方才那麼多東西都吃到哪兒去了？

還是第一次見到京城裡的貴公子哥兒也會有這麼能吃的主！

唯有一直伺候在秦箏身邊的老僕，神情卻是憂慮得緊，想要上前，卻又不敢；直到第三罈酒也空了，秦箏終於一推酒碗，衝著家寶一點頭。「明日本公倒要去你的小農莊走一遭。」

瞧秦箏的架勢是要到營外去，旁邊的侍衛忙快步跟上扈從左右。

周英長出了口氣，目送著秦箏的背影遠去，一直走出營門，朝著遠處一片林子而去，才慢慢直起身，抹了把額頭的冷汗，好歹過了這一關——大帥既沒有和秦箏當場鬧翻，家寶也是平平安安。

秦箏步伐卻是越走越快，到最後已是有些踉蹌。

「公爺——」看秦箏腳步不穩，老僕忙要伸手攙扶，卻被秦箏一下拂開，臉上神情雖是萬分憂慮，卻終是不敢再跟上去——

好像每次聽人提到姬扶疏這個名字，公爺就一定會暴飲暴食，可接著，卻又會把吃進去的東西盡數吐出來……

看那些侍從想要跟上去，老僕忙上前一步厲聲道：「你們去周圍守住這片林子，不許任何人進出——」

一來公爺此時的樣子，定然萬分狼狽，若被有心人瞧見了，少不得落下話柄；二來這個時候，公爺似是更喜歡獨處——在府中時，好幾個要趁此機會獻殷勤的奴才，都是被狠狠地打了一頓後又發賣了事。這可是邊關，那些侍從更有多半都是大內侍衛，還是少生些事端的好。

「扶疏——」

秦箏踉蹌著上前幾步，猛一趔趄歪倒在一塊大青石旁，左手捣住腹部，整個身子蜷曲成一團，頭無力地斜靠在旁邊冰冷的石板上，不停地嘔吐著，本就蒼白的臉，這會兒更是如死人般慘白。

隨著嘩啦一聲響，旁邊的灌木叢被撥開，扶疏從裡面探出頭來——

兄妹兩個不放心大哥，還是決定一塊跑過來看看。

只是不遠處就是軍營重地，家和可不願自己妹子到放眼望去都是男人的地方拋頭露面，就讓扶疏在這裡等著，自己跑去軍營門口打探消息。

扶疏無聊之下，就跑去摘了一大捧果子，在這邊吃得正香呢，趕巧就聽到有人不停叫著自己的名字。

本還以為是自己幻聽了呢，哪知左前方不遠處，還真趴了個人。

一看那人錦帽貂裘、貴氣十足的樣子，扶疏馬上意識到，這男子口中的「扶疏」肯定另有其人。

正待轉身離開，男子似是察覺到什麼，猛地抬起頭來，一雙寒冰似的眸子直直地對上扶疏的眼睛。

扶疏腳步一下頓住，心裡也是一突，這男子的眼睛，好熟悉，可竟是無論如何想不起是在哪裡見過。

男子冷冷地睇了一眼呆站在原處的扶疏，晃晃悠悠地站起身來，朝著幾十丈外一道清澈的小溪走去，堪堪走到溪旁，卻再次撲倒在地，頭一下栽在溪水中，便是身上的袍子下襬也濕了半截。

「喂——」扶疏愣了下，再不敢遲疑，拔腳跑了過去，一把捉住男子的胳膊，就要往岸上拽，卻被男子一下用力推開。

「滾！」

扶疏猝不及防之下，差點兒跌倒，頓時氣不打一處來，竟然鬼使神差地抬手朝著男子臀部一巴掌揍了下去。「還能耐了不是？胃都壞成這樣了，還敢喝冷水？再敢動一下試試，信不信我把你屁股打開花！」

隨著「啪」的一聲脆響，不只扶疏自己嚇傻了，男子也明顯愣在了那裡。

「我——」待意識到自己做了什麼，扶疏差點兒哭了，她一定是魔怔了吧？方才那一瞬間，自己竟鬼使神差地把眼前的人當成了阿箏。
可是怎麼可能？阿箏一直是胖乎乎、圓滾滾的，怎麼會是眼前這個瘦骨嶙峋，好像風一吹就會被颳走的鬼樣子！心裡越想越發毛，手一鬆，轉身就想跑。
哪知方才還神情冷肅的男子，挨了一巴掌後神情忽然變得懵懂，半晌竟然癟了癟嘴，扯住扶疏的衣袖指著腹部小聲道：「痛——」
瞧他那般無辜的樣子，好像受了天大的委屈似的，扶疏的心忽然就狠狠地疼了一下。好像以前，阿箏病了時，就總是用這樣的眼神瞧著自己。
這樣想著，本待要離開的腳，頓時就有些邁不動。
「揉揉——」男子眼睛越發迷濛，忽然就攥住扶疏的手，朝自己腹部按了過去，嚇得扶疏猛地往後一跳，男子一下拽了個空。
沒想到扶疏竟然會躲開，男子的神情頓時很是受傷，怔怔地看了扶疏片刻，竟然神情決絕、直挺挺地朝後面的小溪倒了下去。
「哎，你幹什麼——」扶疏嚇了一跳，忙要去拉，卻哪裡還來得及？
只聽「撲通」一聲響，男子整個身子都浸泡在溪水裡，頓時水花四濺，偏是一雙眼睛，仍是直愣愣地盯著扶疏，神情裡滿是控訴。
「混蛋！」扶疏愣了片刻，眼看水逐漸沒過男子俊逸的臉，終於回過神來，忙跑過去，手忙腳亂地拽住男子的腳往岸上拖。
一直把男子再次拖到岸上，才轉過身來，凶巴巴地道：「真是瘋了！你是故意的對不對？信不信——」卻在對上身後男子臉上分外明媚的笑容後張了張嘴巴，竟是無論如何罵不下去了。

「扶疏，妳捨不得我死的對不對？就如同，我從來都捨不得妳……」

男子好似對扶疏的惱怒全然不覺，只一徑喃喃地傻傻瞧著扶疏，明明疼得額角冷汗都出來了，卻偏是死死攥住扶疏的衣襬，一副生怕扶疏會突然間跑了的樣子。

那般小心翼翼又可憐兮兮的模樣，彷彿被主人遺棄的小狗，好不容易回到主人身邊，生怕再被遺棄。

扶疏的心忽然就軟了下來，半晌俯下身，伸手幫男子拭去額角大滴的冷汗，柔聲道：「疼得厲害嗎？你先放手，我去幫你採藥。」不遠處就有幾株藍印草，最是能緩解因暴飲暴食而產生的腹部劇痛。

「不放——」哪知男子卻是固執地搖頭，悶悶地道：「不吃藥，也不放手，不然，妳會跑——」嘴裡說著，竟是伸出雙手更用力地扯住扶疏的衣襬。

竟是連怕吃藥，也和阿箏一個德行。

扶疏無奈，只得順著男子的力氣，在旁邊坐下，好在自己懷裡還有一些漿果，不只好吃得緊，還暖腸胃，應該能緩解疼痛。

「好，不吃藥，來，把這些果子吃了吧——」她邊說邊掏出條手帕幫男子擦拭濕漉漉的頭髮。

「哎。」男子這次倒是應得乾脆，便是眼睛也開始閃閃發亮。

扶疏慢慢地把懷裡的果子一顆顆盡數餵了男子吃。

男子神情愈來愈愉悅，許是折騰得很了，終於在吃完了最後一顆果子後，閉上眼睛睡著了。

「公爺怎麼還不出來？」遠遠地傳來些人聲，間或還有嘈雜的腳步聲傳來，聽著明顯不是一個人。

扶疏愣了一下，公爺？難道是這人的手下？

也不敢再停，忙站起身來，往方才的灌木叢方向而去。

這邊剛藏好身子，那些聲音就已經來至近前。

走在最前面的卻是一個三十多歲的精明漢子，那人一眼看到了躺在草地上酣睡的男子，愣了下，忙衝跟著的侍從做了個噤聲的手勢，又讓人小心地揹起男子，這才快步往林子外而去。

「公爺這是怎麼了？」看到被侍從揹出來的主子，老僕明顯嚇了一跳。待來至眼前才發現，秦箏竟是睡著了，驚得嘴一下張了老大。

公爺自來最是淺眠，稍微有些風吹草動，就徹夜不眠；而且，絕不容許陌生人靠近，便是自己，服侍了這許久，至今仍無法近得了公爺的身！今兒個怎麼睡得這麼沈？竟是連侍衛去了也沒察覺……

秦箏這一覺，竟是一直睡到第二日日上三竿，待睜開眼來，翻身就從床上跳了下來，下得急了些，胳膊肘子正好撞到旁邊的桌子角，上面的茶杯、茶碗頓時被打翻一地，發出一陣唏哩嘩啦的脆響。

「公爺——」早就在外面伺候的管家，聽到聲音忙快步而入。「您醒了——」待看到碎了一地的茶碗和杯盞，不由嚇了一跳，剛要喚人來收拾，卻被秦箏一把攥住手腕。

秦箏顫聲道：「扶疏呢？」

「啊？」管家愣了下，半晌重重嘆了口氣。「公爺您又作夢了？您忘了嗎，扶疏小姐，不是早在十年前就已經——」卻在秦箏的逼視下，生生又把「逝去」兩個字給咽了下去。

良久，秦箏終於回神，手一鬆，就無力地坐回床上。

難道只是作了個夢嗎？可夢裡的情景為什麼那般真切？扶疏罵自己淘氣，還打了自己，卻又心疼得什麼似的，餵自己好吃得不得了的果子……

一如從前無數個在神農山莊的日子。

「公爺——」看秦箏垂著眼久久沈默，管家終於大著膽子小聲回稟。「那位周英大人已經候了多時，說是要陪公爺去陸家的農莊，公爺看——」

「我知道了。」強壓下內心翻騰的情緒，秦箏已經恢復了素日清冷寂寥的樣子。

管家不敢多待，忙低著頭退出房間。

不多時，秦箏梳洗完畢走出房間，衝著躬身侍立的周英一頷首。「走吧。」

「公爺，好歹用口粥——」老管家手中端了個托盤進來，上面放了碗熱騰騰的粥。

秦箏擺了擺手，走至門旁時卻又站住。「昨天的侍從是李良帶隊？」

那個叫李良的侍衛統領忙上前一步。「正是卑職。」

「你跟我一起去。」秦箏吩咐一句，踩著一個侍從的背，上了刻有「秦」字徽章的豪華馬車。

「停車——」剛行至岔路口，秦箏的視線慢慢轉向旁邊的小樹林，明顯一怔，竟是飛身躍下馬車，衝李良道：「你跟我來。」說著，竟是撇下周英等人轉身就往樹林而去。

李良愣了下，鬧不懂這位爺又是鬧得哪一齣，卻也不敢違拗，忙應聲跟了上去。

「李良，昨日你是在哪裡找到我的？」秦箏站住腳，沈默良久終於開口。

「公爺——」李良心裡一緊，暗道不會是怪自己昨日見到他出醜的樣子，特意來至此處發作自己吧？忙不迭磕頭道歉。「公爺恕罪——」

「休要囉嗦。」秦箏神情很是不悅，冷聲道：「你只須帶我去便可。」

李良再不敢多言，忙起身，小心翼翼地引領著秦箏來至昨日發現他的地方。轉了一圈後，指了指距離小溪不遠的一棵樅樹下，很是篤定道：「就是這裡。」

秦箏快步上前，撩起袍子，蹲在地上輕輕摸索著，手忽然一頓，半晌攤開手掌，卻是一顆紫紅色的漿果。因秦箏用的力氣大了些，那漿果的皮兒已經破了，便有熟悉的醇香味道撲鼻而來，竟是和自己夢中嚐過的味道一般無二——

果然並不全是夢嗎？

不然，這漿果，又該如何解釋？

秦箏快速站起身來，臉色有些不正常的潮紅，圍著樅樹四處梭巡片刻，眼睛忽然落在遠處的一叢濃密灌木旁，一片蒼翠的植被間，一個揉成一團的白色物事特別打眼。秦箏快走幾步，俯身拾了起來，卻是一方普通的絹帕，絹帕是粗布料子裁成，摸著厚實得很，明顯是當地農家的物事。

秦箏神情有些失望，漫不經心地展開來，身子卻忽然一抖，片刻無法相信地揉了揉眼睛——

自己一定是太想念扶疏了吧？不然，怎麼會有這種幻覺？

手裡這方再素淨不過的帕子上，右上角那兒正繡著一朵再熟悉不過的雛菊！

原來自己不是作夢，原來昨日裡扶疏真的來過！

「扶疏——」秦箏緊緊攥住帕子，瘋了一樣在樹林中奔跑起來，聲音實在太過響亮，一時遠山近水到處都是「扶疏、扶疏」的回聲。

看秦箏跌跌撞撞宛若發狂一般在樹林中橫衝直撞，甚至頭髮都被橫生的虯枝給扯得亂七八糟，李良嚇得臉都白了，終於在秦箏被一叢樹藤絆個正著差點兒摔倒時，堪堪擋在面前。「公爺——」

樹林外的周英也聽到了林子裡秦箏淒慘的叫聲，以為是遇到了刺客，直驚得出了一身的冷汗，也不顧是不是會犯了秦箏的忌諱，帶著一群手下就衝了進來。

待看到雙眼發直、神情倉皇卻仍不要命地要往旁邊的峽谷衝過去的秦箏，再顧不得尊卑之別，上前狠狠地掐了一下秦箏的人中。

秦箏「哎喲」一聲，終於回過神來。

「公爺——」周英神情很是緊張，又看看周圍鬱鬱蔥蔥的林子，只覺陰沈沈的很是邪性，忙跪下道：「方才情急，還請公爺恕罪。這邊疆一帶殺生最多，公爺還是莫要再在此處停留才好。」

饒是李良也是見慣了生死的，這會兒回想起來秦箏方才瘋魔了的樣子，也是出了一身的冷汗，竟是和周英一起不由分說簇擁著秦箏出了林子。

秦箏倒是沒反對，看向周英等人的眼神卻委實陰沈得很——

扶疏自來是個疏淡的性子，最不喜這般人歡馬叫的熱鬧場面，有這群混帳王八蛋在，定然不會再出現了的！

走到林子邊卻是站定，回頭久久地瞧著幽深的樹林——

扶疏，怪不得這麼多年請了多少高僧、道士，都無法讓妳魂兮歸來，即便是在夢中，也無法奢求得見妳一面，卻原來，妳迷失在了此處嗎？

眼睛轉向手裡的帕子，那麼粗糙的布料，扶疏怎麼用得慣？

扶疏，妳等著，我這就著人拿上好的絲綢來燒給妳用……

第十章　貴人是阿箏？

「啊嚏——」扶疏提著飯盒，打了個大大的噴嚏。

飯盒裡沈甸甸的，足見二娘做了不少好吃的東西，倒也算是好現象，這些時日以來，二娘明顯對大哥改觀，三不五時地會差遣自己給大哥送好吃的東西去。

前面就是小農莊了，扶疏加快了腳步，卻在看到農莊大門左側一個佇立的人影時，臉色一變——

董靜芬怎麼在這裡？

董靜芬明顯也看到了扶疏，神情頓時尷尬無比，雖然那日被李氏捉了個正著，好在，好歹念著陸家成的臉面，李氏並沒有嚷嚷出去，卻也讓董靜芬認清了現實——

想要嫁給陸家成當少奶奶，是再無可能了！至於說做妾，已然見識了李氏的種種手段，自己不想活了，才會那般作踐自己。

竟是左思右想之下，還是決定，怎麼也要抓住陸家寶這根救命稻草。

自己的醜事怕是早晚會傳出來，說不好，也就陸家寶那樣的傻子，才會不和自己計較。

而且這許多日子以來，一直都是陸扶疏為難自己，陸家寶可是沒有說過什麼！自己可不信，那麼癡迷自己的陸家寶，自己答應嫁給他，他會捨得拒絕！

又悄悄找人打聽了陸家農莊的位置，竟是一大早，就巴巴地趕了來，卻沒想到剛一來，就好巧不巧碰見扶疏。

董靜芬心裡暗嘆晦氣，卻也只得陪了笑臉勉強道：「哎喲，是扶疏妹子啊。」

扶疏卻是毫不客氣，沈了臉道：「董靜芬，妳還要臉不要？」

「妳——」董靜芬臉色一白，眼睛落在扶疏清麗的小臉上又快速移開，幾乎咬碎了銀牙——好，人在屋簷下，不得不低頭！我就忍這一回，等成功嫁給陸家寶，到時候，一定托人幫這丫頭找個下三濫嫁出去！

董靜芬緩了緩氣，才擠出一絲笑容道：「妳放心，我並沒有糾纏家寶哥的意思，只是這個食盒，是原本家寶哥忘在我家的，我就想著，送還給他。」說著舉起手裡的食盒。

食盒樣子很是簡拙，確然是陸家的東西，想著應該是從前家寶幫董家做活時，忘在那裡的，食盒上還搭著方同樣繡著朵雛菊的素淨帕子——只是比起扶疏的繡工來，那朵小花兒明顯精緻得多。

看扶疏的眼睛落在繡帕上，董靜芬偷眼瞟了下仍是緊閉的門扉，神情已經變得楚楚可憐。

「我不小心弄丟了家寶哥的那方帕子，就又裁了一方。妳放心，我沒有其他的意思，只要見了家寶哥，跟他說聲對不起，就會離開；畢竟，是我爹做得不對，若是知道爹爹會那般對待家寶哥，我就是死也會攔住的——」說到最後，兩滴眼淚順著光潔的臉頰就流了下來。

沒想到這女人竟然如此厚顏無恥！

扶疏上前一步，一把攥住董靜芬的手腕，伏在董靜芬耳邊幾乎耳語道：「和陸家成做出那般醜事，也是妳爹的意思？董靜芬，妳還能更不要臉些嗎？」

「妳幹什麼？」董靜芬忽然劇烈地掙扎起來，身子也似是由於害怕劇烈地顫抖著。「扶疏，我知道妳氣我爹，妳真氣的話，就狠狠地打我吧，畢竟，是我爹害得家寶哥傷心——」

扶疏直覺董靜芬的表情有些不對，下意識地回頭，門卻是不知什麼時候打開了，家寶正站在門外。

「大哥——」扶疏一驚。

「家寶哥……我替我爹，跟你道歉……」董靜芬眼淚卻是流得更急。

看家寶往這邊走過來，董靜芬哭得渾身哆嗦，卻是絲毫不影響美感，似是隨時都會倒下，卻仍是強撐著舉起手裡的食盒。

「這些是我親手做的，都是你愛吃的東西——」垂下的眼眸，很好地掩飾了一閃而逝的一絲得意之情，自己就不信，看到這個樣子的自己，陸家寶會不心動！

下一刻，家寶，一定就會上前扶住自己吧……那雙腳果然越來越近，在下一刻停在了身前。

「走吧……」家寶終於開口，卻是聲音嘶啞。

「嗯。」董靜芬應了聲，歡天喜地抬頭，卻是一下傻在了那裡——

陸家寶正接過扶疏手裡的食盒，另一手保護性地攬著扶疏，看董靜芬難以置信的樣子，神情明顯一痛。「扶疏不喜歡妳，妳走吧，別再到我家來，至於那個食盒，扔了罷，我不要了。」

「家寶哥——」董靜芬簡直要氣瘋了，自己看得出來，陸家寶並沒有忘記自己，現在竟然要因為扶疏就不要自己嗎？

「沒聽見我哥的話嗎？」扶疏站定腳步，雖然明知道大哥心裡痛，自己卻依舊要硬下心腸，冷冷地看了董靜芬一眼。「我大哥已經和妳退親了，這輩子妳都別想進我陸家的門，妳走吧，我不想再看見妳——」

兄妹兩個並肩走進農莊，門砰地一聲隨即關上。

董靜芬幾乎羞憤欲死，狠狠地跺了下腳，捂著臉順著原路跑了回去，剛拐過一個路口，正好和一隊人馬撞了個正著，猝不及防之下，董靜芬一下摔倒在地，手裡的食盒隨即打翻，裡面的飯食灑了一地，蓋在上面的素淨帕子飄飄悠悠地飛了起來，正好落在那輛奢華無比的馬車旁……

「敢衝撞公爺的車駕，真是好大的膽子！」縱然董靜芬長相也算動人，旁邊的侍衛卻是絲毫沒有憐香惜玉，上前拖住就往路邊拽。

「啊——」董靜芬嚇得魂兒都飛了，喉嚨裡發出淒厲的慘叫聲拚命掙扎，卻哪裡是那些侍衛們的對手，仍是如同小雞般被擲到路旁。

董靜芬重重地趴在地上，精心打扮過的妝容頓時全都毀了。

這會兒董靜芬也明白，自己定然是衝撞了什麼不得了的貴人了，也不敢再嚷嚷，只跪在地上不停磕頭。

只是外界吵嚷得這麼厲害，車裡的秦箏卻是一點兒動靜都沒有。

李良心裡頓時就有些發毛，又唯恐秦箏怪罪，只得上前稟告道：「公爺，前面拐個彎就是陸家農莊了，您看——」

轎子裡仍是沒有聲響，李良的冷汗唰地一下流了下來——公爺這是什麼意思？嫌處罰這個突然冒出來的村姑太輕了？

李良剛要請罪，車簾卻忽然一下掀開，秦箏精緻的容顏露了出來。

董靜芬正好抬頭，只覺心臟不受控制地「撲通」、「撲通」急促地跳了起來——怎麼也沒想到，這豪華馬車的主人，竟然是個這麼年輕俊俏的公子哥！

看秦箏竟是要下車的樣子，李良忙伸手去扶，卻不料秦箏已經自行下車，緊走幾步，俯身就撿起地上的那方帕子，兩眼竟是又和方才在林子般那時，完全沒了焦距的樣子。

只是那種恍惚不過一瞬間，秦箏低頭靜靜地瞧著同樣繡在帕子右上角的那朵精美的雛菊，神情漸漸失望，終於抬頭，睨了一眼同樣呆愣愣的董靜芬。

董靜芬身子一縮，第一次有了自慚形穢的感覺——和陸家兄弟比起來，眼前這位貴氣十足的公子，簡直就是天上神仙一般的人物啊！自己從前怎麼就會瞎了眼，以為這世上再沒有人比得上陸家成了呢？

「這是妳的帕子？」秦箏抬手，修長又白皙的指間夾著那方帕子，一陣風吹來，那帕子飄飄搖搖的，彷彿一隻翩飛的蝶，卻是更襯得秦箏目光迷離、飄逸若仙。

幾乎是本能的反應，董靜芬瞬間擺出一副嬌羞的神情道：「回公子，正是奴家的。」

那嬌嗲的聲音使得旁邊的周英等人不覺皺了下眉頭——這女人也太拿自己當回事兒了

吧？瞧那一臉的土，還有亂糟糟的頭髮！

李良的眼裡卻是閃過些興味。

據自己所知，這位秦公爺雖是性子不討喜了些，但架不住人家家世好啊，也算是京中權貴圈裡很被看好的佳婿人選，奈何眼光卻是高得很，多少世家名門的女兒都被拒之門外，怎麼今兒瞧著，卻是對個村姑另眼相待？

秦箏卻仍是不發一言，直到董靜芬撐不住，臉上嬌羞的神情漸漸僵硬，才終於開口。

「這方帕子，妳可認得？」卻是從懷裡取出樹林裡的那方——

和對方才那帕子的輕慢不同，這方粗布帕子卻是被秦箏愛若珍寶地捧在掌心。

雖然明知道不可能，當初，自己是親眼看著扶疏入殮的；可，這方帕子上的雛菊實在和扶疏曾繡給自己的那朵一模一樣……

董靜芬瞳孔倏地收縮了一下，眼睛不自在地閃了閃，卻是張口急促道：「民女瞧著，倒似是從前民女所繡，那時年紀小，繡得不好，也不知丟到哪裡去了，卻不知，怎麼會到了公子的手上？」口裡說著，身體卻不住微微發抖。

她方才一眼就認了出來，那方帕子正是扶疏那個賤丫頭做給陸家寶的！

就自己所知，那丫頭都這般大了，女紅方面卻是一竅不通，要多廢柴就有多廢柴！唯一會繡的，也就這麼朵小黃花罷了。

本來繡工一直是董靜芬引以為傲的，擱在平時，才不會去冒認那麼個粗拙繡品的主人；可這會兒，卻不知為什麼，竟是想也不想地就承認了下來。

秦箏的神情忽然就陰沈了下來，那種上位者高高在上的傲慢一下散發開來，董靜芬直嚇得脊背越來越彎，到最後，幾乎完全趴倒在塵埃裡……

難道自己賭得不對嗎？不然，這男子怎麼會突然間變得這麼冰冷而可怕？

秦箏神情越發黯然，看董靜芬的神情如同看一隻再卑微不過的蟲子。

果然是自己魔障了，這樣世俗的女子，怎麼可能和扶疏有一丁點兒關係？

手一鬆，董靜芬那方帕子就飄飄忽忽地落了下來，又對著另一方粗布帕子出了會兒神，竟是慢慢地將其折疊了起來，重新放到了懷裡。

太久的沈默已經壓迫得董靜芬喘不過氣來，過於驚恐，身上的裡衣都被冷汗給浸濕了。透過眼角的餘光，能看到那雙著錦緞官靴的腳正緩緩轉身，毫不留情地踩過自己的手帕，留下一個大大的腳印，便直接上了馬車。

董靜芬頹然趴倒地上，心情憤懣而又絕望，憑什麼陸扶疏那個又笨又懶的丫頭那般好運？在家裡有陸家寶那麼一個好大哥死命護著，連這位貴人，都藏著她的帕子，而把自己那麼好的繡品棄若敝屣……

董靜芬忽然爬起來，再次撲到車前，匍匐在地上，卑微地衝著漠然的秦箏道：「公子在上，奴家給您磕頭了，求公子幫奴家說個情，放了我爹爹吧！」

說完董靜芬又掉頭衝著周英磕頭不止。「這位軍爺，當初都是我爹糊塗，冒犯了軍爺，還請軍爺大人大量，寬恕了他吧！」

董家這幾日也是多方奔走，被放出來的陸家成更是直言不諱，言明陸家寶背後的人就是周英，並暗暗指給董靜芬看過。

是以方才，董靜芬一眼就注意到了緊跟在秦箏背後的周英。

周英眉頭一下蹙緊。

下意識地望了眼不遠處陸家隱隱約約的房檐，頓時明白，原來眼前這個就是家寶的那個未婚妻，長得倒是好看，就是這心眼怎麼也同那個董家老鬼一般不地道！

這明顯就是在秦箏面前告自己的黑狀啊！自來官軍不得插手民事，一個處理不好，自己被斥不說，說不好大帥也會掛落兒。就秦箏和大帥仇人相見的情形，指不定，就會給大帥按一個治下不嚴的罪名。

只是此等情形下，卻也不便發作，只得冷了臉道：「當初是妳爹爹毆打官軍在先，收押營內，不過是稍作懲戒——」

「是嗎？」一直不說話的秦箏忽然出聲道：「據本公所知，這連州公務應有連州府尹掌控，倒不知什麼時候，陸大帥竟是連民事也一肩挑了起來？」說完抬腳上了馬車。他今天心情不好，陸天麟的手下既然上趕著將把柄送到自己手裡，豈有不收之理？

「走吧。」李良自然對秦箏的想法心領神會，衝董靜芬吩咐了一聲，轉身上了馬。

董靜芬愣了片刻，旋即大喜，滿懷希冀地轉頭看向秦箏及他身後的馬車。其他人都是騎戰馬，自己怎麼說也是一個弱質女流，還是一個長相不差的女子——看情形，會讓自己陪著那公子坐馬車吧？

哪知秦箏卻是看都不看她一眼，徑直上了馬車，眾人也都上了馬，整整齊齊地跟在馬車後面。

董靜芬這才明白，竟是要讓自己跟在後面跑！

眼圈兒頓時紅了，半晌抹了把淚水——那又怎麼樣！只要能近得了貴人的身，早晚有一天，會入了貴人的眼；若是這位公子，便是讓自己做妾，也是願意的。

等回過神來，眾多馬兒已經跑了起來，掀起了一片大大的煙塵。

董靜芬一咬牙，就衝進了煙塵裡，雖是被嗆咳得咳嗽不止，卻仍是咬牙堅持著跟在後面——這可是個好機會，沒看到就是陸家成提起都嚇得哆嗦的周英，在那位公子面前都是恭恭敬敬，屁都不敢放一個嗎？只要自己努力讓那位公子喜歡上自己，做什麼都值了！

等眾人好不容易在陸家農莊外停下來時，董靜芬早一身泥、一身土，頭髮都被汗水濕透，又因為沾了太多泥土，糾結成綹……

家寶打開門時，一眼就看到了跟在秦箏身邊的女人，初時只覺得眼熟，待認出那個狼狽至極卻偏要做出小鳥依人樣子、跟在秦箏身側的女子，竟然是剛才離開的董靜芬時，神情頓時驚愕至極。太過震驚之下，竟是擋在門旁，連給秦箏等人見禮都忘了。

周英心頭一凜，想要提醒卻又不敢。

正自焦灼，一個脆脆的聲音同時在後面響起——

「大哥，是有什麼客人嗎？」卻是扶疏，正托了滿滿一盤果子從房間裡轉了出來。

聽到扶疏的聲音，家寶終於回神，看向董靜芬的神情不自覺添上了些厭惡。

如果說這之前對妹妹如此討厭董靜芬還有些懵懂，即便是再遲鈍，這會兒卻是有些明白了——董靜芬看向秦箏那含情脈脈的眼神，就是傻子也能感覺得到。

這之前，無論自己付出多少，董靜芬卻是多看自己一眼都欠奉，更不要說，用這樣柔得能化成水的眼神瞧自己……

「公爺，周大哥，你們來了！」陸家寶終於醒過神來，忙跪下施禮，動作卻是僵硬得緊。

秦箏微微頷首，視線逕自越過家寶，直直地落在扶疏身上。

見對方竟是一個眉目姣好的女孩，不由一怔，只覺那暖暖的眼神竟是久違的熨貼，還有方才那好聽的聲音，更是熟悉得緊……

對上秦箏狐疑的眼神，扶疏自得的笑容一下僵在了臉上。怎麼就這麼倒楣，不是位了不得的貴人嗎？怎麼竟是昨日林子裡被自己摁著打了屁股的醉酒男子？

不是吧，那麼神通廣大，這就找過來了?!

董靜芬卻是心情大好，涼涼地一笑傲然道：「還愣著幹什麼？還不快給公爺見禮！」

方才這臭丫頭還敢給自己臉色看，自己現在跟了公子，不嚇死她！

看扶疏一時沒反應過來，董靜芬又轉身衝著秦箏溫婉一笑。「公子，不過是個粗鄙的丫頭——」卻猛地噤聲，卻見秦箏正面帶煞氣地看過來。

秦箏冷冷地道：「滾！」聲音不高，卻足以讓所有人都聽得到。

董靜芬嚇得「撲通」一聲跪倒在地，臉一陣紅一陣白，只恨不得找個地縫鑽進去。

秦箏卻是和沒有看見一樣，緩步踱過董靜芬身邊，靜靜站立在扶疏面前，俯視著面前的小姑娘。

一絲尷尬在扶疏眼中轉瞬即逝，脊背卻是挺得筆直，看向秦箏的眼睛更是彎成了兩枚好看的月牙，不只絲毫不回避秦箏的視線，更是舉起手中的托盤。

「你吃——」一聲音中有一絲絲的心虛，又因為這心虛，裡面便摻雜了兩分討好，配上女孩嬌憨的笑容，卻是讓人說不出的舒服。

秦箏愣了半晌，受了蠱惑般拿起最上面的一顆水蜜桃，放在嘴裡用力地咬了一口，香甜的汁液頓時充滿整個口腔，神情頓時又是一怔，這個季節，竟然有這麼美味的水蜜桃嗎？

下意識地看向院子，眉毛頓時一挑——牆角處可不正有一棵掛滿了果子的水蜜桃樹？只是這水蜜桃和別處不同，植株矮小得緊，上面的果子卻偏是又大又紅，看著都讓人流口水。

除了這棵桃樹外，還有幾棵同樣矮小卻是掛滿沈甸甸果子的各色果樹，怕不有十多種……

秦箏修長的手指顫抖著一點點撫過那些果樹，又慢慢蹲下身子，輕輕地撫過那不住搖曳的各色花朵——

這些水果，全是扶疏愛吃的呢！

還有這些花兒，也全是扶疏最喜歡的！

若不是當年親眼見到呼吸全無被放入棺中安葬的扶疏，秦箏當真以為，這些東西，都是扶疏鼓搗出來的呢。

可等等——

秦箏的身子忽然一頓，眼睛眨也不眨地看向旁邊的花盆裡同樣掛著鮮美果子的幾棵果樹，眼中卻忽然閃過一絲疑慮——

在神農山莊時，能隨意控制植物的大小，並讓它們結出果子的，也就商嵐和扶疏有這個本事；至於說做成盆景大小，仍絲毫不影響掛果的，也就那麼愛吃美食的扶疏沒事愛鼓搗這事……

若說那些矮小的果木，自己還可以當做陸家寶是天才，那這麼小的盆景……

秦箏轉過身，定定瞧著旁邊的家寶，問道：「這些，全是你栽種的？」

家寶猶豫了下，神情頓時有些赧然——

陸家寶一向是個乖孩子，實在不太會撒謊，下意識地看向不住微微做著點頭動作的扶疏，終於清了清嗓子道：「嗯，是我。」心裡卻是止不住發虛，那一畦畦的莊稼也就罷了，實在是這滿園的果子委實全是妹子一個人的功勞。

董靜芬這會兒內心卻是翻騰不已。

自進了這扇門，董靜芬眼睛都快脫窗了，聽了家寶和秦箏的對話，更是覺得自己一定是幻聽了吧——這樣宛若仙境一般的農莊，竟是陸家寶那個傻子打造出來的？

這得是多大一筆財富啊，甭說別的，光是那掛滿果子卻精巧可愛的盆景，拿出去，那些有錢人家的老爺怕就得瘋搶！

瞧陸家寶的本事，用不了多久，也一定會是連州地面數得著的貴人了。

一陣鋪天蓋地的悔意旋即湧上心頭——

以往只覺得陸家寶是個大傻子，這會兒才知道，其實自己才是天字第一號的大傻子吧，不然怎麼會有眼無珠，放著寶山不要，卻選了陸家成那個下三濫，以致把自己弄到這般狼狽的境地……

竟是越想越絕望——若然陸家寶肯回頭，自己這會兒一定跪下求他諒解。

不對，不是家寶哥哥不肯原諒自己，是陸扶疏，都是陸扶疏從中作梗！

她霍地抬頭，惡狠狠地盯著左邊的扶疏，一副恨不得吃人的樣子。

扶疏似有所感，猛地回過頭來，正對上董靜芬來不及收回去的凶惡眼神，微一思索，便明白了這女人想些什麼。

嘴角微微翹起，兩條娟秀的眉毛隨之聳動，竟是扠著腰衝董靜芬做了個再搞怪不過的鬼臉，那欠扁的表情真是氣死人不償命。

「哈哈哈——」一直冷著臉的秦箏忽然朗聲大笑起來。

眾人頓時一愣，扶疏一驚，終於回過神來，猝然抬頭，正對上秦箏促狹的眼睛，臉蛋頓時脹得通紅——

本來以為站的位置比較靠後，應該沒有人注意自己的，這才敢放心大膽地嘲弄董靜芬，卻不防被這個醉鬼逮個正著。

話說這個動作還是阿箏每次做錯事時最經常做的，自己方才也不知道怎麼了，竟那麼輕易地就做了出來。

許是注意到了扶疏的懊惱，秦箏極力忍住不再繼續笑下去，只是那彎彎的眉眼，卻是洩漏了主人內心分外愉悅的情緒。

如果說董靜芬一開始還對秦箏充滿了希望，到了這會兒，卻是越來越沮喪；女人的直覺告訴她，自己使盡吃奶的力氣也巴不上的那位貴公子，明顯對陸扶疏有好感，而且，還不是一點兒、半點兒！

家寶也明顯覺得有些不對勁，忙低聲囑咐扶疏去房間裡待著。

直到秦箏離開，也沒有再出來過。

果然是，秦家的人嗎？

透過門縫，看著那輛刻有秦家族徽的豪華馬車漸行漸遠，扶疏眉中浮現一抹憂色——怪不得那雙眼睛看著有些熟悉呢，原來是像阿箏的眼睛。

好在，自己的阿箏永遠是胖乎乎、圓滾滾，可愛得不得了，才不是方才那個什麼秦公爺瘦骨嶙峋又陰陽怪氣的樣子！

「扶疏說什麼？」家寶正好回轉，聽見妹妹正在喃喃著自言自語。

「啊，沒什麼。」扶疏忙掩飾。「我說那位秦公爺，好大的架子。」

「妳說那位公爺啊？」家寶撓了撓頭，憨憨一笑。「剛才周英大哥跟我說，這位秦箏公爺現在可是皇帝的紅人呢，厲害著呢——」

「那是——」扶疏心不在焉地敷衍。「人家是公爺，當然厲害……」只是，秦箏，這個名字，怎麼那麼熟悉呢？

秦箏？扶疏眼睛倏地睜大，一下從板凳上跳了下來，跳得急了些，帶倒了凳子，又重重地砸在自己腳面上，卻是連喊疼都忘了——

秦箏，阿箏可不就是姓秦?!

同一個世家裡子孫再繁盛也絕不可能出現同一個名字！

難道說，方才那個傢伙，是從前總愛跟在自己屁股後胖乎乎、可愛得不得了的阿箏？

可是，這怎麼可能?!

「扶疏，快坐下，讓我看看有沒有傷著？」家寶忙一腳踢開板凳，抬手扶住扶疏。

「我，沒事——」太過激動，扶疏說話都有些結巴了，掙開家寶的手，撒丫子就跑了出去。

阿箏，方才那個人竟是阿箏嗎？怪不得那雙眼睛這般熟悉！

原來阿箏長大了竟然是這個模樣嗎？如此的雍容而又帥氣！

不行了，自己要馬上追上去，告訴阿箏，這十多年來，真的好想他！

看著風一樣衝出去的扶疏，家寶神情錯愕，半晌回過神來，忙也拔足追了上去，哪想到扶疏竟是跑得快得很，竟是追了兩里地才追上自己妹子。

眼看著跑了這麼遠，仍是沒有看到那儀仗隊的絲毫影子，扶疏知道追不上了，終於無比失望地站住腳，抱著家寶的胳膊不住喘粗氣。

除了極致的開心之外，竟還有些酸澀難當，好像突然發現自家乖巧的孩子竟被人偷偷虐待了一般——不然，阿箏怎麼會瘦成這個樣子。

稍一深思，卻又有些了悟——是啊，不經過一番廝殺，秦家那麼顯赫的國公爵位怎麼也不可能會落到阿箏這樣一個庶子的頭上吧？要是有自己一直護著還好，可偏巧，自己卻那麼早地離開……

也不知是怎樣的一番腥風血雨，才讓阿箏，看起來這樣不快活……

第十一章　凱旋而歸

秦箏的大帳——

董靜芬小心地跪在下面，大氣都不敢出。

已經交代完父親的事情，上座的秦公子仍是沒一點反應。

秦箏既然不叫起，董靜芬自是一動也不敢動，到現在，腿都跪麻了。

良久，秦箏終於開口。「妳認識，陸家寶？」

董靜芬幾乎快要哭出來了——跟了陸家成這段日子，雖然見不得人，但也算是養尊處優，今天卻跟在秦箏的車後跑了這麼遠，身子骨兒都快散架了，卻仍咬著牙堅持，就是期望能打動對方；哪知跪了這麼久，這位公爺都不讓起來不說，還一開口就問起了陸家的事情！

然而心裡再委屈，卻是不敢表現出來，她只得哽聲道：「是。」

董靜芬正絞盡腦汁想著，是不是要交代清楚自己和陸家寶的關係，卻聽秦箏又道：「既是如此，妳必然也識得他那位妹子了？」

董靜芬大大地鬆了一口氣，不用交代和陸家寶的事情自然更好，忙回道：「公爺是說扶疏嗎？自然也是——」

「扶疏？」秦箏霍地一下站了起來。「妳剛才說，扶疏？」

沒想到秦箏突然來至眼前，董靜芬嚇了一跳，身子下意識地後仰，正對上秦箏死死盯著自己的森冷眼睛，嚇得魂兒都飛了，帶著哭腔道：「公爺饒命，陸家寶的妹子，委實叫做，陸扶疏──」

低矮的果木，繁麗的花朵，卻全是扶疏愛吃的、喜歡的，更不可思議的是，那個自己止不住覺得溫暖的孩子，竟然也叫做扶疏！

秦箏下意識地攥住懷裡的那方粗布帕子，這一切，實在是太巧了！

難道這世上果然有鬼魂，而扶疏的魂魄又和那個女孩有著某種自己目前不清楚的神秘聯繫，所以才會留下這方帕子，又引領著自己見到那個同樣叫扶疏的孩子，見到那樣一番熟悉的景致……

「公爺──」老管家的聲音忽然在帳外響起，聲音急促，明顯發生了什麼不得了的事情。「金門大捷，大帥請您去大帳議事。」

與此同時，整個大營已是一片譁然──

所有人都知道謨族人有多狡詐，早就料定大軍前往，戰事怕是會呈現膠著狀態，一年半載也結束不了。

哪料想，這才半月有餘，援軍就大敗謨族，不但斬殺了謨族第一勇士齊默鐸，更兼生擒了謨族公主葉漣！

除戰神楚無傷和大帥陸天麟外，還沒有哪個將領取得過這樣的輝煌戰績，稱之為大捷，一點兒也不為過。

秦箏微微怔愣了一下，肅聲道：「更衣。」神情裡卻全無半點喜色，甚至還有些冷意。

董靜芬跪伏在地上，偷眼看著頭戴金冠、身著蟒袍，尊貴無比的秦箏，神情頓時又迷醉不已，早晚有一天，自己要讓秦公子的眼睛裡容得下自己……

秦箏帶著一眾侍衛快步往大帳而行，一路上遇到的兵丁無不是喜氣洋洋，間或又有這樣那樣的議論傳入耳中——

「沒想到李校尉如此厲害，金門一戰便是聽著也是痛快至極！」

「李校尉？」旁人就有些不解。「不是說帶兵的是楚雁南楚校尉嗎？你怎麼說是——」

「你說那個小白臉？」那人嗤了一聲道：「這大營中哪個不知，小白臉不定是京中哪個貴人的後人罷了，憑他那麼大點年紀，不是借了祖上庇蔭，越騎校尉會輪到他當？還立功，能保住小命就不錯了！」

旁邊的人頓時紛紛附和，待看到紫袍玉帶的秦箏，忙紛紛住了嘴。

秦箏眉頭微微蹙了一下。

緊跟在身後的老管家眼睛裡閃過一抹輕蔑。

雖然旁人不知，老管家久居京城，心裡卻是清楚得緊，這楚雁南正是大齊上一代戰神楚無傷的獨苗！

按理說，楚無傷是忠臣，抄斬楚家滿門之事實屬冤案，已然是大齊朝堂公認的事實；奈何再怎麼是冤假錯案，卻也是先皇親手督辦，並下聖旨賜死了楚無傷。今上即便心裡對楚家幼子憐惜至極，卻也不好公然指斥先皇過失。

這也造成楚雁南在京城的處境尷尬得緊——雖是賜還了爵位及府邸，卻是並沒有像其他年齡相當的貴族子弟般到宮中任職。

也因為如此，滿朝上下識得這位楚帥幼子的人並不多。

而自己這位主子，更是不知為何，對那楚雁南可不是一點兒、半點的厭惡。

在京城時，自己陪著主子去姬扶疏墳前祭奠時，曾經不止一次和楚雁南在姬扶疏的墳前相遇，主子從來都是毫不留情地把楚雁南的祭品給摔出去……

即便如此，那楚雁南也沒有反抗過一次，只會默默地轉身離開。

只是有一次，自己有事回轉，正好碰見那楚雁南又置辦了新鮮乾淨的祭品重新擺了上去。

雖然不過是途中聽了那麼一嘴，老管家卻已是完全相信了這些兵士的話——畢竟，連被公爺當面打臉都不敢反抗，就是打死自己也不相信，這麼一個膽小懦弱的人，會在萬軍陣前殺人性命！

剛轉了個彎，正碰見陸天麟帶了眾位將領疾步而來，看到秦箏，微微一哂。「秦公爺既然到了，就和本帥一起去迎接凱旋將士吧。」

「自然。」秦箏點頭，和陸天麟一起並肩往營外而去。

剛走出營門，便聽見一陣馬兒嘶鳴聲，迎著正午的陽光，只見一支勁旅正疾馳而來，不過片刻，便倏忽來至眼前。

一時兵器林立、甲冑鮮明，卻又很快地彷彿潮水一般豁然分開，正正烘托出中間的一身披黑色斗篷的小將——

依然是宛若刀削斧刻般的俊美容顏，卻憑空多了一股懾人的殺氣，那凜凜神威，使得幾乎所有人都打了個哆嗦，整個軍營頓時一片肅然。

楚雁南的眼睛在秦箏身上頓了一下，飛身下馬，衝著陸天麟單膝跪倒。「末將楚雁南回來交令。此次金門一戰，共擊殺敵將九名，俘獲謨族公主葉漣並六千零五十八名將士，繳獲軍糧武器無數……我軍亡二十八人，傷一百零六人，將領無一傷亡——」

此言一出，所有人都倒吸了一口冷氣。

早聽說金門大捷，卻沒想到，竟是這樣大的一個勝利。

如此赫赫戰功，竟不過付出傷亡不足兩百這樣微不足道的代價，眾人火熱的目光齊聚緊跟在楚雁南身後的李春成身上。

李春成知道大家誤會了，頓時老臉一紅，這會兒，卻也不好辯白，還是讓事實說話吧。

忙一揮手，早有機靈的士卒推了一個棺材過來。

陸天麟馬上明白，神情滿意至極。

果然，楚雁南已然指著棺材道：「這裡面便是齊默鐸的屍體——」

齊默鐸？此人的武力值在謨族可是排名第一，在場有不少將領在這人手裡吃過大虧！大家跟著陸天麟呼啦啦圍了上去，待看到斷為兩截的武器和整整齊齊被劈開的屍身，看向李春成的眼神頓時震驚無比——

不可能吧！李春成什麼時候有此蓋世神力？

李春成撓了撓頭，指了指楚雁南，又是驕傲又是不好意思地道：「大帥，俺李春成服了！楚校尉不只智計百出，更兼勇猛無敵，這傻大個，就是楚老大一下劈成兩半的！」說著一挺胸脯，一副無比驕傲的樣子。

「什麼？」太過驚嚇，大家幾乎咬了舌頭，一個個傻了一般看向楚雁南。待要不信，可看李春成佩服得五體投地的樣子，還口口聲聲稱楚雁南老大，心悅誠服的樣子，完全不像是在作假，特別是躺在棺材裡那齊默鐸的情形……

難道楚雁南並不是大家想得那般草包，反而是不可多得的絕世將才?!

秦箏攏在袖子裡的手不自覺握緊，怪不得姬微瀾——也就是現任的神農莊二莊主，會對自己說，皇上打發楚雁南到邊疆來，就是為了把楚家的榮光一點點還給他……

「很好。」陸天麟眼裡閃過一抹不容錯認的自豪和驕傲，斥候早詳細回稟了雁南在金門的耀眼表現，不論是智計迭出還是一擊必殺，雁南都注定會比大哥和自己走得更遠。

神情突然又是一黯，若是自己和甯兒的孩兒還活著，該多好……

楚雁南剛要借著陸天麟的攙扶站起身來，忽然一頓，卻聽一絲輕微的破空聲在耳旁響起。

抬起手來一掌推開陸天麟，身形旋即如蒼鷹般凌空躍起，腰間寶劍隨之抽出，看也不看地回身一劈，一支箭頭烏黑的鵰翎箭應聲剖為兩半！

楚雁南卻並不就此停住，長劍往前一送，那斷為兩截的箭羽宛若沾在劍刃上一般，滴溜溜打了個轉，竟然又閃電般倒飛出去。

直到遠處傳來一聲慘叫，眾人才回過神來，再看向楚雁南的眼神頓時充滿了敬佩，如此喧囂的處境，竟能在背對的情況下，如此精準地攔下一支利箭，果然是個有本事的。
有機靈的士兵已經朝著發出慘嚎聲的地方跑了過去，旋即又是一聲驚叫傳來——
「老天，怎麼可能！」
眾人不知道發生了什麼，一個個眼巴巴地望向那隊士兵消失的地方，很快，那些人終於回轉，果然拖了個衣衫襤褸的高大漢子回來。
只是後面幾個人行徑卻是有些怪異，竟是吆喝著抬了塊大石頭，而且個個神情興奮而又狂熱。
「這些兔崽子們，搞什麼呀？」右將軍靳耀伸長了脖子看了半天也沒看出個所以然來，頓時有些急躁。
其他將軍也是滿臉興味，心想這幫沒見過世面的臭小子，什麼大不了的，激動成這個樣子。
等那一行人越走越近，所有的喧譁聲慢慢消失，到最後更是靜得連一根針掉下都能聽見——
那被楚雁南劈成兩半的箭，赫然就在眼前！
只是一半把黑衣大漢的大腿射了個對穿，而另一半卻是有大半都沒入那塊青色的岩石裡！
靳耀張了張嘴，半天才咂巴著嘴衝著楚雁南憋出一句。「奶奶的，俺老靳服了！你小子到底是不是人啊——」一話完卻旋即覺得不對——憑小傢伙這武力值，這根本就是一人形兵器啊，哪裡是自己能調侃的人物，忙又補救道：「那個，楚兄弟，啊、不，楚校尉，俺老靳，沒別的意思，就是覺著你這人厲害得簡直不像人——」說完益發覺得不對，竟是張口結舌，呆在了那裡。

卻是說出了在場所有人的心聲——這楚雁南才多大點年紀，怎麼竟會這般逆天！現在已經完全相信了躺在棺材裡被劈成兩截的齊默鐸，肯定是楚雁南的手筆了。

有那膽小的已經止不住腿肚子都有些轉筋了，什麼像不像啊，這貨根本不是人吧，說是來自地獄的魔王還差不多，不由暗暗思忖，自己應該沒有說過這位的壞話吧……

秦箏身後的老管家則直接一個踉蹌，好險沒摔倒，再看看旁邊神情陰鬱、眼皮都沒眨一下的主子，終於稍稍鎮定了些——

看走眼了又怎麼樣，不過是個小小的校尉罷了，這輩子都別想爬到自己主子這樣的位置。

忽然間隱隱又覺得不對勁，主子是不是一直就知道這小子應該是個危險的？不然，怎麼從前即便氣得如何暴跳如雷，也只是讓人摔了他的祭品了事，即便家裡那些猴崽子吆喝著請命要去教訓楚雁南，都沒有應允過……

「壽郞——」一個微微有些沙啞，聽在眾人耳裡卻偏是無比熨貼的女子聲音在場中響起。

眾人驚覺，紛紛抬頭看去，卻是一個一身火紅衣衫的美豔番邦女子，正被人從一輛囚車上押解下來，毫無疑問，必然就是謨族的葉漣公主。

有別於大齊女子的嬌弱婉約，這葉漣公主卻是身量修長，鳳目高挑，竟是混合了美豔和英氣兩種氣質，即便此時淪為階下囚，也仍是耀眼至極，讓人無法移開眼來。

本是軟癱在地上的高大男子猛地睜開了眼，竟是掙扎著翻身跪倒，因用的力氣大了，大腿頓時有大量的血噴湧而出。

「公主，是壽郇等無能，沒有護住公主——」

葉漣神情一陣慘然，怔怔地瞧著仍舊跪在地上的壽郇——壽郇等六人，全是父皇從上千侍衛中千挑萬選出來的，個個天賦異稟，有萬夫不當之勇，卻沒想到，盡皆折在了楚雁南手裡！果然是天要亡我謨族嗎？

本以為此次南侵，應該是萬無一失，卻沒想到，會殺出楚雁南這麼一匹黑馬！換做是其他任何一人馳援金門，自己都不會如此粗心大意。

葉漣抬眼，直直地瞧向楚雁南，心頭卻是一凜——

方才在囚車中時，自己清楚聽見了大齊軍營中種種對楚雁南的質疑之聲，而方才，這所有的質疑瞬間化為五體投地的拜服。

只是可怕的是，無論是先前的輕視抑或是現在的讚譽，這楚雁南的神情竟然沒有一絲波動。

年紀輕輕，心機竟是如此深沈嗎？

葉漣忽然覺得，或許即便是重來一次，自己早有準備，卻依舊不會是楚雁南的對手。

怪不得當初自己執意出兵時，父皇堅決不允，自己只以為父皇是被大齊給打怕了的，卻沒料到竟是自己太過狂妄……

可，為了父皇和謨族，自己不悔……

緩緩收回目光，眼睛在陸天麟身上頓了一下，她不卑不亢道：「陸帥，我謨族願意向大齊降服，只是有兩個條件：一，我謨族剛遭遇大災，希望齊國國君能加以援手；二，葉漣今年一十七歲，正是適婚之齡──」

所有將士頓時一愣，包括陸天麟都是一愣，之後旋即大喜。

這葉漣說什麼？願意降服？北部邊患中，謨族最是野性難馴，若是真心降服，北部邊患的危險將會大大降低，於國於民，無疑都是一件天大的好事。

只是一十七歲，適婚之齡又是何意？

轉念一想，卻又旋即明白，這葉漣的意思不會是……

其他將士一時譁然，個個神情興奮不已──乖乖，果然是蠻族女子，不通禮儀，竟是在大庭廣眾之下，毫不避諱地談起了自己的婚事。

卻也有部分未婚的，被葉漣的美色所惑，臉上露出躍躍欲試的模樣──

難不成要來個比武招親？

軍營裡頓時一片譁然，卻在瞥見站在旁邊始終肅立不發一語的楚雁南時，俱皆黯然──有這麼個逆天的小魔王在，真是比武的話，也輪不到自己啊！

瞧人家楚雁南，長得俊美不說，還這麼能打，要自己是那謨族公主，也肯定會選他。

葉漣一雙妙目同時落在楚雁南身上，卻只對上一雙冰冷的視線。

葉漣神情一怒，卻又旋即忍住，嘴角竟是微微一翹，拖長了聲調道：「所以，還要請齊國皇帝陛下幫我選個駙馬，這駙馬，要麼是和楚校尉一般長相俊美、身手厲害的將軍；要麼，是要能拿出三株血蘭做聘禮的神農莊人。」說到「血蘭」時，葉漣的手不自覺攥了下，又鬆開。

「血蘭？」一個將領立馬怪叫起來，這丫頭說什麼？讓人送血蘭當聘禮？還三株?!

血蘭只是一種傳說中的藥物，聽說有生死人肉白骨的功效，一株就已經價值連城了，這葉漣公主竟然一開口就要三株，明顯是不可能的嘛！

葉漣傲然一笑。「我族一位神醫，曾經在這天碭山境內，採擷過一株血蘭，稍後，我會讓父皇把當初血蘭根上帶的泥土給送回來一些——聽說神農族人均得天神眷顧，姬氏族人與生俱來有根據泥土識得產地的能力，找到幾株血蘭，應該算不得什麼難事吧？」

第十二章　大姊駕到

扶疏正在農莊裡忙活，忽然聽見一陣馬兒嘶叫聲傳來，愣了一下，放下手中的農具跑出來，神情頓時驚喜至極——

那個正策馬如飛一般朝自己疾馳而來的凜凜少年，不是楚雁南，又是哪個？

「雁南，雁南——」扶疏一下衝到了路中間，小小的身子擋在路中間興奮得又蹦又跳。

馬兒很快行至眼前，楚雁南端坐馬上，居高臨下俯視下面仰著頭滿臉喜色瞧著自己的扶疏。

「快下來讓我看看——」扶疏一把攥住馬轡繩，神情急切，嘴裡還不住念叨著。「有沒有傷到哪裡？我聽說謨族人都是身高丈二，目似銅鈴，嘴如血盆……你這麼瘦……我都要擔心死了！你也不告訴我，是在誰的手下做事，我想打聽都沒個去處……」

楚雁南只覺得一直以來焦躁不安的心忽然就安定了下來。

原來這種新奇的體驗就是被人關心的感覺嗎？

沒有人能體會那種在戰場上廝殺，卻不知道自己到底為何而戰的蒼涼，甚至很多時候，不明白這具肉體的存在，到底有何意義；現在卻忽然覺得，自己回來了，而且完好無缺，好像，也不錯……

「給你——」楚雁南翻身下馬，解下一個搭褳遞給扶疏。

「啊——」扶疏愣了一下，下意識地接過來，打開來往裡一看，長吁了一口氣，心終於放了下來——

竟是自己當初送給雁南的藥物，看著是一點兒都沒動，手一揚，就要把那裡面的藥物倒出來，卻被楚雁南一把握住。

「做甚？」

「倒掉啊。」扶疏理所當然道，沒病沒災地從戰場上回來多好，又隨身帶著些藥物回來多不吉利。

「不用。」卻被楚雁南劈手給奪了回去——從家破人亡那刻起，就再沒有人給自己準備過禮物，唯有扶疏這個傻丫頭……

不讓自己丟，幹麼要給自己看？扶疏有些意外，卻也沒有放在心上，這個年紀的男孩子嘛，偶爾有些傲嬌也是難免的，當下拉著楚雁南的手興高采烈地進了小院，道：「雁南，我們今天燉羊肉吃——」天可憐見的，在戰場是不定怎麼奔波呢，瞧瞧雁南瘦得兩腮都凹下去了。

「扶疏——」家寶正在院子裡劈柴火，看到自家妹子和一個俊美無比卻是一臉冷色的少年進了院子，不由一驚，難道是自家妹子又惹禍了？下意識地就想把妹妹扯到自己身後護起來。

「大哥——」扶疏一看家寶的臉色，就知道大哥八成是誤會了，忙擺手。「他就是我跟你說過的楚雁南，剛從前線回來。」

家寶也聽扶疏提過楚雁南，只說是一個朋友，原以為是個和扶疏一般大的丫頭罷了，現在見對方竟是個和自己差不多大而且好看得不得了的男子，心裡忽然就有些不得勁——妹子什麼時候認識了這麼陰沈沈、一看就不是善茬的嚇人朋友？

只是關鍵時刻，素來秉承的「萬事以妹妹為先」的原則還是占據了上風，衝楚雁南點了點頭，依舊接著砍柴了。

楚雁南也是自來不耐煩和人絮叨——當然，扶疏是個例外，只是瞟了一眼陸家寶，依舊一言不發冷冰冰地站在原地。

兩人之間隱隱的對峙，扶疏卻是渾然不覺，興高采烈地對家寶道：「大哥，雁南剛從前線回來，待會兒咱們燉羊肉招待他怎麼樣？」

家寶應了一聲，又抬頭看了眼楚雁南——好像這傢伙在妹子心目中的地位不一般啊！皺了下眉，卻依舊放下手中的柴火去準備東西。

楚雁南卻擺了擺手，道：「不用，我來拿菽芽，馬上要回去。」看扶疏不解的神情，難得又解釋了一句。「慶功宴。」

今天凱旋，營裡肯定要殺豬宰羊慶祝一番，自己作為主帥，肯定是要到場的。

「這樣啊。」扶疏很是無奈，心疼地小聲嘟囔道：「可是那麼點肉，輪到你們這些小兵嘴裡還能有多少？」卻也知道，軍令如山，今日無論如何是留不下楚雁南了，當下小聲囑咐道：「那明日你抽時間再過來，你來了我們再殺羊。」

楚雁南微微頓了一下。「你們吃，無須等我——」看陸家的家境，明顯不怎麼好，興許一年到頭，都不見得能吃上什麼葷腥，這傻丫頭，竟是一門心思地要等著自己……

扶疏已經轉身回屋，出來時一隻手裡拖了兩個大大的袋子出來，另一隻手裡則抱著當初楚雁南交代過的那盆蒗芽。

看到那盆蒗芽，楚雁南的神情頓時一怔——

和自己送給扶疏保管時幾近枯黃的模樣不同，現在這盆蒗芽竟是煥發出生命的氣息，一變而為濃鬱的深綠色，而且枝椏上還發出了兩枚新葉！

這就是據說最難侍弄的蒗芽嗎？

外人不知道，楚雁南卻清楚，這蒗芽乃是神農氏姬家所獨有。據說姬家人有一種神奇的能力，能令天地間最貧瘠的土地煥發出生機，只是要保持這種能力，就必須經常食用一種名叫蒗芽的植物。

只是這蒗芽最難侍弄，饒是神農族人，也無法讓它大面積生長，即便是神農山莊，也不過僅能種出小小的一畦罷了。

從神農山莊帶出這蒗芽到現在已經整整八年了，因想著是姬扶疏小姐愛吃的東西，自己一直精心照顧著；可饒是如此，這蒗芽也頂多保持半死不活的狀態罷了，想要奢望它煥發生機，卻是再無可能。怎麼交到扶疏手裡這幾日，變化卻是如此之大？

楚雁南有些深思地抬頭，卻被眼前的一幕情景弄得哭笑不得——

卻是自己那匹馬兒這會兒傲嬌得緊，扶疏的小身子跑到左邊，馬兒就把身子轉到右邊，扶疏顛顛地跟著跑到右邊，馬兒打了個響鼻，直接就把屁股對了過去，竟是無論如何不肯讓扶疏靠近。

楚雁南大踏步上前，沈聲道：「黑寶——」

看到不停衝著馬兒噘嘴瞪眼做出種種威脅模樣的扶疏，楚雁南臉上的神情更溫和，拉著扶疏的手摸了下黑寶的頭。

「黑寶，她是，扶疏——」頓了一下，續道：「記住，不許欺負扶疏，要聽她的話。」

黑寶又打了個響鼻，烏溜溜的眼睛似是有些不屑地瞟了一眼扶疏，還是低下頭，強忍著任扶疏的手在自己腦袋上又摸了一下，終究一扭頭，一副「大爺不伺候妳」的模樣。

「哇，這隻黑寶的性子真是——」扶疏簡直笑不可抑，忽然想起一件事。「雁南，能不能想法子帶我去軍營看看？」

自從知道那位公爺應該就是阿箏後，扶疏又偷偷一個人跑去軍營前，卻再也沒見過阿箏，要是雁南肯把自己帶進去……

「不行——」楚雁南毫不猶豫地拒絕，軍營裡可全是男人！

「雁南，幫我，我真的想去看一下，不然，我穿上男裝——」扶疏神情中頓時就有些焦灼。雖是明白雁南這樣的下層兵士，要幫自己混入軍營肯定很難，可除了雁南，自己又實在找不到第二個可以求助的人了。

連州距京城上千里，若是阿箏真的離開，再想見面，定然是遙遙無期，無論如何，自己要在阿箏離開前見他一面。

楚雁南卻是瞪了她一眼，哼了聲「胡鬧」，就一抖轠繩，調轉馬頭疾馳而去。

這是，不答應了？扶疏愣了半晌，沮喪地抱著頭，蹲在地上。

已經行至遠處的楚雁南忽然回頭，正好看到縮在地上的那小小的一團身影，心瞬間抽了一下。

回至大營，整個營地一片喜氣洋洋，楚雁南翻身下馬，正好碰見李春成。

「老大——」李春成這句「老大」現在叫得可是順溜得緊，只是沒等他說完，就被楚雁南給打斷。

「葉漣在哪裡？」

「葉漣？」李春成愣怔了半天，才想起來，擠了擠眼，嘿嘿一笑。「老大您是說那個謨族公主，呶，那個營帳——」

所謂「當兵有三年，老母豬賽貂蟬」，更何況是那麼個長相美豔誘人的公主？別看老大一副冷冰冰、生人勿近的模樣，現在瞧著八成也是春心蕩漾了。

而且今日那個公主可是當眾撂下話了，明眼人一聽就能明白，分明是看上了自家老大！瞧現在的情形，是妾有意，郎有情？

還要再說，楚雁南已經丟下他，大踏步往帥帳左邊的葉漣營帳而去。

「楚雁南？」聽說楚雁南來見，葉漣明顯愣了一下，半晌冷笑一聲，擺出公主的譜大刺刺地道：「叫，進。」若非楚雁南，自己又如何落到現在這般不堪境地？

楚雁南大踏步進入營帳，瞥了葉漣一眼。「明日妳和我出去，接一個人過來。」不但絲毫沒有見禮的意思，就是說話也完全是一副命令的語氣。

「你——」葉漣頓時大怒，這人怎麼這般狂妄！自己好歹也是一國公主，聲音頓時轉為森然。「接一個人？你的人？楚雁南，你真以為本宮是菩薩下凡——」殺了我謨族那麼多好兒郎，還想讓我為你效力，作夢還差不多！

「不去？我現在就可以讓妳挖空心思想要設計的一切全都成空。明日午時之前，我靜候妳的回音。」楚雁南卻不耐煩和她多說，拋下最後一句話，掀開大帳逕自離開。

一直到楚雁南的腳步聲完全消失，葉漣才回神，氣得抓了個杯子就要往地下摔，卻終是什麼都沒有做——自己挖空心思設計的一切……難不成，楚雁南猜到了什麼？

翌日午時未到，楚雁南就被陸天麟派人叫了去。

「方才葉漣說想要和你一起出去。」陸天麟放下手中的酒杯，看向楚雁南，明顯是要一個解釋。

楚雁南不可能成為謨族駙馬，這是陸天麟和楚雁南都心知肚明的事。

慢說雁南本就身分特殊，身為大齊戰神楚無傷的獨子，若是被送往謨族和親，傳出去，大齊豈不顏面掃地？

更不要說，此一次戰役，楚雁南的光芒已經再無可掩蓋，謨族人本就英勇善戰，再送給他們這樣一個天生帥才，怕是大齊再無寧日。

退一萬步說，便是楚雁南今時今日一無是處，陸天麟自信，以自己現在的實力，也可護得了他——大哥身後就留下這麼一株獨苗罷了，自己這輩子也注定無後了，楚雁南勢必要傳承楚、陸兩家煙火，即便此去謨族會有無窮的富貴，自己也不可能放他離開。

也因此，即便楚雁南當眾不給葉漣面子，陸天麟不過冷眼旁觀罷了——再是公主，也不過敗軍之將，還是認清自己的位置為好。

卻沒料到，方才親衛陸鴻卻過來回稟，說是聽將軍們說，楚雁南昨兒個親自去公主帳裡拜訪，瞧兩人的樣子，許是已經兩情相悅了。

陸天麟本待不信，誰知一大早葉漣就來至帳中，言說想要楚校尉陪著出去轉一轉。

「葉漣不過是拿我做幌子罷了。」楚雁南皺了下眉頭，伸手把陸天麟的酒杯取走，又拿了盤子，把扶疏送的果子裝了滿滿一盤擺上。「既然想要利用我，當然要付出些代價。」所以無論自己態度如何惡劣，她也只能忍著。雖然昨日裡還一副惱羞成怒的樣子，今兒一大早不是馬上按自己說的做了嗎？所以說和聰明人打交道，就是比較省心。

「你有自己的打算便好。」陸天麟欣慰地點了點頭，伸手想去拿酒杯，又中途頓住，改為捏了顆果子放在口裡。

等楚雁南騎了馬兒出來時，葉漣已經在外面候著了。

兩人並轡而出，彼此間氣氛冰冷，落在外人眼裡，卻又是另外一番風景。

葉漣心裡又是氣悶又是憋屈，枉自己自負甚高，沒想到卻栽在了這樣一個乳臭未乾的小子手裡；論武比不過人家，論到智計也是望塵莫及，本以為已經掩飾得很好，卻沒想到竟會被對方看破！

自己又不是傻子，更不是自虐狂，怎麼也不會找一個處處壓自己一頭的人做夫婿！之所以拿楚雁南說事，又特意提出「以血蘭為聘禮」這樣一個看似不可能的要求，就是為了讓那大齊皇上誤以為謨族野心不死，想要奪了大齊的悍將。

自己越是這樣說，怕是大齊皇上越想找到血蘭，然後交給一個不會威脅大齊的人，讓他成為自己的駙馬；卻不知，其實這會兒，自己最需要的，恰恰就是血蘭。

不止謨族遭受天災，還有父皇，舊疾突然發作，已是必死之症，若然沒有血蘭，怕是三月之內，便會撒手塵寰。

而自己年紀尚幼，在族中威望未著，所以才行此險招，悍然出兵攻打齊國。想著若然能破了金門、劫了大齊的糧庫，不只可解族人之危，更能讓自己的威望達到一個前所未有的頂峰；更重要的是，當初救過父皇一次的那株血蘭，便是在天碭山的山脈中覓得，卻沒想到自己竟然會一敗塗地，成了別人的階下囚！

現在族內有父皇撐著，短時間不會有礙，可若是不能盡快找到血蘭，真有什麼意外發生，消息傳開來，怕是大齊會乘虛而入，整個謨族都有滅族之災……

雖然無法探明楚雁南到底知道些什麼，葉漣卻也明白，此時此刻，自己唯有乖乖聽話才是。

兩人一路無話，很快來至陸家的小農莊外。

看楚雁南翻身下馬，葉漣心知，裡面應該就是那個魔鬼要自己陪著來接的人。

而且既然要自己出面，說明應該是個女人。

不由瞧了一眼楚雁南——明明是個男子，卻偏生比女子還要俊美，也不知什麼樣的女子才能在這樣的男人面前不自慚形穢，並繼而收服這個惡魔……這樣想著，心裡竟是隱隱有些好奇和急切。

門「吱呀」一聲從裡面打開，一個樣貌樸實的少年人並一個身姿窈窕的女孩出現在門邊。

葉漣的眼睛自然落在女孩身上——雖是小小年紀，已經看出是個美人胚子，特別是身上那種純然乾淨的氣質，讓人油然生出一種親近之感。

這是，楚雁南的女人？

只一個照面，葉漣便有些理解楚雁南——就如同自己在謨族的深宮中見多了爾虞我詐的黑暗和殘忍，那楚雁南的生命裡，八成也是黑暗骯髒的東西居多，而越是身在黑暗的囚籠，便越是渴望陽光的照耀……

可若是，自己想個法子把這叫扶疏的女孩，也染成黑的呢？

葉漣指名讓楚雁南陪著外出踏青的消息，很快在軍營中傳揚開來。

「我就說咱們老大的魅力無人可擋——」柳河一臉的驕傲。

「那是。」李春成一副與有榮焉的樣子，也不看看是誰的老大，而且老大那小模樣，自己可是瞧著比葉漣還好看，算起來，還是葉漣占了便宜呢。

「咦？」柳河忽然住了嘴，一拉李春成，就從地上蹦了起來——

哎呦嘿，這就是心有靈犀吧？才剛說到老大，老大就回來了——跟在他後面的，可不就是那個美豔逼人的葉漣公主？

兩人忙不迭迎上去，看到楚雁南手裡還提著個小包裹，柳河忙笑嘻嘻地迎上來。「這是誰的行李啊，竟敢勞動老大，這樣的粗活還是讓屬下來吧——」

哪知連邊都沒碰著呢，楚雁南已經倏地讓開，皺眉道：「不用。」看兩人還傻愣愣地站著，明顯很是不悅。「還不快去做事，傻站在這裡做什麼？」

兩人嚇得一激靈——不就是想拍老大的馬屁嗎？也不知哪句話說錯了，瞧老大這鼻子不是鼻子，臉不是臉的，這是，拍到馬腿上了？

「你、你、你不是個大頭兵嗎？什麼時候成了『校尉大人』？雁南，他們開玩笑的對不對？」扶疏指著楚雁南驚訝地問道。

柳河和李春成怔愣地瞧著一個年齡不大的丫頭，正目瞪口呆地指著自家老大那張俊美逼人的臭臉，不但絲毫不懼，甚至嫩白的手指都快戳到老大臉上了。

「傻丫頭——」因為在手下面前，楚雁南強忍住用手去拍扶疏後腦勺的慾望，神情無奈至極。「我是個校尉，就那麼難以接受嗎？」從進軍營聽到第一個軍士向自己問好，小丫頭的嘴巴就一直張著，都這麼久了，真的不酸嗎？

「走吧，這麼久了，妳也累了吧？我送妳去公主的大帳休息。」說著扔下柳河和李春成，楚雁南親自引領著扶疏往葉漣帳篷的方向而去，甚至為了配合扶疏的小短腿，連步伐也都刻意放慢了不少。

「撲通——」卻是李春成受的刺激太大了，咚地一下坐倒地上——今天早上喝的湯太多了吧，不然，怎麼會在自家冰山老大臉上看到那種叫什麼，對，溫柔這種東西？

不會的，自己一定是眼睛出毛病了，別說老大那般殺人不眨眼的性子怎麼可能會懂得溫柔？退一萬步來說，即便想要溫柔，不也應該是對著葉漣嗎？怎麼竟會是給了那個伺候葉漣的小丫頭?!

「我，我知道了——」卻是柳河一下蹦了起來，好巧不巧，正好踩在李春成的腳上，把李春成疼得抱著腳不住轉圈。「柳河你做什麼？哎喲，我的腳——」

「小妹妹，那個小妹妹——」柳河卻是憋得不住喘氣，半晌才吼了一嗓子。「那個小妹妹，我認識！」

她不正是那天操了根棍子從山坡上衝下來，救自己於水火中的小姑娘？對了，好像自己和弟兄們嚇破了膽匆忙逃命時，老大就正正把這小姑娘摟在懷裡！

這會兒就是再遲鈍也明白了，什麼公主配老大，全是放屁！剛才那個小姑娘才是老大的真命天女！

「原來是大姊駕到——」李春成嗷地一聲，神情簡直是和打了雞血一般，瞧著那遠去的小小背影，神情崇拜至極，抬手用力在柳河肩上拍了下。「好兄弟，這可是你說的！可千萬記得趕明兒瞅機會介紹大姊給我認識。」說不好以後哪時候惹了老大發火，還得指著大姊救命呢！

遠遠的，陸天麟正好走出帥帳，一眼看見扶疏的背影，神情頓時有些恍惚，這背影瞧著，竟有似曾相識之感。「那是——」

「那是楚校尉陪著謨族公主剛挑選出來的貼身侍女。」旁邊的將領忙低聲回稟。楚雁南方才已經來備過案，自己想著，不過是一個小小的侍女罷了，就沒有驚動大帥。

「是嗎？」陸天麟頓了一下，既是雁南親自挑選的，安全方面必然無虞，略怔了片刻，轉身往另一個方向而去。

「這是，瑩夷果？還有荇眼、桂果……」看著一盤的果子，葉漣驚喜不已。

這些東西全是謨族特產，雖是因土地貧瘠，個頭都比較小，偏是汁多味甜，鮮美無比；更難得的是，這些全是家鄉的東西，葉漣難得心情好了些。

一連吃了好幾顆卻又頓住——實在是扶疏方才往外倒果子的袋子明顯癟了很多，看來，自己還是儉省些吃為好，不然，八成要等到和談結束，才能再吃到這些東西了。

「公主儘管吃，」扶疏一眼看穿了葉漣的心思。「這些果子外面還有，公主想吃的話，我讓哥哥再送來。」

「還有？」葉漣明顯不太相信，一般入了深秋時節，便是在宮廷裡，也很少能見到這些果子的影子了，這連州城內又怎麼會還有？明明一路上根本沒見到一棵果樹的影子。當下有些不相信道：「扶疏可不要哄我，這一路上連個樹影子都沒有看到。」

「公主放心，我說有就有，公主只管吃，吃完了肯定還會有。」扶疏信心滿滿。

山裡的果兒比平原熟得要遲些，越往裡走越是熟得慢，再吃個十天半月絕對沒問題。當然，要想找到這幾種謨族人喜歡的果兒是難了些，但那是對別人，於自己而言，可算是容易。

一抹狐疑之色在葉漣眼中閃過，難道說，這小姑娘竟然通曉由植物習性辨識產地的方法，不然，怎麼會這般篤定？只是這年紀也太小了吧？卻隱隱對神農莊人更加渴望——連個鄉野村女都有這麼高的造詣，那是不是意味著，真正的神農莊人應該更加神乎其技，那樣的話，自己想要的血蘭……

「公主——」門外響起一陣腳步聲，扶疏忙起身開門，卻是一愣，來人竟是董靜芬！

「是妳！」董靜芬也是一怔，手裡的托盤險些摔了。

扶疏淡淡地看了一眼董靜芬。

董靜芬定了定神，似是意識到什麼，上上下下打量扶疏，問道：「妳，怎麼在這裡？」語氣中明顯有些驚疑不定，秦公爺吩咐說讓自己來伺候公主，怎麼陸扶疏竟會在這裡？

扶疏並未回答，看了看董靜芬手裡的托盤。「這是要送給公主的嗎？給我吧。」

董靜芬下意識地往後一縮，很是警惕道：「我要見公主，妳快讓開，不然，小心吃掛落（注）。」

「外面是誰？」葉漣微有些不悅的聲音從裡面傳出來。

唯恐扶疏阻攔，董靜芬忙道：「奴婢董靜芬，奉了秦公爺之命，來見公主殿下。」

房間裡靜了下，良久才道：「進來吧。」

董靜芬得意地橫了扶疏一眼，推門進了房間，瞥了坐在上面長相美豔頗有威勢的葉漣一眼，再不敢多看，忙撲通一聲跪倒在地，舉了手中的托盤道：「奴婢董靜芬，本是在秦公爺面前伺候，公爺言說公主遠道而來，身邊定然缺少使喚的人，就命奴婢到公主身邊伺候，這盤子裡的東西，是公爺的一點兒心意，還請公主笑納。」

掀開托盤上面的紅布，露出裡面一把鑲滿了鑽石的匕首，甚至中間的柄上，還有一顆龍眼大的夜明珠。

葉漣微微一愣，沒想到那秦箏竟會送來如此昂貴的禮物，不說別的，單是那顆夜明珠怕就價值連城。

扶疏也是一愣，阿箏怎麼會把董靜芬這樣的人留在身邊？還有，聽雁南說，葉漣要在大齊招夫，難不成，阿箏看上了葉漣，不然，何以如此殷勤？

真是那樣的話，自己倒要好好留意一下這位公主的人品了！這般想著，看向葉漣的眼神頓時充滿了考量的意味。

看扶疏一下看自己托盤裡的禮物，一下看葉漣的臉色，董靜芬心裡越發得意——這般昂貴的東西也只有公爺才拿得出，自己這個奴才也跟著長臉。而且據自己看來，陸扶疏笨手笨腳的，根本不會伺候人，公主必然會把自己留下，打發那個死丫頭離開，自己到時，非好好地嘲笑她一番不可。

葉漣回頭，正好看見扶疏看向自己的熱切眼神，沈吟了片刻道：「扶疏，妳說，這匕首，咱們可要留下？」

董靜芬險些咬了舌頭，公主說什麼？竟然要陸扶疏幫她決定要不要公爺的禮物？

注：掛落，意指牽連、連累。

扶疏倒是沒有猶豫地便道：「畢竟是秦公爺的心意，公主自然應該留下。」笑話，要是阿箏真是這個意思，自己當然要幫他一把，這把匕首說不定就是訂情信物了。

「好，扶疏喜歡的話，咱們就收下。」葉漣無所謂地一笑，早聽說秦箏和神農山莊的人關係匪淺，會送這件東西來，明顯是想要籠絡自己；可神農山莊那邊的人到底怎樣自己可是全無所知，倒是這陸扶疏……

而且自己方才看得不錯的話，好像一提起秦箏，小丫頭明顯感興趣得緊，難不成和那秦箏有什麼淵源？

看楚雁南那般在意這丫頭，自己雖然暫時不是那個魔頭的對手，可也絕不會放過任何一次可能給楚雁南添堵的機會！當下就打定主意要想方設法，讓扶疏和秦箏多「親近親近」。

什麼叫陸扶疏喜歡就收下？董靜芬一下傻了眼，還沒反應過來，就聽葉漣接著道——

「好了，妳回去吧。」

「啊？」董靜芬愣了下，囁嚅道：「可是公主，公爺說讓奴婢留在公主身邊伺候……」

「沒聽見本宮的話嗎？」葉漣皺了皺眉頭，單看這女子眼底眉間的狡色，便讓人心生不喜，反正都是被監視，留個心思簡單的，自然更省心些。

董靜芬嚇了一跳，眼淚立時在眼眶裡打轉，一副楚楚可憐的模樣。只是這般梨花帶雨的樣子，男人看了或許會憐惜，落在葉漣這種上過戰場，看慣了鮮血的人眼裡，卻唯有更加厭惡。對於陸扶疏，自己頂多如同楚雁南所言，自己的事情自己做，這女人要留在自己身邊，難不成還要自己每日哄她開心不成？

葉漣不耐煩地一揮手。「去吧，替本宮謝過秦公爺。啊，算了，待會兒本宮會親自去一趟。」

董靜芬眼淚立時下來了，竟是抽泣著退了出來，那般委屈的模樣，好像被人欺負了一般，弄得葉漣哭笑不得。

待董靜芬走後，葉漣才轉頭看向扶疏，問道：「妳認識她？」

扶疏神情厭惡地點了點頭，也不是什麼不可避諱的事，當下坦然道：「前些日子，我大哥，剛和這個女人退親。」

「這樣啊。」葉漣也沒當回事，想了想吩咐道：「我現在也沒什麼拿得出手的東西，就妳方才帶來的果子去裝一盤，咱們去回拜那位秦公爺。」

故作不經意地瞄了一眼扶疏，眼見得扶疏神情果然一喜，不由暗嘆，這麼個絲毫不會掩飾情緒的單純小丫頭，怎麼就會和那個魔鬼一樣的楚雁南攪和在一起！而且，也不知那楚雁南是太過托大，還是根本就沒把自己放在眼裡，竟派了這麼個一派天真爛漫的小丫頭來自己身邊當臥底。

想到馬上就要見到秦箏了，扶疏簡直無法抑制內心的雀躍，竟是根本沒有注意到葉漣古怪的神情。

忙跑過去打開包裹，精心挑選出印象裡上一世阿箏最愛吃的又能養胃的果子，滿滿裝了一大盤，動作之迅速，看得葉漣不住咋舌——這小丫頭，不會是把自己當成那什麼秦公爺的侍女了吧，瞧這動作麻利的！

好在自己愛吃的果子還都留著，總算還有點兒良心，卻是已經越發篤定，看小丫頭的樣子，八成和那秦箏淵源頗深；一想到能讓楚雁南不舒服，葉漣真覺得簡直比吃了人參果還要通體舒暢。

第十三章　不可原諒

兩人一前一後來至秦箏帳外，剛要敲門，便聽見房間裡傳來一陣訓斥聲——

「妳一個奴才罷了，真以為自己是什麼尊貴的？做奴才就要有奴才的樣子，一副死了老娘的模樣，當真是晦氣！幸而現在公爺不在，若是妳膽敢在公爺面前做出這般浪蹄子的模樣，不消公爺吩咐，我就能把妳捆了，發賣出去！」

若不是公爺身邊確實需要有人伺候，而這董靜芬又是一副感激不盡要報恩的可憐模樣，自己才不會勸說公爺接了她的身契。

這才幾天，就做出這般嬌弱的樣子，分明是想著勾引公爺！小地方的人就是沒見識，也不瞧瞧，自己是什麼身分；慢說那些高門貴女，便是京都公爺府裡的丫鬟都長得比這董靜芬水靈。

正自惱火，外面忽然響起一個清亮的女子聲音——

「秦公爺可在？我家公主有事來訪。」

「啊？」那老管家愣了下，忙上前迎候，外面可不就站著那異族公主和一個端了滿滿一盤果子的丫頭。

頓時一驚——這外族人的習慣就是和大齊不同，前腳剛送了東西過去，後腳就跑過來回禮了！

可是公爺卻趕巧出去了，老管家忙不迭上前接過盤子，一連聲道：「公主恕罪，我家公爺方才有事外出，還請公主稍待，老奴這就著人去請公爺。」狠狠地瞪了一眼因見扶疏兩人進來，一臉羞惱之色的董靜芬，吩咐道：「還愣著幹什麼？還不快去給公主殿下沏茶！」看到客人來了，竟敢擺出這樣憤憤不平的神情，知道的說下人不懂規矩，不知道的，還以為公爺對那公主有什麼不滿呢！

竟然當著扶疏的面被呵斥，董靜芬氣得發瘋，卻不敢再哭，狠狠地剜了扶疏一眼，正好被老管家瞧見，直氣得鬍子都是抖的。

扶疏卻是不甚在意，早知道董靜芬是個輕狂的，本來膽敢傷害大哥，早就準備給她個教訓，現在看來，暫時不用自己出手了——單是這個性子，便是這老管家，也饒不了她；只是阿箏不在，心裡卻甚是失望。

葉漣覷了眼扶疏的神情，看小丫頭的樣子，果然有戲！眼珠子一轉，衝著老管家道：「也沒什麼要緊事，正好本宮也想要四處走走，不然你告訴我，你家公爺去了哪裡，說不好，路上便能碰見。」

「這樣啊——」老管家神情有些扭曲，心說這外族人果然是蠻荒之族，絲毫不懂禮儀，什麼叫自己去尋他？這男未婚、女未嫁的，也不怕落人話柄！轉念一想，罷了，人家都和男人一樣帶兵上戰場了，這些自然更不在乎！只得道：「公爺去了南邊的苦力營巡視。」

巡視苦力營？此言一出，不只葉漣，就是扶疏都有些發愣。

作為身分尊貴的欽差大臣，就是巡視，也應該閱兵吧？好好地去什麼苦力營？

那苦力營關押的多是犯官家屬或罪大惡極、罪無可赦的重犯，以窮凶極惡之輩居多，那樣邪惡的地方，有什麼好巡視的？

葉漣卻是無所謂，問清了苦力營的位置，便帶著扶疏溜達地往南大營而去。

一路上遇到不少大齊官兵，看向葉漣的神情都有些驚奇，只是南邊的苦力營也不是什麼軍事重地，便沒人上前阻攔。

和別處營房不同，苦力營除了最周邊的房子是把守的兵丁居住，修繕得整整齊齊外，裡面全是低矮破舊的氈房，連個窗戶都沒有，陰森森的，看著甚是嚇人。

眼下正是深秋天氣，苦力營中也正忙著應對寒冬季節的到來——對於這些重刑犯而言，不只吃不飽穿不暖、挨餓受凍，更要沒日沒夜地輪番去田間勞作、構建防禦工事，還要去服各種各樣名目繁多的苦役，甚而必須的時候，在必死的戰役中充當炮灰的角色……

所有來了苦力營的人都有一個了悟——這一世，十有八九，就要埋骨於此，做個他鄉之鬼！也因此，偌大的苦力營中，到處瀰漫著一種頹廢而絕望的氣息，到處都是帶著沈重的腳鐐埋頭做工的死氣沈沈的犯人，那些曾經或凶惡或驕橫的臉上，現在統一變為呆滯。

即便如此，當葉漣和扶疏出現時，那些犯人還是有些騷動——苦力營中倒也有女人，全都是因家裡男人犯了重罪，被發配到這裡充作官妓的；只是那些女人早被現實的苦難擊垮，一個個骨瘦如柴和行屍走肉相仿，已經失去了女人本身所固有的種種特質。

現在看到葉漣這般恣意綻放的美麗，頓時不受控制地被吸引，看向葉漣或是扶疏的眼神都貪婪無比；甚至有一個衣衫襤褸的漢子，下意識地就把手伸到了褲襠裡，只是下一刻，一聲尖利的鞭子聲隨即響起，卻是看守的兵丁劈頭蓋臉地抽了下來，那漢子頓時哀號一聲，臉上一下鮮血淋漓……

到了此刻，不只扶疏蹙緊了眉頭，便是葉漣也有些後悔，正要招呼扶疏回轉，卻正好看到前面不遠處，身著天青色常服的秦箏。

正主既然就在這裡，葉漣也就改了主意，繼續帶著扶疏信步往秦箏身旁而去。

秦箏卻是壓根兒沒注意到身後的情形，正陰沈著臉，死死地盯著前面一個同樣身繫鐐銬的囚犯。

那囚犯看身形足有九尺高，人卻是瘦得幾乎脫了形，依稀能瞧出原本剛毅粗獷的面容，衣衫早已襤褸不堪，遍布傷疤的赤裸雙足上戴著一副足有百十斤重的沈重腳鐐，除此外，赫然還有兩條鐵鏈從琵琶骨處穿過。

「青岩——」秦箏眼睛久久停留在鐵鏈上已經鏽成青紫色的陳舊血跡，半晌嘆了口氣。

話音未落，男子倏地抬起頭來，帶著鐐銬的手朝著秦箏就砸了過去。

秦箏一個躲閃不及，一下被砸個正著，只覺一陣頭暈目眩，下意識地伸手捂住頭，入手竟是熱熱的濡濕感。

「姬莊主——」

隨侍在旁的李良大驚，上前飛起一腳就把那男子踹飛了出去，看男子還要掙扎，旁邊負責監管的守將終於回過神來，立時嚇得臉色蒼白，狠狠地一拽握在手中的鐵鏈，隨著一陣嗤啦啦的鐵鏈穿過骨頭的刺耳摩擦聲傳來，馬上有殷紅的血順著男子的琵琶骨汩汩淌下……

「阿箏——」一片混亂中，扶疏飛也似地朝頹然倒下的秦箏跑了過去，一邊拚命地想要幫秦箏止血，一邊顫聲道：「阿箏，阿箏，你怎麼樣了？」

阿箏？秦箏迷濛的眼神忽然閃過一絲光亮，直直地看了扶疏一眼，反手緊緊拽住扶疏，頭一歪，就昏了過去。

葉漣也被這一幕給弄得目瞪口呆，剛要吩咐扶疏離遠些，卻發現小丫頭已經不顧一切地衝了過去，還有那般緊張的模樣——說和秦箏沒關係，鬼才會相信！

「快帶公爺回房間診治——」李良上前一腳踹翻男子，腳隨之在男子穿過鐵鏈的琵琶骨上用力一踩，一陣嚇人的骨頭碎裂聲隨即傳來，扶疏渾身一哆嗦，下意識地抬頭，正對上一張被抽打得在地上不住翻滾，卻始終咬緊牙關不肯發出一聲哀號的臉，臉色迅即大變——

這個剛才突然暴起要刺殺阿箏的男人，怎麼瞧著，這麼像青岩？

不，怎麼可能！扶疏卻又旋即推翻了自己的猜想，作為神農家族的守護者，即便自己亡故，青岩這會兒也應該還在神農山莊才對，怎麼會淪為囚犯被發配到這裡？

而且退一萬步說，即便發生了什麼難以預測的事，青岩也絕對不會做出刺殺阿箏這樣瘋狂的舉動來。

畢竟，一個是自己視若親弟一般的阿箏，一個是神農山莊一直以來的守護者，雖名為奴僕，但對姬氏卻最是忠心，無論何時，都會寸步不離地跟在自己身邊，一直是自己當成哥哥一般看待的青岩，再如何，這兩個人也必不會反目成仇，弄到這般慘烈的境地！

還要細看，李良已經再次抬起腳來，狠狠地把男子踹飛了出去，咬著牙惡狠狠道：「帶回去，狠狠地打！」

早有機靈的侍衛跑出去尋了一副擔架過來，小心地把秦箏放在擔架上，扶疏只覺手被人猛地一拽，忙回頭看去，卻是秦箏，即便昏迷之中，依然緊緊抓著扶疏的手不放。

那抬擔架的侍衛也發現了這一點，忙上前想要分開兩人，哪知扶疏的手剛有鬆開的跡象，躺在擔架上的秦箏就忽然劇烈地掙扎起來，那慘烈的模樣，好像正在忍受著什麼極致的痛苦。

侍衛們嚇了一跳，不敢再用力，只得匆匆吩咐扶疏道：「妳也來吧！」

直到軍醫趕過來，秦箏竟仍是不肯放開扶疏，甚至扶疏稍微動一下，秦箏就會露出痛苦的神情，萬般無奈，老管家只得令人搬了張凳子，命扶疏握著秦箏的手坐在床前，也是怪了，秦箏果然就平靜了下來。

氣得旁邊的董靜芬幾乎把手裡的巾帕給絞斷。

扶疏這會兒卻完全沒心思搭理她，既擔心秦箏的傷勢，又不由自主地想起方才那個囚犯熟悉的面容，竟是心亂如麻，無論如何靜不下心來。

好在秦箏只是外傷，軍醫小心地給處理了後，明確表示，秦公爺應該很快就會醒來，而且不會留下什麼後遺症。

很快，又有人通稟，說是右將軍秦佑求見。

這秦佑也是秦家人，卻是屬於旁支，老管家又忙出去接待，順帶著，連董靜芬也帶出去伺候。

看房間裡再沒了旁人，扶疏終於有機會細細地打量躺在床上的秦箏，原先沒注意，這會兒仔細瞧了才發現，阿箏原先只是太胖了，真瘦下來的話，可不就應該是這個模樣嗎？

秀氣的眉，狹長的眼，高挺的鼻梁……

扶疏不覺伸出手，一點點撫過這張睽違了十年之久的臉，良久長長地嘆了口氣，伏在秦箏耳邊輕聲道：「阿箏，原來你長大了，就是這般模樣嗎？姊姊還以為這輩子都沒機會見到你長大的樣子了呢！阿箏，你一定要好好的，要快快地好起來，等你睜開眼睛，就能看到姊姊了，所以，快點好起來，好不好？」

隨著扶疏手指觸及的地方，秦箏的神情越來越放鬆，甚至一直以來，都是緊緊蹙著的眉心也漸漸舒展開來，精緻的臉上露出一個宛若小孩子般甜美的笑容。

扶疏神情一鬆，這孩子，還是和從前一樣乖得讓人心疼！以前就是這樣，若是有個病了、痛了，便會可憐兮兮地縮在被窩裡，無論多不舒服，卻是只要自己哄幾句，就會很快生龍活虎一般。

她看秦箏嘴角有些乾裂，就想著起身去倒杯茶水來，哪知剛站起身，卻聽外間老管家道：「你說刺殺公爺的囚犯叫青岩？」聲音明顯驚怒至極。

扶疏一個激靈——青岩？

「是啊。」那秦佑道：「可惜陸大帥不在營中，不然，單憑刺殺公爺這條罪名，立馬就可以將他梟首示眾！」

「斬首？」老管家卻是憤恨至極。「斬首也太便宜他了！這個青岩，仗著服侍過姬扶疏，就不把公爺放在眼裡，幾次三番和公爺作對，今兒個竟然還敢刺殺公爺，當真是活膩味了！不是說他一身功夫都廢了嗎，怎麼還是如此凶悍？這樣的亡命之徒，就該先斬斷他的四肢，再用盡酷刑，最後再處以極刑！」

扶疏只覺頭「轟」地一聲，險些栽倒，小臉兒早已沒有一絲血色，那個人，竟真的是，青岩？

一時驚怒交集。

青岩一族世代依姬氏而居，家族內均是功夫高強之人，自來負責保護姬氏的安全，和姬氏家族名為主僕，實則和一家人相仿。

而青岩更是從扶疏一出生，便被指定為小主子的影衛，可以說是伴著扶疏一道長大，早被扶疏當成了和父母一般的家人！

若說這世上還有誰是扶疏願意毫不猶豫吐露死而復生秘密的，那這個人就是青岩！

扶疏心裡篤定，無論自己變成什麼樣子，是人是鬼，青岩都永遠不會背叛自己！

即便自己離世，姬家無後，可依家族建立的功勛，要庇佑青岩一族仍是綽綽有餘，作為青家這一代的族長長子，自己最信任的人，青岩怎麼會落到被發配邊疆的悲慘結局？

還有老管家方才說什麼？要砍斷青岩的四肢，還要用盡酷刑，然後再殺了他？

無論如何，自己也不會允許這樣的事情發生！一定要盡快弄清楚到底發生了什麼！而目前當務之急，則是要趕緊想法子救下青岩——

一想到方才那兩道穿過青岩琵琶骨的鐵鏈，扶疏頓時有些不寒而慄。

只是一隻手還被秦箏緊緊攥著，扶疏實在是心急如焚，唯恐自己去晚一步，青岩便會遭遇不測，於是狠下心，將手用力往外抽了下；哪知秦箏即便在昏迷之中，竟仍是死活不放，沒奈何，扶疏只得用力地一根根掰開秦箏的手指，低聲道：「阿箏乖乖養傷，我出去一趟，很快就會回來。」

秦箏緊閉著的眼睛急劇地抖動著，似是拚命地想要睜開眼來，扶疏終於把秦箏最後一根手指掰開，大踏步往門外而去。

兩滴大大的淚珠，順著秦箏的眼角緩緩淌下，慢慢隱入烏黑的髮裡……

「什麼人？快站住。」

扶疏剛走到南大營門口，卻發現方才還寥無人跡的南大營門口，這會兒卻是槍戟林立、戒備森嚴。

「我是葉漣公主身邊的侍女，方才陪著公主進去過，公主有東西遺落，讓我回去看看……」

扶疏心急如焚，迫切地想進去，起碼確定一下青岩是否安好。

聽說扶疏要進去苦力營，為首的將軍頓時滿臉戒備，上上下下不住地打量扶疏——

大帥不過離開一會兒，便發生了欽差大臣被刺這樣的惡性事件，暫時主持軍務的秦佑將軍大怒，下令封鎖整個南大營，徹查那囚犯還有沒有同黨，並言說，只要發現，一律大刑伺候，等大帥回返，便一體斬首示眾。

不過是些囚犯，生死如何，所有人並不放在眼裡，只是秦佑乃是秦家人，而那秦箏這會兒可不正是秦家的族長，敢刺殺自家族長，也怪不得秦佑很是憤怒。

眾人也都有眼色得緊，明白這會兒必須打起精神來，不然，不只會觸了秦將軍的霉頭，等大帥回來，也必然會怪罪！馬上派來重兵，牢牢守住南大營的營門，務必不讓一隻蒼蠅飛過去，這會兒聽眼前小丫頭說要進去，眼神頓時充滿了懷疑。

「什麼葉漣公主的侍女？我怎麼沒見過妳？」為首將領冷笑一聲。「我怎麼看著，倒像是奸人派來打探消息的！」說著一揮手，就想要把扶疏留下。

扶疏愣了一下，立時明白，自己是太過情急了，要真是把自己給扣下……心裡一凜。

幸好旁邊的兵士是原先守在營門口的，忙小聲向那將領回稟，說是方才這小丫頭確然是跟在葉漣身後。

那將領又盯著扶疏半晌，終於吩咐道：「若是公主真遺失了什麼東西，報上來便好，此處不准任何人停留，快快離開。」

扶疏不得已，只得返身離開，剛拐了個彎，便聽有人道：「小妹——啊，大姊——」

卻是柳河，正溜達地走過來，本來下意識想喊一聲「小妹」的，卻突然想到，眼前這位可是自家老大放在心尖尖上的，馬上又改口叫了聲「大姊」。

扶疏一驚，抬頭看去，看是跟在楚雁南身邊的柳河，頓時大喜，忙跑過去，急急道：「柳大哥，你能不能帶我去找一下雁南，我有急事。」

聽扶疏竟然叫自己「大哥」，柳河頓時受寵若驚，心裡一下樂開了花；還是老大有眼光，瞧人家小姑娘，多有涵養，嘻嘻，要是大姊喊自己大哥，那不是說，老大也得跟著喊自己一聲大哥嗎？

柳河忙不迭點頭，點了一半又覺得不對，又趕緊搖頭。「老大一早就和大帥出去了，怎麼，妳找老大有什麼要緊事嗎？」

「你知不知道他去哪兒了？有沒有說什麼時候會回來？」扶疏急道。

「這個倒沒有。」柳河頭搖得和撥浪鼓一樣，看扶疏急得快要哭出來的樣子，以為扶疏是被葉漣欺負了，忙安慰道：「妳別急，老大走時特意囑咐過我和李校尉，讓我們多留意妳那邊。是不是那葉漣找妳的碴了？」敢欺負老大的女人，那葉漣被老大收拾得還不夠慘吧？

聽柳河如此說，扶疏眼睛一下紅了——從青岩和秦箏動手，到現在已經過去有一個時辰了，這一個時辰內，也不知青岩怎麼樣了！

「到底發生什麼事了？」看扶疏如此，柳河頓時手足無措。「很嚴重的事嗎？告訴我，妳放心，老大雖然不在，我和李校尉也一定會為妳作主。」

雖然知道事關重大，可也顧不得什麼了！而且扶疏相信，既然雁南會特意介紹自己認識柳河和李春成，那也就意味著這兩個人一定是他心目中值得信任的人。

當即抬頭直視柳河，一字一句鄭重道：「柳大哥，麻煩你，幫我進南大營，我要見今天刺殺秦公爺的那個青岩。」

「什麼？」柳河半天才反應過來，臉色迅即變得很是難看，忙向左右看了看，才引著扶疏來至一個僻靜的角落，低聲道：「傻丫頭，妳胡說什麼！這樣的混話再不要說一個字！」

欽差大臣被刺，是何等的大事，真是沾惹上分毫，不死也得脫層皮；這個時候，別人避之唯恐不及，這丫頭倒好，竟還要上桿子往前湊！

看柳河要走，扶疏一把拽住他。「柳大哥，我知道你是為我好，可我有非見青岩不可的理由——青岩於我有天大的恩情，俗話說滴水之恩，當湧泉相報；如今他身陷囹圄、干犯重罪，說不好明日便會身首異處，再怎麼我也要送他一送，不然這輩子，都會良心不安，還請大哥成全！」

「這——」柳河也是性情中人，沒想到這陸扶疏小小年紀，竟是如此重情重義，心裡不由大為感動，又瞧著扶疏神情決絕，看情形，若自己不願相幫，說不好，就會出大事！

這丫頭可是大哥的人，而且記得昨日自己喊「大姊」時，老大明顯很是愉悅的表情……罷了，不就是見一面嘛，老大走時還特意囑咐說，但凡扶疏有什麼事，務必按她說得做，自己只要小心些，別讓扶疏被那些「有心人」給發作了便是。

「這樣吧。」柳河沈默良久終於道：「等會兒南大營就要換防，正好該柳正當值——柳正是我本家兄弟，我跟他說說，和他換一下，等下我幫妳找一套小點的號衣，妳就扮作我的親隨——只是妳記住，不過是見一面罷了，絕不可做其他舉動，便是有什麼事，一切等老大回來再說。」

很快天色暗了下來，柳河便帶著扶疏和一隊士兵徑直去了南大營——幸虧天將擦黑，那些兵丁們折騰了一下午卻是全無所得，這會兒也有些累了，不然，以扶疏過於矮小的身板，怕是一下就會被識破。

負責交接的將領看到柳河，還是問了一句。「咦？不是該柳正當值嗎？」

「那小子吃壞肚子了，這會兒怕是還蹲在茅廁裡起不來呢！」柳河笑著道：「好了好了，你回去吧，這兒就交給我吧。」

「也好。」那將領點了點頭，實在是這苦力營居住條件太糟了，連空氣裡都彌漫著騷臭的味道，自己早想離開了。

目送那將領遠去，柳河便讓其他人守住各個路口，自己則帶了扶疏四處巡查。

「莫怕。」看扶疏不時看那些兵丁，柳河不在意地擺擺手。「他們全都是老大的兵，除了老大和大帥，誰也別想命令他們。」

語氣中是止不住的驕傲。這一點，真是不服不行，別看老大年齡小，一場仗打下來，竟是立馬把整支隊伍整合得宛若鐵桶一般，從上到下，無不願意為老大效命！

兩人很快來到一個獨立的、完全用青色岩石鑄成的陰森森的房子外——

因送來苦力營的都是朝廷重犯，其中不免有一些難以馴化的，南大營中便專門準備了這樣一個「特殊」的房間，負責招待這樣的人。

而此時，自然成了臨時的囚房。

「你們也去休息吧。」柳河衝守在房子外面的士兵道，正說話間，牢房打開，一個身上濺滿了血點的人從裡面走出來，看到柳河，忙躬身施禮。

「你身上這是——」柳河狀似不經意地問，扶疏更是死死盯著那人滿身的血污。

「回稟將軍，這些血不是我的，是那個青岩的！奶奶的，真是邪了門了，還是第一次見到骨頭這麼硬的人——脊梁骨都折了，竟然還不肯招供！」那人嘴裡咕噥著，忽又覺得不對，忙又磕了個頭。「小人莽撞，還望將軍恕罪。」

自己之前本就是衙門裡行刑的獄卒，犯了罪發配到這裡後又被挑出來重操舊業，幫助調教那些不聽話的犯人，這麼多年了，說練就了十八般武藝一點兒也不為過。平日裡那些凶徒，只要落到自己手裡，就是啞巴，自己也能從他們嘴裡摳出想要的東西來；裡面的這個倒好，生生讓自己使出了渾身解數，卻硬是沒套出一點兒有用的訊息。

脊梁骨折了？還有那被穿透的琵琶骨……

扶疏只覺渾身的血都朝頭上湧去——青岩武功之高，天下罕有敵手，從小到大，無論遇到什麼，從來都是擋在自己面前，扶疏絕沒有想到，有一天，青岩會被人踐踏折辱至此！

衣袖忽然被人輕輕拽了下，扶疏終於回過神來，正碰上那獄卒明顯有些狐疑的眼神，忙低下頭，做出俯首帖耳的模樣。

「你下去吧，這兒我派人守著。」柳河吩咐道，心裡卻隱隱覺得有些不對，聽說那囚犯脊梁骨斷了的那一刻，自己分明能感覺到小丫頭幾乎濃郁到有形的悲傷和憤怒；若僅僅是恩人的話，這般沖天的怨怒，卻是有些過了……

那人忙應了一聲，長舒一口氣——碰上這怎樣也打不倒的犯人，便是對自己，也是一種折磨啊。

等一行人走遠，柳河才拿出鑰匙開了石門，示意扶疏進去。

「走吧。」

扶疏應了一聲，緩緩推開一條縫，跟在柳河身後快速閃身而入，後面的石門迅速閉攏。

偌大的石屋裡，不過角落裡點了一支火把罷了，光線有些昏暗，等扶疏看清石屋裡的情形，瞳孔驀地收縮——

四面的石壁上，掛滿了各種千奇百怪、令人毛骨悚然的刑具，怕不有上百種之多，而此時，幾乎所有的刑具上都沾滿了濃稠的血液，一滴滴從刑具上蜿蜒而下……

而正中間的地上，正躺著一個血瓢似的人兒，四肢被釘子牢牢地固定在地面上，不像是一個人，倒更像是一灘爛肉！

這是，青岩？自己心目中永遠頂天立地、無論任何時候都會庇佑自己的大英雄青岩？

扶疏只覺整個身心都被一種強烈到極致的憤怒所控制——無論什麼人，無論什麼理由，敢這樣對待青岩，自己永遠無法原諒他！

還以為，老天讓自己重活一次，是為了補償自己上一世的辛勞，讓自己無憂無慮地重活一世，卻沒想到，會看到這麼慘絕人寰的一幕。

不管自己是姬扶疏也好，陸扶疏也罷，都絕不會允許有人這樣傷害自己的家人。

為了守護重視的人，她不在乎重新做回姬扶疏！

第十四章 青岩

「真要把這些釘子給取出來？」柳河眼睛閃了下。

即便是上慣了戰場，看到眼前情景，卻還是連汗毛都豎了起來！現在聽扶疏如此說，頓時越發不忍。這人明顯疼暈過去了，這樣硬生生把釘子給取出來，定會再疼醒，痛楚將更勝先前數倍。

「是。」扶疏慢慢點頭，努力控制著，才不致讓自己的情緒完全失控，艱難地一字一字道：「再釘下去，我怕他的四肢都會廢了。」

「就是廢掉又怎樣？」柳河嘆了口氣。「左右是個死，這樣昏迷著死去，未嘗不是件幸事。」

「他不會死。」扶疏蹲下身子，小心地往青岩嘴裡塞了一顆提取蘚芽汁液及其他藥物做成的藥丸——這種法子本是青岩家的祖傳法門，最是有止痛祛病的效果，自己本來擔心阿箏胃痛得很了，勉強憑著前世的記憶做出來的，卻沒想到會用在青岩身上。

「他會活下去，而且，會站起來，和從前一樣……」仍是那般清亮的聲音，卻宛若宣誓，語氣裡是全然的決絕和信心——她會救出青岩，然後治好他，讓青岩手刃那些迫害他至此的賊人！

柳河愣了一下，暗暗搖了搖頭，心說看小丫頭的樣子，怕是難過得有些魔怔了！

這青岩是否能活下去，又豈是她一個小丫頭說了算的？本就是朝廷重犯，又膽大包天，刺殺欽差大臣，便是有一千條命也不夠殺的。

罷了，既然扶疏執意讓他取出來，自己只管成全她便是，也算是幫她圓一個念想。

柳河叮囑道：「離得遠些，以免濺血上身。」

扶疏卻從懷裡取出些藥物，上前一步道：「你取釘子，我敷藥。」

看扶疏神情固執，柳河暗暗搖了搖頭，畢竟小丫頭罷了，雖是嘴上逞強，待會兒見到那般血腥的場面，別說上藥了，腿說不定都會嚇軟。

柳河只以為是小孩子心性，也不管她，急速出手，隨著一根釘子拔出，一個血淋淋的洞赫然出現在兩人面前。

本已經昏迷過去的青岩一下睜開眼睛，喉嚨裡發出一聲困獸般絕望的嘶鳴，身體也劇烈地掙扎起來，柳河嚇了一跳，忙道：「別動——」

卻是這一掙扎，頓時有大量的鮮血流了出來。

扶疏再顧不得，一下坐在地上，一邊伸手握住青岩已然變形的手指，一邊快速地把藥敷了上去。「青岩，別動，我知道你疼，可是，忍一下，相信我，很快就能把你救出來——」

不大的聲音，卻自有一種安定人心的力量。

柳河微怔了一下，卻又暗暗搖頭，這小丫頭也太天真了吧，不過輕描淡寫的幾句話，怎麼可能讓一個明顯已經痛楚到了忍受極限的重傷之人平靜下來？而且，想要救出一個膽敢刺殺欽差的囚犯，無疑是癡人說夢。

其他幾根釘子還是不要拔了吧，不然，怕是釘子拔完，這青岩小命也沒了……

哪知一念未畢，地上的青岩竟果真停止了掙動，而自己以為一定會嚇哭的扶疏，更是已經無比麻利地幫青岩處理好了傷口，行動之迅速，神情之鎮定，完全不像個小孩子，倒頗有老大泰山崩於前而面不改的氣勢。

「柳大哥，快——」扶疏抬起頭急促道，那止疼藥丸的效力很快就會過去，到時候，怕是青岩會更受不了。

柳河不敢怠慢，忙上前快速地把其他三顆釘子一一取出，每取出一顆釘子，扶疏都會在第一時間把傷口給處理好，而已然痛醒過來的青岩，竟除了粗重的喘息外，便完全依照扶疏的囑咐，絲毫不胡亂動，只一雙眼睛又是迷茫又是驚痛地黏在扶疏身上……

「我去外面看著，妳有什麼話就盡快說。」到了這個時候，柳河已經完全相信了扶疏初時的話。

隨著石門再一次閉攏，扶疏哆嗦著身子在青岩旁邊慢慢蹲下——

如今已經確鑿無疑地明白，眼前這團腐肉一般的人形物體，就是曾經整整守護了自己十四年的青岩無疑。

扶疏想要扶起他，可青岩渾身上下，早沒有了一處完好的地方，不得已，只得席地而坐，輕輕抱住青岩的頭。「青岩，青岩！到底發生了什麼，你怎麼會落到這般境地？」

太過撕心裂肺的疼痛，終於使得青岩完全清醒過來，努力地抬起頭，久久地審視著扶疏尚顯稚嫩的面容，嘴唇微微張了幾下，雖是無法聽到聲音，看口形卻是能明白，青岩說：

「妳是誰？我們認識嗎？」明明是一張陌生至極的稚嫩面孔，舉手投足間卻是如此熟悉，熟悉到，好像小主子從沒有離開過自己……

「青岩——」扶疏的眼淚終於落了下來。「我是，扶疏，我是扶疏啊！」

青岩的身體忽然劇烈地抖動了一下，用著無比狂熱的眼神朝著扶疏看去，卻終究慢慢黯然，最終緩緩閉上眼睛——自己一定又在作夢了吧？或者，耳朵幻聽了，才會以為小主子真的還在……不過，不怕，以自己現在的情形，怕是很快就可以再見到小主子了！

「謝謝妳，姑娘的恩情，青岩來生再報……」仍是無聲的口形，青岩面容漸漸平靜，竟完全是生無可戀的模樣。

「青岩——」似是能感覺到生命力正從青岩的體內流失，扶疏頓時有些心慌，稍微用些力攬住青岩的頭。「你認不出我了嗎?!我是扶疏，姬扶疏啊！你忘了，那時我四歲，你十二歲——」

「主子，青家這一代最傑出的就是我兒子青岩，當初看他有天分，族內就選定了他做這一代小主子的影衛，現在已經學有所成，我就把他帶過來了，以後就由他保護小主子——」

青伯滿臉慈愛地瞧著自己，他的身後，是神情靦覥的青岩，自己好奇地望過去，正對上青岩的眼睛，青岩明顯一驚，忙低了頭，再不敢朝自己看一眼。

「……那時娘身體弱，爹沒日沒夜地守在娘床前，我一個人睡在房間裡，心裡害怕，卻又不想吵到爹娘……」為了讓自己睡得安心些，青岩就整宿整宿地站在窗外，每一個夜晚，自己都要看著映在窗戶紙上的那道影子，才能安眠；甚而一次下大雨，自己被雷聲驚醒，赫然發現，青岩竟還直挺挺地站在窗外，早淋成了個雨人相仿，饒是如此，卻硬是連站立的姿勢都不曾改變分毫。

扶疏的眼淚流得更急，自己死而復生這回事，即便是阿箏，自己也不敢輕易說出口，實在是這樣的事太過匪夷所思，也太過駭人聽聞。

唯有青岩，自己卻不必瞞他半分，因為，無論發生什麼，無論自己變成什麼模樣，青岩，都會義無反顧地跟在自己左右。

青岩的喉嚨裡忽然發出一陣奇怪的呵呵聲，眼睛倏地睜大，一眨不眨地瞧著扶疏，手隨即微微抬起，又無力地落下，卻又再次掙扎著伸出手指……

扶疏慢慢握住，輕輕放在自己臉上，流淚道：「青岩，不錯，是我，姬扶疏。我是人，不是鬼……當初，我也以為自己死了，卻沒料到，一睜眼，卻是變成了一個小嬰兒……可是這裡，卻離京城太遠……我一直以為人生還很長，等我長大了，再去莊裡找你……卻再沒想到……到底是誰，膽敢這樣害你?!」說到最後一句，已經是目眥欲裂。

青岩身子忽然劇烈掙扎了起來，扶疏愣了一下，以為自己用力過大，抱痛了他，忙放開手，順著青岩的意思，讓他的頭微微倚在牆上。

哪知青岩卻仍然不願靜下來，連受傷的四肢也拚命地做出蜷曲的動作，身體也想要躬起，只是已然斷了脊梁骨的，又怎麼能夠！

青岩索性趴下來，做出五體投地的姿勢，頭卻朝著扶疏的方向往地上用力一碰！

「青岩——」扶疏哽咽著再次用力抱住青岩的頭，淚眼模糊中，彷彿看到當年那個十二歲的少年，同樣無比虔誠地在自己面前做出這般五體投地的姿勢——

「青岩見過主子，從此之後，青岩聽候主子差遣，主子但有吩咐，青岩萬死不辭！」

不過簡簡單單的一句話，卻是青岩這輩子始終堅守的承諾。

青岩癡癡地瞧著扶疏，嘴角慢慢咧開，似是想要大笑，那笑容卻漸漸凝固，終於變成兩滴苦澀的淚水，緩緩砸在扶疏攤開的掌心，無聲地張了張嘴。「髒——快，走——」

青岩的意思是怕他身上的血弄髒了自己？又擔心自己留下來會有危險……

扶疏用力咬了下嘴唇，才能控制住不讓自己放聲大哭出來，卻是任憑青岩如何用眼神哀求，無論如何也不肯放開手，終是咬著牙一字一字道：「青岩，相信我，我一定會救你出來，無論有什麼磨難，我和你一同擔著——扶疏心裡，青岩一直就和我的親哥哥一樣！從前是你守護我，現在起，讓我來守護你！我會救你出來，還會讓你恢復原來的武功，讓你親手殺了那些膽敢害你的人！」

青岩眼睛頓時亮極，瞧著扶疏的眼神是全然的信任。

石門忽然啪嗒一聲響，青岩身體猛地一動，唯一能仰起的頭瞬間擋在扶疏面前。

石門開處，卻是楚雁南正站在那裡，身後是戰戰兢兢的柳河。

「老大——」待一眼看到抱著青岩席地而坐的扶疏，柳河頓時倒抽了口涼氣——小丫頭怎麼絲毫不避嫌，竟敢當著老大的面和別人摟摟抱抱，雖然，那不過是個瀕臨死亡的骯髒囚犯罷了。

楚雁南果然臉色鐵青地桑琅琅抽出寶劍，大踏步上前。

「老、老大——」柳河嚇得臉都白了，不是吧，老大竟然反應這麼激烈，現在就要動手？既然罪名是刺殺欽差，處死那是必然的，可好歹也要明正典刑啊，這樣一劍殺了的話，怕是於理不合吧？

忙要上前阻攔，楚雁南卻彷彿背後長了眼睛，沈聲道：「閉嘴，出去。」

「啊？」柳河愣了一下，再不敢多說一個字，同情地瞧了扶疏一眼，掉頭哧溜一聲就跑了出去。

看著手持利刃一步步走過來的楚雁南，依舊高昂著頭保持著警戒姿勢的青岩神情頓時有些驚疑不定，無聲地張了張嘴。

「雁南……」因噙著淚，扶疏的眼睛顯得分外清澈，雖是楚雁南依然神情冰冷，扶疏一顆心卻終於放了下來。「你可回來了……」

楚雁南眼中的冰寒迅即消褪，也不說話，抬起劍來，朝著穿過青岩琵琶骨的兩條鐵鏈唰地砍了下去——還記得當初爹爹被賜毒酒、滿門抄斬，自己走投無路時，正是姬扶疏帶著腳下這個男子突兀出現，還以為青岩依舊在神農山莊呢，卻不料竟是會在這苦力營受苦……

他手指隨即連點，止住了即將噴湧而出的鮮血。

隨著那兩條鐵鏈被取出來，青岩身體猛一痙攣，又重重地跌落在扶疏懷裡。

楚雁南隨即抬手把一顆藥丸塞到青岩嘴裡，又用眼睛示意扶疏放下青岩。

扶疏小心地把青岩平放到地上，正要上前幫忙，卻被楚雁南攔住，很是笨拙地動手包紮了起來，明顯不經常做這樣的事，下手未免重了些。

「讓我來吧。」扶疏忙道，這麼多傷，照這個速度，要包到什麼時候啊！而且看青岩不時蹙緊眉頭，明顯被扯到了傷口……

「不用——」冷聲阻止的是楚雁南。

下面還有一個拚命搖頭的，卻是青岩。

「髒——」青岩無聲地張了張嘴。自己金尊玉貴的小主子，怎麼能做這麼有失身分的事情。

扶疏眼睛一熱，青岩怎麼這麼傻，自己平日裡都在田間地頭忙活，又能乾淨到哪裡去？偏是青岩從來都認為，但凡自己經手做的任一件事情都是再神聖不過。

楚雁南的神情終於緩和了些，若有所思地看了一眼虔誠無比地瞧著扶疏的青岩，終於回頭對扶疏道：「妳若是怕，就先去外面。」

「我不怕！」扶疏忙搖頭，開玩笑，這個時候，自己怎麼能離開。

楚雁南在青岩肩膀上打了個結，瞥了一眼眼神悲傷的扶疏道：「習武之人，難免會受傷。」

雖仍是神情冰冷，細聽他的話，不難聽出裡面的關切。

知道楚雁南是在寬慰自己，扶疏勉強笑了下。「你放心，我懂，只是心裡難過，怎麼也控制不住……」

青岩神情頓時又是慚愧又是憂心，艱難地衝扶疏搖了搖頭。

「別動——」扶疏嚇了一跳，忙握住青岩的手指。「所以一定要好起來，你好起來，我就不會難過了。」

青岩深深地看了扶疏一眼，緩慢而堅決地點頭，恍如在宣誓一般。

楚雁南手頓了一下，眼睛在兩人交握的手指上停了片刻，皺眉道：「鬆開。」

「啊？」扶疏以為自己妨礙了楚雁南處理傷口，忙乖乖地鬆開手，退到一邊。

只是看著楚雁南的動作太過粗魯，終於忍不住小聲道：「雁南，你是不是從來沒幫著別人包紮過啊，再輕著些，我看青岩好像很疼，不然，我……」

「是。」不待扶疏說完，楚雁南就點了下頭，因頭低著，看不清臉上的神情。「還有，我們習武之人沒有妳想得那般嬌弱。」

「你也受過傷嗎？」扶疏愣了一下。

「自然。」楚雁南神情平靜。

「那你——」扶疏心裡一緊，雁南說過他很早就沒有父母，那受傷的時候……

「小傷不用管，自然會好，傷重了的話自己包紮一下。」楚雁南不在意地道，彷佛受傷什麼的，說的是別人。

「傷重？」扶疏張了張嘴，實在是無法想像楚雁南渾身是血的模樣。

「那是從前，現在，應該沒有人能傷得了我。」楚雁南聲音淡淡的，傲然的神情下卻有著隱隱的溫和。

從十四歲那年，一直到現在，自己還沒有再遇到過旗鼓相當的對手……

第十五章　營救

外面忽然響起柳河的聲音——

「老大，外面李成說是奉命過來提審青岩，我已經讓人把他給擋下來了，老大看……」

李成就是方才刑求青岩的那個犯人，只是剛離開這麼一會兒，怎麼又回轉？

扶疏神情一凜，下意識地握緊懷裡雁南送的那把匕首——青岩傷重如此，可全是拜這李成所賜！

楚雁南卻是眼皮都沒眨一下，照樣有條不紊地幫青岩包紮，頭也沒抬道：「放他進來就是。」

柳河領命退下。

很快石門再次被人推開，有些沈悶的腳步聲隨即傳來，卻又很快頓住。

李成衝著楚雁南和扶疏厲聲道：「你們是什麼人？誰允許你們進來的？」邊說邊提了把明晃晃的大刀三步併作兩步，氣勢洶洶地就衝到了兩人近前；堂弟李良可是交代了，只要青岩的事情塵埃落定，自己的赦免文書很快就可以下達。

楚雁南剛好包紮好最後一道傷口，緩緩轉過身來。

李成只覺呼吸一窒，即便是原來身在京都繁華地界時，也從沒見過長得這麼好的男子，還有旁邊的這個矮個兒小子，也是水嫩嫩的，彷彿能掐出水來一般。被關在這苦力營多年，再沒料到，還會見到這般尤物。

又瞄了眼渾身是血癱軟在地的青岩，李成心裡迅即了然，早聽堂弟說，這青岩乃是上一代神農山莊主人最信任的人，自己本還有些不信，看到眼前兩人，卻是信了幾分——這兩人瞧著均是氣度非凡，明顯不是出身於小門小戶。

不過，既然是為了青岩而來，這兩人，必然有求於自己，只要求自己，那就好辦。

李成充滿貪婪的眼睛在兩人身上不住打量，那赤裸裸的眼神，好像要把兩人生吞活剝一般——等下盤剝些錢財後，自己倒要好好嚐一下這兩個勾人的小東西的味道……

李成陰森森地一笑。「好大的膽子，竟敢闖到爺的地盤來。」這也是李成原來當獄卒時慣用的招式，只有先宣告了自己的主權，嚇破了那些犯人家屬的膽，他們才能任自己擺布。

楚雁南卻不理他，反而輕輕推了扶疏一下。「到石門外等我們。」

我們？扶疏的心倏地一下放了下來，對著青岩低低道：「青岩，我就在外面。」

然後就著楚雁南伸過來的手站起身來，毫不猶豫地往門外而去。

楚雁南深深地看了眼神情乖順的青岩，這才轉頭直視李成。

「想走？」沒想到對方竟這樣不把自己放在眼裡，李成愣了一下，旋即大怒，剛要上前攔阻，卻聽對面那長相俊美至極的年輕人緩緩開口。「青岩這一身的傷，全是你弄的？」

「是又怎樣？」李成猖狂地一笑，卻是有恃無恐——一則這青岩竟然敢刺殺欽差，明顯就是死路一條；二則堂弟可再三對自己保證過，就是自己刑求死這傢伙，也是有功無過。

守在外面的柳河簡直要給這傢伙跪了，敢用這種口氣跟老大說話，明顯是活膩味了啊！

想想也是，這李成再有臉面，也不過苦力營一個囚犯罷了，又怎麼會有機會見識老大的凜凜天威？

「怕了的話就趕緊跪下給爺磕頭！」李成猶不自覺，依舊趾高氣揚道：「若是你和方才那個小東西來侍奉一下爺，啊——」

已經走到門邊的扶疏下意識地回頭，正好看到李成的兩隻手齊腕而斷！

「啊——」李成一聲接一聲地慘叫著，雖然曾經無數次把別的囚犯打得皮開肉綻、死去活來，卻並不代表李成能接受自己是被砍的那一個，扭頭就想往石門方向奔跑，楚雁南卻繼續揚起劍來，耳聽得喀嚓兩聲響，卻是李成的兩隻腿也飛了出去！

那叫聲實在太過淒厲，柳河終於忍不住探出頭來，卻是和扶疏一起嚇呆在了那裡——一向冷靜俊美的老大，這會兒卻是猙獰如惡魔！

「老大——」柳河驚叫一聲，忙想上前阻攔，卻被楚雁南一腳踹飛了出去，身體球一樣飛過扶疏身邊時，猛地推了一把扶疏。「扶疏，快攔住老大——」

如果說平時老大給人的感覺只是冰冷，那一旦手裡的寶劍見了血，老大好像就變成了一個無心無情的殺人武器，似是要把眼前所有的活物殺光了才甘休。

第一次見識老大這般狠絕的一面，是在和謨族的戰場上，當時的情形說是血流成河一點也不為過！自己方才聽下人回稟說，好像秦公爺身邊那位侍衛統領李良大人正帶著人往這邊趕，毫無疑問，肯定也是來找青岩麻煩的。殺了這李成也就罷了，要是老大殺得興起，連李良那些人也給喀嚓了，那可就麻煩大了！

因太過憂心，柳河推扶疏那一下力氣自然是足得很，扶疏猝不及防，身子猛地一踉蹌，朝著楚雁南的方向就跌了過去。

「呀，雁南——」

楚雁南身體一顫，手裡的劍像有自己的意識一般往旁邊一偏。

慣性作用下，扶疏卻是直直地撞進楚雁南的懷裡，為防跌倒，兩手隨之下意識地摟住楚雁南的腰。

楚雁南低頭愣愣地瞧著懷裡緊緊巴著自己的扶疏，眼神逐漸清明，只覺本來蒙蔽在眼前的血霧漸漸散去，想要殺戮一切的瘋狂心思竟是如潮水一般退卻。

柳河簡直要淚奔了，這樣區別對待真的差太大了，自己就是被當成球一樣踹飛出去，而扶疏就是被抱在懷裡?!

「走吧——」楚雁南扶著扶疏站好，還劍入鞘，隨之脫下身上黑色的斗篷蓋在青岩身上，微一用力，把人抱了起來。

青岩無聲地張了張嘴，看口形，好像是個「楚」字。

楚雁南點頭。「是我——楚雁南。」

當初，自己最絕望、最恐懼的時候，姬扶疏小姐把自己抱在懷裡，溫柔地幫自己處理傷口，最後交給了青岩……

楚雁南？李成卻是愣了一下，模糊記起，堂弟要自己謹記，無論用什麼方法，都要讓那青岩攀扯的同黨名單中，其中一個名字，就是楚雁南。

眼看扶疏幾人已經行至石門旁邊，李成大口喘著粗氣，神情怨懟至極——等堂弟來了，自己一定要用最毒辣的手法，讓這幾人受盡酷刑而死！

卻忽然瞄到楚雁南在自己方才被打飛出去的那把大刀旁頓了一下，腳尖朝著刀柄輕輕一踢，那刀竟彷彿長了眼睛般朝著李成的胸口刺了下去，竟是牢牢地把李成釘到了地面上。

待李良趕到時，發現石門敞開著，外面卻是一個把守的兵丁也沒有，心裡頓時覺得不妙。

「去尋當值的將領來。」李良邊吩咐邊推開石門——石屋裡空落落的，哪還有青岩的影子，倒是——

忙疾走幾步，卻差點兒被腳下的兩截物事給絆倒，定睛看去，臉色頓時變得難看至極；只見是兩隻斷掉的腿，旁邊還有兩隻斷手，而不遠處角落裡，竟是一個雙目圓睜神情驚駭至極的死人，上前仔細一瞧，不是自己的堂兄李成又是哪個？

「李大人——」外面響起一陣急匆匆的腳步聲，卻是柳河聽說李良到了，忙也匆匆趕了過來。

「你是廢物嗎？」李良指著地上的殘骸斷肢，氣得渾身都在顫抖。「竟然任賊人殺死獄卒，還劫走了囚犯?!」

廢物？柳河心裡頓時有些著惱。「什麼獄卒？這人也不過是個囚犯罷了，而且這人圖謀不軌，竟意欲殺人滅口——」

「一派胡言！」聽柳河的意思，明顯是把責任推到了自己堂兄身上，李良頓時暴跳如雷，陰沈沈道：「這麼說，你知道犯人現在哪裡了？」

等自己抓回青岩，再好好地和這小子算帳。

「當然──」柳河倒也不避諱，伸手往北營方向一指。「我們老大方才已經把人犯帶走親自監管了。」老大臨走時交代過，若是李良來要人，只管推到他身上即可。

「你們老大？」李良神情不屑，果然是頭腦簡單四肢發達的武夫罷了，還老大！「還愣著幹什麼？前面帶路，我倒要見識見識，你們老大姓甚名誰，竟敢如此猖狂、目無法紀！」擺明是要興師問罪的模樣。

看李良盛怒，柳河心裡不由有些打鼓，要是這李良真去找老大麻煩……只是此種情形下，要瞞卻也是瞞不住的，只得硬了頭皮躬身道：「我們老大便是楚雁南楚校尉。」

李良嘴一下張得老大，半天才回過神來，站住腳道：「你說，是誰？」

「楚雁南楚校尉啊。」柳河有些莫名其妙，只得又重複了一遍。

竟然是他？李良這才確信，自己並沒有幻聽。

柳河偷眼看去，卻見李良臉色青白交錯，明顯受了驚嚇的樣子，心裡不由狐疑，看這位的意思，怎麼好像認識自家老大？卻不知李良這會兒卻是又驚又怒又怕。

早料到會直接和楚雁南這個小魔星對上，卻不料竟然這麼快。

要說李良這輩子最害怕而又最痛恨的人，那就非楚雁南莫屬了──

兩年前，因著貴妃娘娘的照顧，自己終於升職為御前副統領，本以為前程遠大，從此就可以青雲直上，卻再沒料到，一次陪著三王爺和貴妃娘娘唯一的兄弟國舅爺鄭康在街上溜達時，會碰見楚雁南。

國舅爺本就是個愛男色的人，瞧見俊美得近乎妖孽般的楚雁南，頓時歡喜得不行，當下就要帶回府裡去。

自己本是抱著看笑話的想法，一個半大少年罷了，怎麼會是國丈府那些膀粗腰圓的悍勇家丁的對手，定然只能乖乖地跟著去國舅爺那兒當兔兒爺了！

而且這小子長得可真是勾人，說不好，國舅爺玩膩了，自己還可以嚐嚐新鮮……

哪知不過這麼一閃神間，鄭康去摸楚雁南臉蛋的一隻胳膊就已經應聲而落！

若不是自己見機行事得快，上前擋住楚雁南，說不好，鄭康一條小命就完了。

更倒楣的是，後來才知道，這個美得不像話的少年，竟是大齊戰神楚無傷的遺孤！

皇上因心裡覺得愧對楚無傷，便對此子格外優待，雖是斷了鄭康一隻胳膊，也不過訓斥一頓，下令回楚府禁足一年罷了。

倒是自己，被狠狠地打了八十大板，剛到手的副統領職位也丟了！

這次護衛秦公爺到軍營來，自己也是有任務在身的——一件就是貴妃娘娘及國舅爺特意叮囑，無論如何要尋到楚雁南的錯處，以報當年斷臂之恨；另一件則是三王爺交代，讓自己到軍營中務必找機會除去上一代神農山莊小主人姬扶疏的影衛青岩——也不知這青岩做了什麼，才會獲罪於現在的神農山莊，竟是被糟踐到了這般境地，還不肯放過。

自己正愁找不到機會，可巧這青岩就自己送了把柄過來，只是可惜的是，還沒拿到青岩的口供……

「李大人——」看李良的神情，柳河的心終於放下了些，心裡卻是暗暗咋舌，看來老大是京中某個大世家之後的這一傳言應該是真的了；瞧這李統領，方才還是一副耀武揚威的模樣，聽到老大的名頭，立馬就萎了，當下直起身子，故意道：「李大人，您不是說要去找楚校尉嗎？我們走——」

李良終於回過神來，狠狠地橫了一眼柳河道：「不去了！」轉身大踏步往秦箏的營房而去。

一想到當初楚雁南揮劍砍向鄭康時那般狠戾的模樣，李良就止不住想要腿肚轉筋——別說自己一個堂兄被人弄死了，就是再死三個堂兄，自己也不敢跟他對上！不過，那個小魔星自己惹不起，卻不代表公爺也惹不起。

楚雁南和扶疏這會兒早已回了北大營自己的房間，隨營軍醫陳乾已經在裡面候著了。

這陳乾也是個奇人異士，雖是醫術高妙，性情卻最是放蕩不羈，眼睛裡最是揉不進沙子，但凡他看不上眼的，便是奉上千金，也是絕不會幫著瞧病。

當初因為得罪了先皇的貴妃娘娘徐安貞，小命差點兒搭進去，正逢楚無傷、陸天麟回京述職，便出手相救。

陳乾既感念兩人的恩德，又因當時徐安貞和齊淵母子勢大，出得牢獄後，已是無處容身，便拋家失業，隻身來了軍營。自然，到現在，已經很多年了，那對母子早已失勢；聽說徐安貞被先皇賜死冷宮，齊淵則被圈禁後瘋了，京中的威脅早已解除，只是陳乾已經習慣了軍營的生活，竟是不願再返回那是非之地。

也因此，陳乾也是這軍營裡除陸天麟外，知道楚雁南真實身分的唯二人選。

這會兒聽說楚雁南派人急請，不由嚇了一跳，待看到楚雁南好好地站在那裡，懸著的心才放了下來。

心裡卻是不住嘀咕，這小子和楚帥不同，脾氣可是彆扭得緊，性子也冷，這麼長時間了，自己就沒見他和誰親近過，和楚帥當日的開朗豪爽委實是大相逕庭；今日竟然派人請自己為別人瞧病，委實有點無法接受。

「雁南——」陳乾好奇地瞄了一眼病床上躺著的一身是傷、如千瘡百孔的破布娃娃一般的人形物體，清楚那應該就是雁南這小子連夜把自己叫來的原因。「這位是——」

「青岩。」楚雁南倒也不瞞他。

「青岩？」陳乾愣了一下，邊放下藥箱邊咕噥道：「這個名字怎麼聽起來有些耳熟？」身形卻突然一頓，手裡的藥箱好險沒摔了，半晌才倒抽了口冷氣。「不會是，那個青岩吧?!」

下午營中便哄傳，說是苦力營中一個重犯竟敢刺殺欽差大臣秦箏，好像那個重犯的名字，就是叫青岩！

「是他。」楚雁南神情平靜地對上陳乾的眼睛。「他還有另外一個身分，上一代神農山莊主子姬扶疏小姐的唯一影衛。」

「啊？」陳乾愣了一下，神情旋即恍然，是了，自己怎麼忘了？雁南一條命，全靠神農山莊那位姬扶疏小姐所救，記得天麟說過，他去至京師，便是從姬扶疏的影衛青岩那裡接走的雁南。

怔然片刻，神情卻又有些感慨——原以為因幼時遭遇大變，以致雁南才長成這般冷血無情的性子，現在瞧來，卻是自己看差了；這小子分明同楚帥一般，也是個恩怨分明的熱血男兒。只不過，這世間能讓他想要維護的，太少了，看雁南的性子，八成這一世，會像自己和天麟一般，孤獨終老了……這樣想著，心裡不由很是傷感。

正自沈思，門簾忽然又是一挑，一個小個子的兵丁端了一大盆熱水進來。

「雁南——」扶疏看到房間裡突兀出現的陳乾時，明顯驚了一下，腳下頓時一踉蹌。

「小心——」楚雁南一手接過臉盆，另一隻手穩穩地把住扶疏，扶疏倒是無恙，卻有一些水從盆裡濺出來，頓時潑濕了楚雁南的半身衣袍。

看著眼前一幕，陳乾心裡益發覺得古怪至極，沒有人比自己更清楚，這小子有多不喜歡外人接近他——

家族滅門後，雁南曾經跟著天麟一塊兒東躲西藏，期間多次受傷，可不管傷有多重，卻硬是一次也不肯讓自己幫著包紮！

現在怎麼會對一個小兵，哎呀呀，怎麼連眼神也是溫柔得緊——這小子，這麼多年了，可是從沒有這麼瞧過自己和天麟！

心裡忽然咯噔一下，啊呀，不好！雁南不會突然，斷袖了吧?!

第十六章　似曾相識

「他是誰？」陳乾下頷一下抽緊，楚帥可就雁南這麼一條根，要是真斷袖了，那可就慘了，自己就是拚著這條老命，也得棒打鴛鴦。

「這位伯伯——」看楚雁南的態度，扶疏心知，面前這個不修邊幅的漢子八成應該和楚雁南關係匪淺，忙站好身形，不卑不亢地上前行禮。「陸扶疏見過伯伯。」又一指床上的青岩。「青岩是我的恩人，是我求雁南幫我救出青岩的，還請伯伯出手救治，伯伯放心，有什麼事扶疏擔著，定然不會連累伯伯。」

床上的青岩身子猛地痙攣了一下，看向扶疏的眼神又是心痛又是難過，自己的小主子什麼時候求過人？現在竟為了自己，委屈至此！

恩人？陳乾神情若有所思。那青岩的眼神，可不像是什麼恩人啊！倒好像，他欠了面前這小子很多似的。進來這麼久了，那青岩即便看向出手救了他的雁南時，神情也是平靜得緊，反而是這小子一出現，情緒明顯激動得很……

陳乾直覺，那青岩的眼神，分明對面前這小子緊張得緊，若是身體能動，這會兒八成已經蹦起來，把這陸扶疏護在身後了。

而且，更奇怪的是，這小個子聲音也太好聽了吧？還有這格外嬌小的身形……

陳乾愈加狐疑，半晌道：「你抬起頭來。」

扶疏抬起頭來，正對上陳乾的眼睛——竟是如此聰慧澄澈的一雙眸子，還有那般落落大方的舉止，及舉止中不自覺顯露的非凡氣度，讓人頓時心生好感。

以陳乾之見多識廣，立馬意識到，眼前這人，怕是出身定然不凡；而且，這副長相，怎麼越瞧越是面熟呢？

半晌陳乾終於長出了口氣，道：「妳是，女子？」雖是疑問的句式，卻完全是篤定的語氣。

「是。」扶疏點頭承認。「我是葉漣公主的侍女。」

自己本來是為了阿箏才讓雁南幫著來至大營，卻沒料到，竟會看到那樣一幕，也幸得自己來了，不然，青岩說不定就……

「妳就是葉漣的那個侍女？」自己可也聽說了，葉漣的侍女可是雁南親自幫著去尋得，大營內都傳言，雁南喜歡上了那個葉漣，自己本也有些信了的，現在瞧著，雁南倒不是為了葉漣，而是，為了眼前這個叫陸扶疏的女孩子?!

確定了楚雁南不是斷袖，陳乾也就丟開了其他心思，專心地幫青岩診治，只是搭上青岩脈搏後，陳乾臉色卻是越來越難看。「四肢俱廢，臟腑受損嚴重，武功盡失……」眼睛上移，落在青岩的臉上。「張開嘴——」

青岩怔了一下，看了一眼旁邊神情緊張的扶疏，緩慢而堅決地搖了搖頭。

「怎麼了？」扶疏心裡一緊，忙俯身柔聲道：「聽軍醫伯伯的話，張開嘴讓伯伯瞧瞧好不好？」

青岩卻是緊閉著嘴巴，始終堅定地搖頭。

「罷了——」陳乾嘆了口氣，轉頭對扶疏道：「他不願就不要勉強他了，我知道他的心思，不過是怕妳難過。」便是不瞧，自己也能診出，這青岩的舌頭應該已被人割去。而且，自己判斷不錯的話，被割去的舌頭，還有一根根掰折斷掉的十指，以及為了廢去青岩滿身功夫穿過琵琶骨的鎖鏈，應該是發生在同一時間，而其他傷口，則是今日李成用刑所致。

扶疏愣了一下，忽然意識到從見到青岩開始，青岩要麼就是喉嚨裡發出古怪的聲音，要麼就是無聲地動動嘴唇，難道說……她手不自覺地攥緊，只覺全身如墮冰窟。割掉舌頭，廢去武功，再弄殘十指……

下一刻，手便被人輕輕握了一下，扶疏艱難地抬頭，正對上楚雁南溫和的雙眼，終於無比艱難地開口。「伯伯，您繼續——」

楚雁南抬頭，正好把青岩感激的神情盡收眼底，只覺得那種古怪的感覺更濃——即便自己殺了那個折磨他的李成，又親手把他抱回來，青岩的神情自始至終都是平靜得緊，這會兒卻因為自己安慰了扶疏這麼簡單的一件小事，對自己如此……

「果然不愧是姬扶疏小姐的人，當真是條漢子！」

到得此時，便是見慣了生死的陳乾也不由對青岩佩服至極，若是普通人，經歷這麼多慘無人道的折磨，怕是早就痛死了，便是勉強能撐下來，十有八九也會選擇自殺一了百了；而這青岩，能堅持到現在不說，更是這麼久了，除了露出對那陸扶疏擔憂的神情外，竟是連眉頭都不曾皺一下。

只是，可惜卻依舊是英雄末路，這具身子早就生機盡失，怕是撐不了多久了！

看扶疏依舊殷切地瞧著自己，陳乾終於含蓄道：「若兩月之內，能找到血蘭，青岩還可留下一條性命。」自己瞧著，即便這青岩性情堅毅，也就頂多能挨兩個月罷了。

若是能找到聖藥血蘭，自然還有希望，只是不說那聖藥血蘭如何難覓——自己行醫數十載，也只是耳聞，卻從未見過，即便當真存於世上，怕除了神農山莊之人可依據蛛絲馬跡推測其大概所在，便再沒有一點希望了。

而這一代的神農山莊主事者行事作風，卻委實讓人不敢恭維……

這樣一番話，並未避諱青岩——陳乾心裡一直以為，於病人而言，自身堅強的意志，是最好的一劑良藥，青岩受傷如此之重，連武人視同生命的功夫也喪失殆盡，若沒有強大的求生意志，即便有聖藥血蘭，前景也不樂觀。

倒不如這樣直言道出，若這青岩是那般畏死的懦弱之人，也當不得雁南甘冒如此奇險，倒不如現在就送回囚牢。

他偷眼去看躺在病床上的青岩，卻見床上男子毫無懼意，瞧著似是於生死淡然得緊，但只看著陸扶疏的一雙眼睛滿是愧疚之意……

扶疏卻是眼前一亮，握了握拳，只要能救得了青岩的性命，自己即便踏平這天碭山，也必將尋到血蘭！「伯伯放心，兩個月之內，扶疏定會想辦法尋到血蘭！」

若不是扶疏神情太過鄭重，陳乾簡直以為這小丫頭是在說笑。

正愣神間，扶疏又道：「伯伯可知，有沒有哪種藥物，可以幫青岩接續斷掉的筋骨？」

今日那些新傷，應該為難不了這位陳乾，倒是那些舊傷……

「怎麼可能！」陳乾的神情明顯認為扶疏實在異想天開，一個人筋脈骨骼廢了那麼久，定然不可能再續上；退一萬步來說，即便能續上，又有多少人受得了那種重新打斷所有筋脈再接續上的痛苦？

看陳乾的意思，是沒有希望了？可於青岩而言，若是就此成為終日纏綿床榻的廢人，即便活下去，也定然會覺得生不如死吧？

「陳叔叔有沒有聽說過，這天碭山有一種蓮靈果——」

實在是扶疏的神情太過悲傷，楚雁南看著只覺心彷彿被誰狠狠地揪了一下——這世上已經有太多悲傷，不缺傻丫頭一個，扶疏還是永遠做那個整天傻樂得一身陽光的女孩好了……

「蓮靈果？」作為目前大齊醫術最高妙的杏林高手，陳乾自然曾經耳聞過，這蓮靈果和血蘭一般，皆為傳說中的聖藥，兩者不但世所難覓，更兼成熟期費時太長——

血蘭若要具有生死人肉白骨的奇效，最少需要一百年的時間；至於蓮靈果，則更是需要五百年！

只是那蓮靈果於普通人而言一般不可輕食——據說裡面含有充沛至極的先天元氣，普通人若是貿然而食，說不好會撐破筋脈、爆體而亡！

但對武人，特別是武功造詣越是高妙的武人，卻不啻是金丹靈藥，據說服用一株，便可加持至少一甲子的功力！

真服用了那蓮靈果的話，青岩斷掉的筋脈自然可以衝開，甚至，一身武功都可恢復。

只是要尋那蓮靈果……

陳乾搖了搖頭，自己在軍營這麼多年了，也曾遇見無數武林人士來此尋寶，其中不乏身負絕頂武功之人，卻無不是鎩羽而歸，甚或有人連性命也丟到了此處。那般汲取天地精華的逆天之物，又豈是尋常人可以輕易覓得？

蓮靈果和血蘭嗎？扶疏卻是心裡一鬆，只覺眼前燃起了無盡的希望。

陳乾抬頭，正好對上扶疏澄澈無比的純淨眸子，只覺心裡一動，這麼純真無垢的小丫頭，恍若寒冬裡最純淨的一道陽光，實在讓人看著舒心溫暖至極，怪不得自己那一直總是冷冰冰的大侄子會不自覺地被吸引……

「天麟還沒休息。」臨走時，陳乾意味深長地對楚雁南道：「你還是現在去帥帳一趟吧。」

不禁頭疼，再是救命恩人，那人可也是刺殺欽差的重犯，更要命的是，秦家和天麟可是積怨已深，一個處理不好，怕是天麟也脫不了干係。

啊呀，天麟?!

陳乾驀然回頭，下意識地看向扶疏，怪不得自己覺得這丫頭似曾相識，這陸扶疏除了眉眼分外秀美外，生得可不是和陸天麟陸大元帥相似得緊！

目送陳乾和楚雁南離開，青岩轉頭，死死地盯著扶疏。

「無妨——」扶疏知道青岩是擔心自己會有危險，當下搖了搖頭，回身倒了杯水。「外面都是雁南的人。」即便楚雁南不在，相信這裡也不是隨便什麼人都可以闖進來的。

青岩神情一鬆，沒想到一別經年，當年的小小孩童會長成如此逆天的人物！而且看那楚雁南的樣子，明顯對小主子很是在意，那是不是意味著，即便自己不在，也有人能替自己護得了扶疏？

只是，即便如此，這顆心，卻是無論如何不能放下來，如果說之前，青岩早存了必死之志，想要一了百了，這會兒為了小主子，卻再是如何痛苦，還要拚了命地掙扎著活下去才好……

正自沈思，頭忽然被人托起，一杯溫開水被送到唇邊，青岩下意識地咽了一口，下一刻卻差點兒又嗆咳出來——卻是小主子，正拿了把勺子一點點地把水餵進自己嘴裡！

青岩頓時無措至極，明明該自己拚盡一切護著的主子，這會兒卻是要侍奉自己，可怎麼使得。

「別動——」扶疏忙在青岩肩上輕輕按了一下，看著青岩的眼睛，神情誠摯。「青岩，你忘了我說的話了？扶疏心裡，早把你當成了自己親哥哥一樣！而且，我猜得不錯的話，山莊裡是不是，再沒有旁人了？」連自己最信任的青岩，都落得這般悲慘的境地，那山莊其他人……

青岩頓時臉色蒼白，一抹痛楚隨之掠過眼底，先是搖了搖頭，然後又點了點頭。

雖然已經有了心理準備，扶疏身形還是不由一晃——那可是神農山莊啊，說是天下命脈也不算誇張，無論這片大陸如何改朝換代，神農山莊卻始終屹立不倒！而現在……

到底發生了什麼，竟然短短十年間就遭此劇變！

「大師兄，我大師兄呢？」扶疏神情急切。「難道說現在，山莊的主事者，不是大師兄？」

山莊裡除了爹爹和自己，就數大師兄商嵐本事最大，按道理說，沒了姬氏，大師兄理所當然接任山莊之主，以大師兄的手段，要穩住山莊應該也不是什麼難事。

可，青岩尚且如此，那豈不是意味著，連大師兄也……

眼前恍惚浮現出商嵐一身青袍宛若勁竹般的修長身形，青岩尚且如此，扶疏簡直無法想像那般謙謙如玉的大師兄，若是也遭受種種折辱……

好像也不對呀，即便這連州如何偏遠，若是神農山莊已經不存於世，必定會天下動盪，自己絕不可能絲毫沒有耳聞——像周英，說起阿箏時還不時提到，阿箏自來和山莊交好；既如此，必然意味著，山莊依然存在……

「呵呵——」一直瞧著扶疏小臉的青岩忽然搖搖頭，眼底閃過一絲厲色，神情悲憤，無聲地動了動嘴，分明是「坤方」兩個字。

「坤方？」扶疏臉上的血色迅即褪去，無力地坐倒在床邊。

竟然是坤方之地嗎?!

「青岩的意思是，現在山莊的主事者，不是大師兄，而是，被放逐到坤方之地的姬氏族人？」

扶疏幾乎是咬著牙一個字一個字說出這句話，心裡卻早已是激盪不已。

第十七章　坤方之地

坤方之地，關係著神農山莊姬氏最大的秘辛，甚至因為放逐到那裡的族人闖下的彌天大罪，讓被譽為備受天神眷顧的姬氏一族差點兒就從這個世界上消失。

那還是兩百年前，當時大齊並未立國，主持這片大陸的是周氏王朝。

那一代的姬氏先祖名叫姬澄。

那位姬澄先祖也同自己爹爹一樣，愛上的是一位身體羸弱的女子，竟是成婚數載，一直不曾有孕。

先祖的爹娘唯恐姬家就此絕後，便以死相迫，逼著先祖納了素來思慕先祖的小姨子為平妻。

哪想到天意弄人，這邊娶了新婦，那邊舊人就被查出懷了身孕。姬澄登時欣喜若狂，雖是深覺對不起小姨子，仍堅決寫了一封放妻書，要送小姨子離開——作為補償，本屬於姬家所有，地處一個深谷中很是富庶的坤方之地，被姬澄拿去送給了小姨子。

不想，一個月後，卻傳出被送去坤方之地的小姨子也有了身孕的消息，更在自己娘親（小姨子和先祖妻子是同父異母的姊妹）授意下，多次跑回莊裡求姊姊勸夫君接自己回來。

姬澄的妻子經此一連串打擊，終至動了胎氣，早產下一個名叫姬琛的男孩兒後，便撒手塵寰。

姬澄從下人口裡獲悉此事後，悲痛欲絕，勃然大怒之下，派人把小姨子送回坤方之地，並揚言絕不許她跨進山莊一步，便是她腹中的胎兒也絕不認作姬氏後裔。

後來聽說那小姨子也產下一子，可惜生來卻就是個癡的。

姬澄的爹娘本還想著等孩子生下來後，就接回莊裡，待聽說竟是個癡兒，再對照膝下雖病弱卻聰明伶俐的孫子姬琛，就再不提這事。

再沒料到那個癡兒卻在五歲時恢復神智，更在十三年後強勢返回山莊，說是要和姬琛比拚，讓朝廷和百姓親自見證，看到底誰才是真正的神農氏後裔。

姬澄對這個孩子本就有愧，又想著只是比試一場，也不會有什麼大礙，若是能化解了那孩子心中的憤懣，讓兩個孩子就此重歸於好，也算是了了一樁心願。

卻不料最後的比試結果竟是讓所有人大感意外——

姬琛為了比試自是全力以赴，每日裡在田間地頭勞作；那個弟弟倒好，卻是經常做一些古怪的行動，或是用水攪拌一些刺鼻的東西撒在莊稼上，或是在莊稼地裡撒一些同樣有刺鼻味道的物事。

可最後結果，偏是那個弟弟竟以些許優勢勝出！

姬琛也是個忠厚的，雖看不懂弟弟所為，卻依然信守承諾，讓出了家族繼承人的位置；那個弟弟之後苦心謀劃，竟是不出一年，就坐上了神農山莊族長的位置。

姬澄本以為此後父慈子孝、兄弟和睦，姬家人丁自此興旺，實乃一大幸事；卻沒預料到自己這個小兒子之所以絞盡腦汁回歸山莊根本就是為了報仇！竟是一朝得志，便立即著手驅逐父兄，甚至一直守護姬氏的青家族人也分成了兩派，一派依舊追隨姬澄父子，另一派卻是投到了弟弟的麾下。

那弟弟手段甚是了得，竟是一改神農氏族人不與官府結交的原則，得到了皇室一個頗有實權的王爺的全力支持，終是想盡方法羅列罪名構陷姬澄父子，竟是不迫死父兄不甘休的模樣。

其間，青家兩派族人亦為了維護各自的主子，多次大打出手，也漸漸結下了不死不休的仇恨。

只可惜好景不長，不知什麼原因，凡是那弟弟指導耕種的農田越來越貧瘠，那位弟弟不得不越來越多地往裡面播撒各種有刺鼻氣味的東西，到得最後，竟有很多人因食用了那些土地上生產的糧食而或殘或死！

而過了不久之後，更有一個可怖的消息傳來，說是有人親見原本富庶的坤方之地，這會兒卻是荒涼如大漠，裡面的人更是奇形怪狀，或三腿，或兩頭，或雌雄同體，簡直堪比人間地獄。

消息傳到皇宮，大周皇上頓時慌了神，忙秘密派人前往探查，結果竟是和傳聞毫無二致！

忙讓欽天監占卜，結果卦象顯示，卻是惡魔迫害神農氏後裔引起天罰，而坤方之地，正是惡魔盤踞之所。

那大周皇上聽說獲罪於天，嚇得幾乎魂飛魄散，立即以雷霆手段處置了那位王爺，活捉了那個弟弟及他的所有同黨，然後交給姬澄父子處置。

經歷此一番生死劫數，姬澄又痛又悔，把神農山莊交給姬琛後，便親自押解小兒子和一眾背叛的青氏族人去了坤方之地，說是要以餘生贖之前的罪孽；更留下秘令，絕不承認來自於坤方之地的所謂姬氏後人為神農氏後裔，但凡小兒子的後人及當初背叛的青氏族人，只要膽敢逃離坤方之地，便一律殺無赦！

卻不料前腳一到，後腳就發生了大地震，坤方之地也就此消失於世……

兩百年過去了，坤方之地，始終是家族最大的秘密和禁忌，這世上除了神農莊的姬氏和青家人，已是再沒有人知道那個地方；而現在，青岩卻告訴自己，現在神農山莊的主事者正是來自坤方之地！

扶疏馬上明白，既然自己這個神農氏最後一個後裔身死，那麼知道坤方之地秘密的也就僅剩下青岩的家族罷了。

他們既然敢如此對待青岩，豈不是意味著——

「青伯伯，青伯伯他們……」扶疏顫聲道。

青岩的身體猛地痙攣了一下，眼睛迅即變得血紅一片！

「大師兄是不是也……」扶疏只覺內心一陣絞痛，又想到商嵐——大師兄是父親外出遊歷時救回的孤兒，雖得爹爹愛重，對姬家秘辛卻依舊是一無所知，對方既是來自於放逐之地，和大師兄卻是一點利害關係也無，應該不至於喪心病狂到連大師兄也除去……

青岩搖了搖頭，示意商嵐無恙。

「那麼，阿箏——」扶疏咬了咬牙，還是問出了內心最大的疑問。

從青岩看到秦箏時，憤恨的模樣，甚至不惜以命相搏，扶疏就隱約感覺到，十有八九，阿箏，已經不是自己記憶中的那個阿箏了！

雖是擔心扶疏會受不了，青岩仍是堅持無聲地張著嘴巴一個字一個字道：「秦箏，和坤方賊人，結盟——」主子從前有多愛護秦箏，現在就有多難過吧？可即便主子傷心，自己也不能瞞著她。

不然，主子肯定會忍不住想要和秦箏親近——

那秦箏和現在的神農山莊副莊主姬微瀾關係可是好得緊，姬微瀾之流想盡千方百計想要處死自己的最根本原因，不就是怕他們的真實身分洩漏出來嗎？若是被姬微瀾知曉小主子竟然死而復生，肯定會派出大批殺手對付小主子！

扶疏呆坐在椅子上，久久沒有做聲，直到房間門忽然一響，卻是楚雁南匆匆回返，看到神情驚痛的扶疏，不由一愣。

「怎麼了？」楚雁南擔心地問道。

「無事。」扶疏勉強笑了下，又想起什麼，忙強打起精神道：「元帥，是不是很生氣？」

楚雁南深深地看了扶疏一眼，又看一眼一臉擔憂的青岩，覺得心裡突然有些微不舒服，總覺得青岩和扶疏好像一起守護著一個自己無法涉足的秘密……

他並沒有直接回答扶疏的問題，只道：「妳放心，我既然把青岩帶了回來，就定然不會再把他交出去。」

畢竟不是真的十歲小孩子，扶疏一聽就明白，怕是這件事棘手得緊，就是陸帥眼前也沒有什麼兩全其美的辦法。

揪了楚雁南衣襬，她有些擔心道：「陸帥有沒有怪罪你？」雖是剛立了戰功，卻依然不過是一個校尉罷了，那陸帥又憑什麼替他擔下包庇刺客的罪名？

楚雁南搖頭。「那倒沒有。」

扶疏自然不信，只是這會兒，自己無論如何也沒有辦法帶了青岩離開這裡，好在，自己已經想到了保住青岩的法子。

回到葉漣的住處，扶疏在房間外默然站了良久，忽然覺得這十年的悠閒時光，果然是上天的格外恩賜，從此之後，不只悠閒不再，更不知前方會有多少血雨陰霾，眼前閃過渾身是血的青岩身影，扶疏眼睛逐漸清明——

不論是青岩、抑或是爹爹和自己傾注了畢生心血的神農山莊，都是自己會永遠守護的。

「公主——」扶疏抬手敲了下門。

房間裡靜了一下，葉漣懶懶的聲音隨即在房間裡響起。「進來。」

扶疏進去時，葉漣正斜斜地靠在床榻上，瞟向扶疏的眼神明顯有些許不悅——小丫頭果然絲毫沒有做人奴婢的自覺，竟是到這般時候才回轉。

轉念一想，神情又是一鬆——在秦箏那裡絲毫不避諱地待了這麼久，足見兩人之間淵源頗深，再加上下午離開時，秦箏明明已經陷入昏迷中卻仍是死死抓住扶疏小手的情景……

也是，秦箏風流倜儻，又位高權重，怎麼說都比那個楚雁南強得多，這小丫頭倒是個精明的，竟是不一會兒工夫，就能巴結上這個大齊目前最年輕也是最惹人矚目的貴族。

而這種情形，不正是自己樂意看到的嗎？只要能叫楚雁南不舒服，自己就舒服了！

有了這種想法，葉漣越發神情霽顏。「今兒個妳也累了，就下去歇著吧，對了，明日妳還照舊去伺候秦公爺便是……」

聽說楚雁南已經回來了，自己就等著明日看好戲吧，正自盤算著，忽然覺得有些不對，下意識抬頭，正對上一雙雖明亮卻清冷的眸子。

葉漣一怔，心裡頓時有些惱怒——這小丫頭，還真會蹬鼻子上臉，真當自己怕了楚雁南不成，竟敢給自己耍臉子了。

她冷冷地睇了一眼扶疏——

「還愣著做什麼？下去！」

「公主息怒。」扶疏神情平靜，竟是自顧自拉過來一張椅子，緩緩坐下——

公主這天下有的是，可神農氏的嫡系傳人，也就自己一個罷了！既然已經下定決心，做回姬扶疏，扶疏自然不允許任何人小瞧了自己。

葉漣愣了一下，忽然就覺得有些不對勁——不過短短一瞬間，面前小丫頭給人的感覺竟發生了天翻地覆的變化。明明之前還是個天真爛漫什麼事都不懂的鄉下丫頭，這會兒竟是由內而外透出一股無比超然卻又強大的氣勢來，那種自然散發出來的尊貴感覺，竟是絲毫不遜於自己。

葉漣本就是個人精，到得此時，更是直覺，這陸扶疏絕不是和自己原先想的那般，是個沒什麼背景的鄉下小丫頭罷了；便是說破天去，自己也不信，這通身的氣派，會是沒見過什麼世面的鄉野村夫可以培養出來的。

忽然想到向來冷酷無比的楚雁南對扶疏的維護，還有那個公爺秦箏，明顯待這女孩也很不一般，莫非這女孩的真實身分其實同樣尊貴無比？

這般想著，面上雖然不顯，神情中卻再不敢顯露出一絲不屑和蔑視。

扶疏把葉漣的神情盡收眼底——早知道這位公主是個聰明人，既然是個聰明人，自然也就更加明白該怎麼做才是最好。

扶疏也不拐彎抹角，開門見山道：「我想和公主談個交易。」

「談交易？和本宮？」饒是已經做好了心理準備，葉漣依舊是一驚，轉而又有些啼笑皆非。

自己再是階下囚，可好歹是一國公主，也即將是謨族下一代的女王！自己背後的謨族更是世所聞名的英勇善戰，這些年，可是讓那大齊皇上頭疼得緊，便是用腳趾頭想也知道，若然自己願意代表謨族降服，即便提些再過分的條件，大齊也定會爽快地應了；而現在，這小丫頭竟然說，要和自己談個交易?!

「好啊，本宮倒要瞧瞧，妳出得起什麼樣的籌碼。好東西本宮可見得多了，本宮只給妳一次機會，所以妳最好想好了再說。」葉漣神情充滿諷刺。

扶疏卻是不以為忤，葉漣的心思自己能理解，世界本來就是這樣，只有地位對等的人才能夠和別人談得起條件，繼而掌控一切；自己從前不思進取的模樣自然入不了這位身分尊貴的公主的眼，只是，那畢竟，只是從前罷了。

扶疏微微調整了一下自己的姿勢，毫不避讓地對上葉漣的眼睛，緩緩而清晰地吐出兩個字——

「血蘭。」

「什麼？」饒是淡定如葉漣，也一下變了臉色，卻在看清扶疏臉上勢在必得的神情後懊悔不已——既是談判，自然要最大限度地抓住對方的軟肋為妙，本想著以不變應萬變，卻沒想到，竟是被對方瞧出了破綻。她定了定神，嗤笑一聲故作漫不經心道：「我還以為是什麼難得的寶貝呢，不就是血蘭嗎？只要本公主想要，妳信不信，很快大齊皇上就會派出神農山莊的精英幫本宮採擷，本宮還不是想要多少就有多少，妳下去吧，本宮沒興趣。」

「是嗎？」扶疏微微一笑，葉漣只覺心撲通一下。

果然，扶疏冷靜地再次開口，仍是平平靜靜的嗓音，聽在葉漣耳朵裡卻彷彿響了個炸雷——

「那位二十年前服用的血蘭並未成熟，能撐到現在已是不易。一則，我可以提供的，是成熟期的血蘭，二則嘛——」

扶疏頓了一下，葉漣神情再也無法淡定——

自己拿楚雁南做藉口，就是為了不讓人注意到其實第二個才是自己真正目的所在；而現在，眼前這小姑娘不但一口道出父皇當日服用血蘭的時間，更是連血蘭尚未成熟這種細節都清楚。

要是被大齊皇上知道，其實父皇早已是危在旦夕，而自己又被俘這裡，怕是謨族頃刻之間就會有滅族之禍。

「妳到底，是什麼人？」饒是葉漣智計百出，這會兒卻也是完全亂了方寸。

扶疏並不說話，只是淡然對上葉漣的眼睛——這位公主自然無論如何也想不到，自己確然曾經死過一次。

二十年前，因娘親病重，爹爹也曾寄希望於尋覓血蘭，卻路遇一個同是來採藥的男子，那男子聽了娘親的病情，便直言說娘親乃是娘胎裡帶出的病根，即便拿到血蘭，怕也是於事無補，倒是靈藭草還能緩解。

爹爹感念那人恩情，便陪那人在天碭山中尋覓，終於指點那人覓到了血蘭；時隔數年，爹爹卻在謨族的使節隊伍中偶然發現了那人的蹤跡，更發現，原來那人當初尋覓血蘭，竟是為了他的主子謨族皇上葉奎。

「說吧，妳到底想要什麼？」事已至此，葉漣明白，無論對方提出什麼要求，自己都只能從了。

「對妳來說，並不難，或者說，還相當合算。」扶疏站起身，瞥了眼神情驚疑不定的葉漣。「我只要妳出手救今天那個刺殺秦箏的所謂刺客——他叫青岩，現在在楚雁南的房間裡；事成之後，我會奉上血蘭，便是公主的秘密也照舊無人知曉。」

第十八章　咫尺天涯

「阿箏，我走了——」扶疏站在床前，居高臨下地瞧著秦箏，看不出神情喜怒。

「扶疏——」秦箏頓時神情無措，抬起身來一把握住扶疏的手。「別走——」

「你留不住我的。」扶疏歪了下頭，眼神中充滿了懷念和憂傷。「小時候的你，可真可愛，為什麼長大後……」

「我——」秦箏一下哽住，下意識地低頭，曾經圓潤的小手早已不在，取而代之的是骨節分明的修長十指。恍惚間憶起，扶疏在田裡累了，就最愛靠著圓滾滾的自己——也只有那時候，自己才知道，原來，被人愛著、被人需要的感覺就是幸福。

「我會再吃胖的！」秦箏的保證衝口而出，卻又隱隱覺得，扶疏指的並不是這個。

「晚了。」扶疏果然絲毫不為所動，用力地一根根掰開秦箏的手指，竟是再不肯看秦箏一眼，無比決絕地往門外而去。「青岩，我們走——」

「不要——」

秦箏一下從床上坐了起來，動作猛了，頓時有些暈眩。

「公爺，您可醒了——」正在打瞌睡的管家一下睜開眼來。

董靜芬也忙上前一步，扶住秦箏的胳膊，入手一片濡濕——秦箏的衣服，竟是全濕透了，忙抬手去解秦箏的衣衫，卻被一下推開。

「下去——」

董靜芬臉色一僵，即便是昏迷不醒，還死死拉著陸扶疏的手，偏是自己，竟是一下都不許碰。

秦箏卻是死死盯著旁邊的管家，氣息都有些不穩地問：「青、青岩呢？」

「青岩？」管家愣了一下，一時想不明白青岩是誰。

「今天，苦力營——」秦箏聲音中有著自己都沒察覺到的慌張，胃也跟著一陣陣地抽痛，方才扶疏說要帶了青岩離開，明顯是生自己的氣了。

這麼多年了，扶疏還是第一次到自己夢裡來，竟然是在自己和青岩發生衝突的情況下——只是自己無論如何也想不明白，青岩之前和姬微瀾應該並不相識，何至於就弄到這般不死不休的境地？畢竟，連本來有望接掌神農山莊的商嵐都選擇了臣服。

「您說那個囚犯啊？」管家這才明白過來，旋即憤憤不平道：「主子放心，那人敢冒犯主子，定將他碎屍萬段！」

「什麼？」秦箏愣了一下，方才扶疏說要帶青岩離開，難道是青岩已經……?!冷聲質問道：「你們竟敢殺了青岩？」

對上秦箏驟然狠戾的眼神，那管家嚇得一激靈，忙擺手道：「那倒沒有，公爺沒有下令，下面人自然不敢自作主張。」

心裡忽然隱隱有些不安，公爺對那個犯人的態度好像有些不對勁啊！公爺的性子，對敵人自來都是心狠手辣的，怎麼現在瞧著，好像唯恐那人會死掉一樣啊？只是青岩這會兒雖然沒死，但有李良出手，怕是也不會比死了好受多少。

秦箏心微微放下了些——坦白來說，雖是當初在神農山莊生活了五年之久，可和那個影子一樣的青岩，卻是並無多少交集，實在是，青岩的存在感太弱了，很多時候，自己總是忘了有這麼個人。可無論如何，青岩卻也是扶疏的人，以扶疏那般善良的性子，若是青岩真的就此橫死，怕是難免心傷。

人沒死就好。

秦箏長舒一口氣，緩緩倚回床上，只覺得心裡空落落的，不覺又瞄了一眼自己的手——明明不過是作夢，偏是那感覺如此真實，竟然好像真的握著扶疏的手，又真的被她一根根用力掰開過一樣……

「對了，今天，有別的人來過嗎？」

「公爺是問葉漣公主的那個侍女嗎？」管家攏了攏袖子——那個公主可是大方得緊，公爺昏迷時過來探望，竟賞了自己好大一顆珠子，話裡話外更是暗示幫那小姑娘在公爺面前美言幾句。「那小丫頭，瞧著倒是個貼心的，今兒一大早，就送了好多果子來；對了，聽葉漣公主說，公爺受傷時，也是那丫頭第一個衝過去，哎喲，剛才在帳裡因為公爺的傷勢哭得那叫一個慘……」邊說邊偷偷看秦箏的臉色，果然愉悅了不少——這是，真看上那個小丫頭了？

管家當下忙建議道：「老奴瞧著那個小丫頭是個得用的，不然，老奴現在就著人去葉漣公主那兒說一聲，看能不能借過來伺候公爺兩天？」

「也好。」秦箏慢慢道：「只是這個時候了，會不會太煩勞公主？」

「不會。」管家忙打包票，葉漣的態度再明白不過，竟是急於把人送給公爺的樣子，自己跑去要人，怕是只會歡喜，斷然不會惱的。

看秦箏沒什麼其他吩咐了，管家這才退出來，吩咐兩個侍衛陪自己一同去葉漣那兒。

「就是那個公爺一直拉著手不放的小姑娘嗎？」其中一個侍衛馬上明白去「借」的丫頭是哪個。

對這些跟著秦箏一起從京師來的侍衛而言，公爺即使暈過去了，還死死抓著一個小丫頭的手的事真是太令人驚訝了！在京都時，誰人不曉，甭管多千嬌百媚的美人兒都入不了這位公爺的眼，不近美色，那是出了名的，再瞧瞧現在——

昏迷前死死拉著人家小手無論如何不肯放開，現在好不容易醒過來了，竟是一睜眼就又要把人「借」過來，說是兩人之間沒什麼貓膩，鬼都不信！

也因此，在抓到刺客後，已經有越來越多的侍衛，想要一睹那位能打動公爺的女子的廬山真面目，不知道是怎樣的絕色美人，竟會連冷若冰山的公爺都把持不住。

拉著手不放？秦箏下意識地抬手——昏迷時被人緊緊握著手的溫暖感覺竟是真的嗎？

那掰開自己的手指……

攤開的手指忽然緊握成拳——之前還不覺得，這會兒竟隱隱對葉漣的侍女有些期待。

「公爺——」外面響起一陣篤篤的敲門聲，李良氣急敗壞的聲音隨即傳來。「那個青岩，被楚雁南給帶走了！」

「什麼？」秦箏的思緒瞬間回籠，臉色一下難看至極。

同一時間，葉漣的臉色也同樣不好看。

實在是秦箏竟然派了管家來向自己借侍女。

若是之前，葉漣自然會毫不猶豫地把扶疏「踢」出去——既能擺脫楚雁南的監視，又能讓楚雁南如芒在背，自己何樂而不為？

可是現在……

「你們自去尋她，她若願意，即可帶著離開。」

現在已經不同於往時，這陸扶疏手裡，可有自己最大的秘密，事關謨族存亡，自己處處依著她還唯恐會出亂子，又怎麼敢再擺主子的譜？

自去尋她？

管家明顯一愣，瞧下午葉漣恨不得立刻就把侍女和公爺送作堆的樣子，不是應該立馬歡天喜地讓自己領走嗎？怎麼突然這麼不陰不陽的樣子？他頓時有些惴惴不安，自己方才可是在主子面前打了包票的，要是事兒沒辦成，主子不定怎麼看自己呢！

真是非我族類，其心必異，這葉漣公主果然是個沒受過什麼教化的，做事如此出爾反爾。

好在自己瞧著，那個丫頭對主子的關切絕沒有作假，退一萬步說，能得主子青睞，怕不是大齊幾乎所有適齡少女最夢寐以求的事，沒見那董靜芬，挖空心思想要纏上主子：現在有這麼好的機會，那丫頭又不是傻的，自會緊緊抓住。

這般一想，心下大定，當即著人去敲扶疏的門。

扶疏倒是還沒睡下，正坐在凳子上想心事，聽到敲門聲不由一愣，問道：「誰在外面？」

「妳是陸扶疏？」那管家長出了口氣，又恢復了往日的高傲，拿腔拿調道：「我是秦公爺的管家，公爺那邊缺個伺候的丫鬟，妳收拾收拾，這便過來吧。」

「你們公爺醒了？」扶疏一下立起身來，半晌，卻又緩緩坐下只覺心底無限淒涼。若是沒遇到青岩，聽說阿箏要見自己，這會兒不定怎生歡喜呢，可是現在……

扶疏心裡一痛，終於在管家不耐煩之前緩緩開口道：「公主，怎麼說？」

「公主說，讓妳自己拿主意。」老管家搓了搓手，明顯有些不悅——深秋的夜風已是有些涼意沁人，這小丫頭怎麼這般囉嗦，自己瞧著，怕是真到了主子面前，也得好生調教一番才是。

「既然如此，公爺的侍女還是另請高明吧。」這一次扶疏答得很快。

「什麼？」管家一愣，有些不相信自己聽見的，還要再問，房間裡的燈忽然熄滅，再沒有一點兒聲響傳來。

這是，給自己吃了閉門羹？自成為秦府管家以來，何曾受過這般冷遇？

那管家直氣得鬍子都是抖的，半晌狠狠地一跺腳。「好個狂妄無知的小蹄子！真當自己是什麼香餑餑了！」一瞪兩個同樣目瞪口呆的侍衛。「我們走！」

那侍衛這才回過神來，忙不迭跟上去，卻不住咋舌，趕明兒一定得親眼瞧瞧葉漣公主的這位侍女生得何等模樣，竟是連公爺都不放在眼裡。話說這怕是公爺有生以來第一次向女子示好，而結果卻是，他們英俊瀟灑的萬人迷公爺，竟然被拒絕了！

實在是太多變故，扶疏竟是一夜沒有休息好，第二日到得楚雁南房間時，精神明顯有些萎靡不振。

守在門外的正是柳河，看到扶疏發紅的眼睛不由一樂。「喲，小扶疏一夜變隻兔兒了！」

「回去。」楚雁南正好出門，瞧見扶疏憔悴的模樣，臉色頓時不太好。

「啊？」扶疏明顯愣了一下，沒明白楚雁南是什麼意思。

「柳河——」楚雁南也不理她，衝著柳河道：「你負責送她回去。」瞥了一眼仍是懵懂模樣的扶疏。「睡飽了再來。」

柳河拚命地低著頭，實在是憋笑憋得辛苦——老大這副晚娘臉太有趣了，而且明明是關心人家，偏是說出的話跩得二五八萬的。

扶疏腦袋徹底清醒了過來，頓時有些啼笑皆非，看所有人都沒注意，忙偷偷扯了下楚雁南的衣襬，低聲央求道：「我知道錯了，今兒個晚上一定好好睡覺，你就讓我進去吧。」

「妳——」楚雁南瞪眼，心裡油然升起一種挫敗感——也就奇了怪了，只要自己沈下臉來，即便是自己手下那些殺人如麻的兄弟也都嚇得不得了，偏是在這小丫頭面前，竟是絲毫不起作用；待要說不行，偏生小丫頭拽著自己的衣襬撒嬌似地左搖右搖。

半晌只得悶聲「哼」了一下。

柳河悶笑不已，就知道結果肯定是這樣，自己算看出來了，所謂一物降一物，老大根本就拿扶疏沒轍！

扶疏臉上露出一個大大的笑容，忙快步往房間裡而去，哪知太過慌張，一下踩到自己的衣襬，楚雁南彷彿背後長了眼睛，長臂一撈，就把扶疏攬在了懷裡。

「小心。」楚雁南叮囑了一句。

有姦情！柳河的眼睛一下睜大，拚命地伸長脖子想要往裡面看，那門卻「砰」地一聲關上，好險沒撞上鼻子，嚇得柳河忙往後面一蹦——老大也太不夠意思了，俗話說同甘共苦，老大自己美人在懷，好歹讓兄弟們飽飽眼福也行啊！

實在是楚雁南抱得太緊了，扶疏頓時有些喘不過氣來，忙掙扎著想要下來，卻在抬頭的瞬間瞄見楚雁南的臉——

一抹金黃的陽光透過門的縫隙，正好斜斜灑在楚雁南的身上，那平日裡總是冷靜自持的漆黑雙眸頓時折射出點點璀璨的光澤，使得本就俊美的少年簡直溫潤如玉。

扶疏彷彿受了蠱惑般抬起手指，等扶疏反應過來，正看到自己的手蓋在楚雁南的眼睛上。

楚雁南眼神瞬間變得更加幽深，微微上揚的眼角頓時浸潤出無邊的麗色來，看扶疏一張小臉脹得通紅的模樣，嘴角不由微微上挑——

扶疏忽然有一種錯覺，怎麼這傢伙好像很享受自己被他迷得暈暈乎乎的樣子啊……

忙要掙扎著下來，楚雁南已經抱著她輕輕放在地上，卻是反手握住扶疏，徑直往裡面青岩躺的房間而去。

扶疏忙擺手，指指裡面的青岩，示意楚雁南放開自己——青岩一向最是護著自己，要是瞧見楚雁南拉著自己的手，怕是會誤會，便是自己心裡，也有些不得勁……

楚雁南卻彷彿渾然不覺，幾乎是半拖半抱地把扶疏拖進裡屋。

本是躺在床上的青岩果然一愣，下一刻臉色頓時鐵青，瞧得出對楚雁南的模樣不善至極。

楚雁南卻是看都沒看他一眼，繃著臉對扶疏道：「瞧見了？青岩在這裡，安全無虞，現在，去補眠。」說著，推著扶疏到了自己床前躺下，攤開被子不由分說把扶疏嚴嚴實實地蓋了起來，這才轉身大踏步走了出去。

「呼——」直到楚雁南的腳步聲消失，扶疏才脹紅著臉探出頭來，正好對上青岩關切的眼神，伸了伸舌頭。「青岩——」

瞧見小主子布滿紅絲的眼睛，青黑色的眼圈……

只見青岩眼裡的惱怒暫時散去，取而代之的是深深的愧疚和對楚雁南的感激——都是自己拖累了小主子，多虧有楚雁南替自己看著小主子。

讓扶疏沒有想到的是，竟就是這件事，讓青岩莫名有了這樣一個認知——但凡是楚雁南對主子做的，即便有些時候有暴力的嫌疑，也全都是為了主子好……

知道躺著的這個是楚雁南的床，身上蓋的也是楚雁南蓋過的被子，饒是扶疏心理年齡比外表成熟得多，還是覺得羞不可抑，等外面徹底沒了楚雁南的聲音，一翻身就跳下了床。

對面靜靜躺著、無比認真地堅守著看護原則的青岩，眼睛裡頓時全是不贊成。

「好青岩，我真的睡不著，好不容易雁南走了，你就別逼我了……」扶疏忙小聲告饒，卻是無論如何也不肯爬到床上去睡。

青岩神情頓時很是苦惱，即便是自己身體無恙時，拿這個小主子也是全無辦法；要是楚雁南在就好了，定然可以三下五除二地把小主子送回床上。

主僕兩個卻是一點兒沒有意識到，兩人竟是下意識地都對那個沈默而俊美的少年產生了依賴心理。

「你躺著莫動，我幫你擦臉——」扶疏小心地把青岩的頭給墊高了一些，又回身擰了條濕毛巾。

「本公倒要看看，你們誰敢攔我！」

一聲怒喝忽然在門外響起，房間門也一下被推開，扶疏一驚，倏然回頭，卻被分外明媚的陽光刺得眼睛微微一眯。

「是妳——」一個不悅的聲音隨即響起，扶疏這才看清，進來的竟然是秦箏，而開口的，正是那個管家。

第十九章 情斷

那管家也沒料到，會在這裡看到扶疏，轉念一想，迅即明白，原來這就是這死丫頭不肯服侍公爺的原因啊——分明是又巴上了那楚雁南。

秦箏也是一愣，一眼認出眼前這小丫頭，可不正是農莊裡那個叫陸扶疏的可愛女孩？卻怎麼會在這裡？狐疑地看了一眼管家。

管家明白過來，狠狠瞪了扶疏一眼這才小聲稟道：「她就是，葉漣公主的侍女。」

葉漣的侍女？秦箏愣了一下，自己昏倒時那個無比急切地跑過來的小小身影忽然無比清晰起來，怪不得自己總覺得好似在哪裡見過，可不正是這丫頭。

微微一笑，剛要同扶疏打招呼，卻忽然有一種被人怒視的感覺，順著自己的感覺看了過去，正對上青岩一雙痛恨卻又防備無比的眼睛。

扶疏神情已經恢復了平靜，也不看秦箏，繼續拿起毛巾輕柔地幫青岩拭臉。

秦箏清俊的臉一下變得很是難看，那般柔和的動作，還有紅通通明顯沒有睡好的眼睛，用腳趾頭想也知道，這陸扶疏定然是在這裡侍奉了青岩一夜。

本來昨日裡聽管家回稟說是陸扶疏竟然拒絕來服侍自己，秦箏雖是稍稍有些遺憾，卻也沒有太過在意，這會兒看扶疏如此精心伺候青岩，心裡不知為何竟忽然生出強烈的不忿來。

柳河也沒想到秦箏竟敢硬闖，有心要攔，可兩人身分實在差得太遠，自然不敢硬來，只得跟了進來勸道：「公爺，還請稍候片刻，我家將軍很快就會回來。」

「滾——」秦箏這會兒卻是惱怒無比，覺得心頭的火一竄一竄的。

自己也說不好，之所以這麼暴躁，是因為從來對自己不假辭色、甚而還想殺了自己的青岩，還是因為那個明明之前拚了命地奔向自己，這會兒卻神情冰冷地低著頭，一副根本不認識自己，急於和自己撇清關係模樣的陸扶疏。

「你們可知道他是什麼人？」秦箏意有所指地瞥向青岩，掠過扶疏的眼神，充滿警告。「刺殺公卿可是死罪，你們竟敢劫出人犯，又藏在這裡，難不成，是刺客同黨？」

緊跟在後面的李良頓時大喜，還是公爺厲害，一下就給楚雁南安上了罪名，本來聽王爺的意思，還擔心秦箏會對青岩有所回護——畢竟，之前，就是秦箏極力反對，才留下青岩一條性命；若是秦箏還想著要保全青岩，那想要處置楚雁南的話，就更加難上加難。

而秦箏這一番話，等於已經坐實了青岩的謀刺大罪，而人犯現在在楚雁南這裡，無疑就是楚雁南也是青岩同黨的佐證！

秦箏這會兒卻是有些懊悔——自己方才就和被蠱惑了一般，說青岩是刺客的話竟然衝口而出，若是自己這番話傳到京城，怕是再改口，也無法改變青岩被處死的命運。

可明明之前，自己下定決心，要留下青岩一條命的，不然，怎麼對得起扶疏？卻又怎會昏了頭說出這樣一番話來？好在身邊全是自己的手下，還來得及補救。

但他卻完全沒料到，這一番話卻是刺得扶疏的心宛若針扎一般

「刺客？」扶疏倏地抬起頭來，看向秦箏的眼神冰冷而痛心，之前拚命想要說服自己，

阿箏那麼乖的孩子，怎麼會是那般心狠手辣、不念舊情之人？這中間肯定有什麼誤會；卻沒料到，青岩已經傷重如此，秦箏竟還如此咄咄逼人，竟是不處死青岩不甘休的樣子！

「這世間果然有農夫和蛇的故事！」扶疏盯著秦箏的眼睛，一字一句道：「若是姬扶疏知道，她當初最疼愛的弟弟，這會兒竟是如此心狠手辣，不但夥同他人奪了山莊，甚至連她身邊視若兄長、最忠心無比的青岩都不放過，不知道是何感受？我想著，不氣死，也定然會痛死！」因為太過難過和失望，正幫青岩擦拭的手都是抖的。

青岩伺候扶疏的時日最長，自然明白扶疏的心情，神情也不由黯然，再瞧向秦箏時，眼神早已是一派凜然——敢這樣讓小主子傷心，但凡自己能動，一定馬上出手擰斷這小子的脖子！

「一派胡言……」秦箏腳下一踉蹌，神情頓時有些恍惚，就是胃部也瞬間抽痛不已。隱隱約約覺得面前站的人不是陸扶疏，而是真真正正的姬扶疏一般，甚至潛意識裡覺得，若是扶疏真的活著，說不定就是這樣又恨又痛的模樣……而且，更不可思議的是，即便被女孩這麼指著鼻子責罵，自己不但沒感到被冒犯，心裡反而酸楚得緊。

「大膽——」沒想到扶疏竟敢當面如此指斥秦箏，李良先是一驚，繼而竊喜不已；據自己所知，這丫頭和楚雁南關係可是非同一般，真要好好利用，無疑又是楚雁南一條罪狀，罪過多了，到時候連皇上也定然不好再護著。這般想著，當即喝道：「哪裡來的野丫頭，竟敢如此張狂，連公爺和神農山莊的人也敢編排，端的是大逆不道——」嘴裡說著，抬腳就朝扶疏狠狠地踹了過去。

「嗚——」青岩雙眼一下睜大，嘴裡發出一聲奇怪的聲音，瞧李良的眼神狠戾無比，猛地一掙，竟是大半身體都懸出了床外。

「青岩——」扶疏嚇了一跳，青岩現在渾身是傷，這樣一掙動的話，怕是剛接好的骨頭又會斷開，忙按住青岩，卻還是晚了些，青岩全身上下已經有數十處滲出殷紅的血來。

柳河一直在旁邊站著，這會兒看李良竟敢向老大的女人動手，也是大怒，身形一閃，就攔到了扶疏的面前。

秦箏也嚇了一跳，手比腦子反應還快，竟然下意識地拽出寶劍，直指李良。「混帳東西，本公面前也敢放肆，還不退下！」

沒想到秦箏反應這麼大，李良直覺，要是自己真敢動手，說不定這位不按常理出牌的古怪公爺真會一劍砍下來，當即嚇得一動不敢動。

就是柳河看著秦箏的眼神也是驚嚇至極，幸虧早知道扶疏和老大有一腿，不然，自己真會以為，這位秦公爺也是姦夫！啊，不對，不會是這位秦公爺其實也看上陸扶疏了吧，不然，現下這種局面實在不好解釋！

秦箏後知後覺地發現自己做了什麼，卻並不後悔，好像沒看到所有人目瞪口呆的模樣，逕自緩緩收回劍，心頭的惶惑和疑慮卻是更濃——

青岩自來和影子一般，面部表情也人如其名，端的是和塊花崗岩一般，鮮少能看到什麼情緒來，少有的幾次情緒失控，也全和扶疏有關。自己很多時候都想，八成這世上除了扶疏，再沒有一個人能讓這個男人變一下臉色；可方才李良要對陸扶疏動手時，青岩那狀若瘋狂的神色，竟是和青岩一直以來對待扶疏的態度如出一轍！

自己在山莊日久，想讓青岩另眼相待尚不可得，這陸扶疏何德何能，竟然能得到青岩如此全身心的守護？

卻不知旁人的心思也和秦箏一般——明明這位公爺是個冷情人，據聞曾經紅遍京城的名妓趙小小對這位公爺一見鍾情，秦箏知曉後，便再不願見這趙小小一面。

那趙小小也是個執著的，為了再見秦箏一面，竟抱了一把古箏，不眠不休地在秦府外彈奏了整整三日三夜，直到最後雙手鮮血淋漓，昏暈在地，秦箏終於走出府門，卻是看也不看地從她身邊淡然而過，一時癡心女子狠心郎的說法傳遍京城。

而現在，秦箏竟對陸扶疏的冒犯視而不見不說，還屢屢回護，再加上秦箏昏迷時還死死握住陸扶疏手不放的傳聞——

這陸扶疏何德何能，竟能得秦箏委曲求全、小心回護到如此地步？

秦箏卻是我行我素、隨心所欲慣了的，自然絲毫不在意眾人的神情，半晌定了定神道：

「妳休要聽信他人，那個楚雁南，不是什麼好東西——」

青岩那個人自己知道，就是個鋸嘴葫蘆，會那樣在陸扶疏面前不遺餘力詆毀自己的，還對過往情事知道得這麼清楚的，無疑也只有楚雁南了。

「聽信他人？」扶疏只覺心裡越發失望，阿箏怎麼變成了這個樣子？竟是鑄下這等大錯不肯承認不說，還字字句句把責任推到旁人身上，慢慢轉頭，看向青岩。「你現在就在這裡，好好看一眼躺在床上的這個人，他叫青岩，曾經他用生命守護過姬扶疏，即便你和他之間有什麼天大的仇恨，可念在他曾那般不要性命地護住姬扶疏、護住山莊的分上，說是與你有故，也不算差，你又何致忍心如此待他？

「如此待他？」許是扶疏周身流淌的悲傷太過濃重，秦箏的心也不由跟著下沈。方才就發現了，青岩好像有些不對勁，明明那麼凌厲的身手，即便廢了武功，也不該如此遲鈍。

「他，怎麼了？」問著竟是有些心虛氣短。

「你自己看！」扶疏卻是握著青岩的手，無法再說出一個字。

「公爺——」李良心知不妙，忙要上前攔阻——當日王爺和姬莊主為了拉攏秦箏，可是答應過他，頂多廢了青岩的武功，讓他不再有機會威脅到姬莊主的安全，然後就發配邊疆罷了；要是讓秦箏覺察到青岩現在的情形……

「滾開！」秦箏一把推開李良，一步步往躺在床上的青岩而去，心裡卻是惶恐得緊，好像要面對一個自己絕不願面對的事實，繼而被逼著，離扶疏越來越遠……

「不用瞧了。」又一陣腳步聲傳來，卻是楚雁南正和陳乾一前一後走了進來，說話的正是陳乾。「青岩他武功盡毀，筋脈寸斷，四肢俱廢，便是舌頭，也被人割去……」

陳乾的聲音不大，卻是宛如一個霹靂震響在秦箏的耳側，怪不得陸扶疏的神情如此痛恨！

對青岩而言，這樣的折辱，卻是比要他死一千次還要難以忍受！

忽然憶起苦力營中初見青岩時，他喉嚨裡古怪的嗚嗚聲，自己當時暈了過去，這會兒回想，應該在那時，青岩的舌頭就是沒了的。

明明當初三王爺和姬嵐答應自己，雖是廢了他的武功，卻亦是會成全他做個普通人的！

「李良——」秦箏轉身，瞧著李良，眼神森冷。

「公爺——」李良眼神閃爍，勉強道：「實在是這人太過窮凶極惡，公爺切莫聽信小人言語，難道公爺忘了苦力營中，這人又是如何對待公爺——」話音未落，卻被秦箏一個窩心腳踹了過去，李良撲通一聲跌倒在地。

「所以，這些，都是你做的？」秦箏抬手，劍尖直指李良，心裡卻是又驚又怒——幾年來，私下裡以為三王爺待自己也算赤誠，難道全是障眼法？

「公爺——」李良嚇得汗都出來了，這位秦公爺可是出了名地不按常理出牌，說不定真會給自己捅個透心涼，到時候，自己可是哭都沒地方哭去！忙不迭磕頭，苦著臉道：「還請公爺明察，他舌頭被割，跟我沒關係啊，奴才也沒聽三王爺說過，怕是，另有仇家——」

李良雖這麼說，心裡卻是有些打鼓，畢竟是三王爺的親信，要說一點兒也不清楚，那是不可能的。三王爺當時也是頗有疑慮，有些想不通神農山莊的新任主事者何以對青岩如此痛恨，竟是不死不休的架勢。只是眼下情形，這麼多人在，這話當然不能說；更不要說以三王爺的性子，要是知道自己壞了他的事，自己只能落得更慘的下場。

「另有仇家——」秦箏微微一愣，忽然想起方才扶疏所說「自己夥同他人謀奪山莊」之語，難道是……

扶疏抬頭，靜靜地對上秦箏的眼睛，道：「青岩已經變成了這般模樣，公爺當真要逼死他方肯甘休嗎？公爺如今已是高高在上，再不是昔日需要神農山莊庇護的小小孩童，潑天的富貴已盡在掌握之中，倘若公爺還念著當年神農山莊一點兒舊情，還請高抬貴手，放過他吧！」

「妳——」這般平靜卻冷淡的語氣，使得秦箏胸口彷彿被人狠狠地剜了一刀似的，臉色一下變得鐵青。「妳再說一遍？」

扶疏的話明顯就是指責秦箏忘恩負義，這般眾目睽睽之下，那秦箏又是出了名的陰狠毒辣……楚雁南心裡一緊，下意識地就想上前護住扶疏，卻被陳乾抓住手腕，微不可察地搖了搖頭——

雁南是關心則亂，自己怎麼瞧著，這秦箏看陸扶疏的眼神有些古怪啊，明明是揭人傷疤，偏偏對方的眼裡卻並無半分殺機。

青岩這件事又委實棘手，便是大帥也頭疼不已，這會兒怎麼瞧著，興許這陸扶疏的出現，會是一個轉機，沒看那秦箏已是方寸大亂的樣子。

楚雁南抿了抿嘴唇，手卻已經按向劍柄。

「我說，」扶疏聲音依舊沒有半分波瀾，便是看向秦箏的眼睛也沒有移開半點。「請你高抬貴手，放過青岩。」

青岩閉了閉眼睛，心卻是痛不可抑——小主子竟然為了自己，開口求人，求的，還是秦箏那個忘恩負義的小子！

秦箏臉色更加蒼白。

「阿箏，我求你一件事好不好——」小小的扶疏站在床前，可憐兮兮地道。

「妳說。」胃痛又犯了，秦箏無力地躺在床上，卻在對上那雙明亮無比的晶眸時舒服多了——身子也微微坐起，一副隨時準備下床的模樣。

「你說的啊！」扶疏長出了一口氣，刷地端出來一個藥碗，眼裡是陰謀得逞的得意和滿滿的心疼。「那就把這碗藥全喝進去！」

秦箏接過看也不看地一飲而盡，然後丟開碗，無比認真地瞧著扶疏道：「不要求我，只要妳開口……」一碗藥算得了什麼！只要是扶疏想要的，自己便是拚了性命也會給她拿來！

還是那樣一雙晶亮的眼眸，完全沒有沾染過任何世俗的陰翳，這會兒卻是那般悲涼而哀傷地瞧著自己，說：「請你，放過青岩……」

秦箏身子猛一踉蹌，下意識地就想抬手遮住眼——罷了，罷了，又何必再逞口舌意氣，自己的意思，本來不也是要留青岩一條命嗎？這世上，自己絕不許任何人虧欠自己，可也絕不許自己有一點虧欠扶疏。

「放過青岩，不是因為有人求情——」秦箏撇開眼睛，竟是不願再看扶疏。「而是，因為他，沒有背叛過姬扶疏。」

心裡卻充滿著巨大的驚懼和恐慌，明明，扶疏在自己心裡是獨一無二的啊，為什麼方才那麼一瞬間，自己竟是錯把眼前這女子當成扶疏？

不過十年啊，十年的時光，就足以讓自己忘掉自己在這世上唯一的親人嗎？

難道自己果真如陸扶疏所言，是天下第一薄情寡義之人?!

秦箏一言出口，所有人都呆若木雞——這樣就放過一個意圖刺殺自己的人了，也太簡單了吧？

到底是誰說這位秦公爺是出了名不講情面、心狠手辣、冷酷無情的？這分明就是個好好先生嘛！

「公爺——」看秦箏瞬間慘白的容顏，李良心知不妙，看向陸扶疏的神情又驚又怒，這小女孩到底有什麼妖法，竟不過寥寥數語，就能讓秦箏放棄追究青岩的謀刺大罪？

可若是放過青岩，那豈不意味著，自己無法完成主子交代的任務？青岩沒事，那楚雁南的同黨罪名也就更加是莫須有了！

他也顧不得秦箏會不會怪罪，爬起來，撲通一聲跪倒在秦箏面前。「公爺不可！公爺萬金之軀，怎麼能把自己置於危險之中？這賊人刺殺過第一次，就必然還會刺殺第二次，公爺絕不可放虎歸山！」

「你的意思是，要抗命？」秦箏的神情漸漸恢復慣常的冷漠。

「屬下不敢。」李良眼裡閃過一絲陰狠之色——無論如何，這青岩，不能留！「只是屬下奉皇命而來，保護公爺是屬下分內之責，公爺萬不可有婦人之仁——」

一個「仁」字出口，雙手竟在地下一按，身形騰空飛起，同時抽出腰間寶劍，朝著青岩當胸刺去。

耳聽得「噹啷」一聲響，卻是本來站在後面的楚雁南竟然後發先至，堪堪擋在青岩床前，順手拿起旁邊的藥碗，朝著李良就擲了過去。

「找死！」李良神情猙獰——一個小小的茶碗也想傷了自己，真以為自己和國舅爺一樣——「啊！」

卻是那藥碗應聲而裂，一枚碎片瞬間刺入李良的右眼，李良只覺胸口宛若被人用千斤巨錘重擊，碩大的身子如流星般倒飛出去。

外面一陣重物落地的聲音，夾雜著李良痛極的慘叫聲，一聲接一聲地傳進來，房間裡卻是鴉雀無聲，本還想上前喝罵兩聲的秦府管家，這會兒早嚇得腿肚都轉筋了——若說那陸扶疏是女巫的話，這楚雁南就是不折不扣的魔鬼啊！

倒是陳乾反應快，衝楚雁南使了個眼色，忙上前打哈哈道：「哎呀，楚將軍果然驍勇，也是，有我們護著公爺，那小子還敢公然抗命——看以後誰還敢不把公爺放在眼裡！」

秦管家好險沒氣暈過去，心說這老混蛋還真會取巧，還說護著公爺，這分明就是示威！真護著公爺的話，幹麼要把刺客護得那麼嚴實，反而把李良收拾得這麼慘，自己猜得不錯的話，那李良的右眼鐵定廢了。這哪裡是護著公爺啊，分明是給那個刺客報仇！

秦箏又何嘗不知道對方的心意？卻是深深地看了扶疏一眼，神情決絕地道：「從今以後，青岩和姬扶疏再無半分關係，妳也好，青岩也罷，若是再犯到本公手裡，那就，死！」

即便這女孩長了一雙和扶疏神韻一般無二的眼睛，可也絕不是扶疏；既然扶疏已經死了，自己就絕不許任何人取代她。

而青岩，竟敢對扶疏之外的人顯露出忠誠的一面，無疑就等同於對扶疏的背叛，一個背叛了扶疏的人，他的生死又與自己何干?!

只是秦箏卻忘了，自己方才面對對面那個女孩子時的一連串反常之舉，在別人眼裡，卻是和青岩一般無二。

扶疏只覺渾身的血一下沖到頭頂，半晌才慘然一笑道：「好。」低下頭的瞬間，兩顆大大的淚珠卻瞬間滑下——自己保護了那麼久、又期待了那麼久的弟弟，卻對自己說，再犯到他手裡，就，死！

原來時光果然如此殘忍，這一刻，她終於無比清楚地認識到，那個總是跟在自己屁股後轉的圓滾滾的阿箏，總是可愛得不得了、連踩著隻螞蟻也會大呼小叫的阿箏，已經不在了，眼前的這個人，是一個名叫秦箏的陌生人……

第二十章　又見舊人

秦箏說完，只覺渾身的力氣彷彿被抽空了，轉身踉蹌著朝外走去，卻和另一群人撞了個正著。

「公爺果然寬宏大量，竟是連刺客都願意放過。」說話的是一個弱冠之年的錦袍公子，男子姿容俊秀，神情卻是傲慢無比。「只是公爺心懷仁德，我神農山莊卻不能落人口舌。」說完回頭厲聲道：「商嵐，你是神農山莊舊人，過來認一下，他可確是青岩？」

隨著錦袍公子話音一落，一個揹著背簍，一身青衫、素衣落拓，渾身上下都籠罩著一種說不出來孤絕氣息的男子默默上前一步，垂頭應道：「姬公子——」

姬公子？

所有人都是一愣，除了扶疏外，視線盡數集中於那錦帽貂裘、氣勢凌人的華服青年的身上——

早聽說和之前神農山莊的香火不旺不同，這一支姬氏隱族人卻是人丁興盛，又得皇上大力邀約，出山輔助皇上掌控天下農事的足有二十餘人，除兩位德高望重的莊主年齡略大，餘者多是姿容俊秀的少年公子。現在一看這姬青崖，果然傳言不虛。

青年身邊一個一身紫色官服、頗有官威的中年男子上前一步，傲然掃視眾人，冷笑道：「倒沒想到還會有這麼一齣好戲！」掠過楚雁南時，神情明顯一滯，最後注目秦箏，神情裡終於有了絲親熱。「秦公爺，我來介紹一下，這位是神農山莊的姬青崖姬公子，公爺應還識得吧？」

「鄭大人——」秦箏也拱手還禮，又衝旁邊一位方臉男子和姬青崖頷首道：「周大人安好，姬公子別來無恙。」

陳乾卻是微微皺了下眉頭，事情好像有些麻煩，沒想到朝中這麼快就對葉漣的提議做出了回應，派了欽差大臣過來。

這兩位欽差，陳乾倒是全都識得，一個是禮部尚書、大學士周楷嚴，另外一個則是當今皇上寵妃鄭妃的嫡親兄長兵部侍郎鄭國棟。

據自己所知，周楷嚴近年來和二皇子——因大皇子早夭，二皇子其實也就是實際意義上的大皇子——齊昭走得很近，至於那鄭國棟，自然力挺的是自己的親外甥、三皇子齊昱。

看來二皇子和三皇子此次又是旗鼓相當，竟是各派了一個親信來至邊關。

可這也注定了兩人為了和談大計，都不會和神農山莊的姬青崖對上——畢竟，皇上不可能把雁南指給葉漣做駙馬，那也就意味著，這個姬青崖將會是駙馬的不二人選，他能不能找到血蘭，決定著和談的成敗與否；要是姬青崖堅決以主子的身分處死青岩，就是皇上也不好說什麼！

姬青崖冷冷一笑，看著青岩的眼神恍若看向一個死物。「秦公爺倒是頗有乃祖之風，生就慈悲心腸；只是這等低賤如蛆蟲之輩，卻竟敢以下犯上，如此凶頑，留之何益？縱然秦公爺一片慈悲心腸，我神農山莊卻是不能替這賤奴揹上如此惡名。」

到現在姬青崖都想不通，這青岩對眼下的神農山莊而言無疑是一個再危險不過的存在，可以說有青岩活著一天，莊裡很多人怕是都要睡不安枕。那個素未謀面的姬嵐莊主倒好，竟是無論如何不許處死青岩，甚至作主，把他送到了這連州大營——連裡可算是三皇子或者神農山莊暫時都無力掌控的一個所在。

怪不得副莊主姬微瀾不止一次埋怨姬嵐是婦人之仁——即便是舊人，可相對全族安危，也不應該讓青岩繼續活下去。

雖然種種酷刑之下，青岩已是廢人一個，可要想神農山莊的秘密永遠不會被世人察覺，自然還是一勞永逸地讓青岩變為死人最好。

姬青崖瞥了一眼肅立面前有些蕭索的男子道：「商嵐，還愣著幹什麼？沒聽見我的話嗎？還不快去瞧瞧，是不是那個賤奴！」

秦箏微微皺了下眉頭，卻不知為何，下意識地瞟向扶疏的方向，神情頓時一愣——

扶疏正怔怔地往這個方向瞧過來，一雙美麗的眼睛裡卻含著水光，看得秦箏的心一下似是浸透了江南陰雨季節的黃梅雨，瞬間酸澀無比。

商嵐默默地轉過身來，往前走了一步，一抬頭，正對上扶疏因溢滿了淚水而恍若水晶般流光溢彩的眸子，腳下頓時微微一滯；殊不知，扶疏的心頭，卻是早已掀起了驚濤駭浪一般。

這真的，是自己的大師兄嗎？

因神農山莊的巨大聲譽，儘管姬氏族人生性淡泊，更恪守祖訓，不願摻和到朝廷是非中去，卻還是有些人想把主意打到山莊頭上，也因此，各大家族都有以學藝的名目送到山莊的家族子弟。除了那些別有目的的名門之後外，山莊還收留了一些孤兒，教授他們農藝之法，而商嵐就是山莊收留的孤兒中的一個。

不得不說商嵐非常有天分，神農山莊存世將近千年，之所以始終掌控天下農業興衰，最根本的原因不是姬家藏私，而是其他家族的人無論如何努力都無法和姬家相比肩；而商嵐還是第一個因農藝高超，被姬家上一代家主收入門牆的外姓之人——

本來扶疏的意思，是想要除商嵐之外，還有無數個師兄妹才好，因此才口口聲聲喚商嵐大師兄，可惜其餘人卻均是資質平平，很難再入爹爹的法眼了；也因此，扶疏實際意義上名副其實的師兄，也就這麼一個，那就是商嵐。

因著商嵐神農山莊大弟子這一特殊身分，不獨神農山莊，便是朝廷內外，也沒人敢小瞧這樣一個無父無母的孤兒；只是商嵐之所以深得上一代莊主的喜愛，除了農藝上有天分之外，更兼他的性子和姬家人也相似得緊——一心只愛農事，根本無暇他顧。

每日裡天剛拂曉，一青衣男子和一個素裳女孩相伴在田野裡或侍弄莊稼或相對凝思的身影，便是鐫刻在神農山莊幾乎所有人心頭，最亙古不變而又無比寧馨的一幅畫面。

大師兄一向是怎麼也曬不黑的白皙肌膚，又生得挺拔，雖是瘦削，卻偏是如同風中的勁竹，說不出的英挺凌然，哪像現在的這人……

扶疏不錯眼地盯著商嵐，不過十年的時光，當初那個挺立如竹的風華男子，這會兒卻是滿面風霜，不只眼角有了歲月的紋路，便是那雙總是溫潤如水、無比純粹的眼眸，也被過往的時光沈澱成兩泓幽深的潭——這十年裡，大師兄到底經歷了什麼，才會生生變成這樣一副不堪重負的模樣？

商嵐身形一震，一抹不可置信的錯愕在眼中一閃而逝，還要再看，楚雁南卻是不經意地往左跨出一步，恰好遮住了後面的扶疏。

商嵐一個不察，差點兒撞到楚雁南身上，慌忙後退一步，低低道：「冒犯將軍——」一聲音溫和，宛若清風拂過水面。

姬青崖微微蹙了下眉頭，這商嵐慣常和個啞巴似的，倒不知道還有這麼一副清雅的嗓子。

秦箏卻是再次不自覺地看向扶疏，入目卻是楚雁南俊美無儔卻冷若冰霜的一張臉，頓時氣不打一處來，狠狠地哼了一聲，轉過頭來，甚而忘卻了方才横在心頭的那個疑慮——

在山莊裡那麼久，商嵐的木訥是出了名的，也只有在對著扶疏時，才會表現出還算靈動的一面；而能讓他開口說話的，也往往是和扶疏有關，絕少面對一個素不相識的陌生人，表現出如此熱情的一面。

商嵐退後一步，繞過楚雁南，繼續邁步往床前而去——一時房間裡站著的人都是哭笑不得，這商嵐性子可真是有些呆啊，明明就這麼大點地方，只要抬頭就能看到床上青岩的模樣，偏這商嵐如此死心眼，姬青崖讓他到床前辨認，就一絲不苟地跑到床跟前。

沒想到商嵐還真非得到床前去，楚雁南神情變了下，卻也不好再攔，只是回身站到扶疏身側，趁人不注意，用力握了下扶疏的手。

扶疏終於回神，意識到情形不對，忙低頭，兩顆大大的淚珠卻是啪地一聲砸落地面。

「妳怎麼了？」下一刻，扶疏身前一暗，卻是商嵐正彎下腰來，黑白分明的眼眸中寫滿了憐惜。「怎麼哭了？」嘴裡說著，掏出塊帕子就想幫扶疏擦拭。

「你幹什麼？」楚雁南臉色大變，抱著扶疏往自己懷裡一帶，商嵐伸出的手頓時僵在半空中，收回也不是，伸出去也不是，神情一下尷尬無比。「將、將軍，我是不是，又冒犯了你，對不起，對不起——」又一指扶疏，臉上流露出純然的無辜神情。「我只是看她在哭……」

扶疏抬頭，怔怔地瞧著神情關愛而又無措的商嵐，張了張嘴，半晌才啞聲道：「大……」

勉強把「師兄」兩個字咽下，又用盡全身的力氣把馬上要傾瀉而下的淚水逼了回去，方道：「這位，大哥，我無事……我只是，有些難過……」卻再也說不下去，心裡的委屈更是成倍地翻湧了上來，明明是曾經最疼自己的大師兄啊，自己卻不能相認。

「別、別哭。」商嵐神情越發無措，那模樣，若不是楚雁南杵在一旁，是一定要把扶疏抱起來好好哄一哄的。

「商嵐！」姬青崖看得幾乎氣樂了，這個商嵐果然是呆子，明明自己是讓他去認人的，他倒好，竟然開始哄起一個不相干的小孩子來。

「啊——」商嵐回神，傻傻地瞧向姬青崖。「公子有何吩咐？」

有何吩咐？姬青崖咬著牙，幾乎是從牙縫裡擠出來一般道：「我讓你仔細看看，躺在床上的這個東西，是不是神農山莊的叛奴青岩？」

扶疏只覺手腳冰涼，終於清醒過來，抬頭又驚又懼又傷心地看向商嵐。

「妳，不想他死？」商嵐似是突然明白過來，下意識地看向廢人一般躺在床上的青岩，又看了一眼神情萎靡哀傷的扶疏，終於轉過身來，衝著姬青崖緩緩跪下。「公子，他是青岩，可是，可不可以饒了他？」

「你說什麼？」姬青崖簡直不相信自己的耳朵。「你想為他求情？」

「是啊。」商嵐仍是一臉迷茫。「我說這麼長時間見不著青岩，原來他受傷了，他不會背叛山莊的，真的；而且，要是他死了，扶疏和小妹都會難過的。」

商嵐嘴裡的扶疏大家都知道指的是誰，可是，小妹？

看大家有些疑惑的模樣，商嵐一指扶疏，傻傻地道：「吶，小妹。」

這下不只其他人，便是楚雁南也不禁蹙了下眉頭——這人腦子是不是有毛病啊？

扶疏只是禮貌地說「這位大哥」，這人倒會順桿爬，還真的臉皮厚地以大哥自居了！

便是秦箏也不由對商嵐怒目而視，平日裡瞧著這商嵐是個老實的，怎麼今日竟也會如此占人便宜！

餘人則是哭笑不得，惟有陳乾看向商嵐的神情卻是多了幾分敬意——早聽說神農山莊人均是淡泊名利之輩，可自從換了主事者之後，卻也同樣捲入了世俗朝堂的漩渦之中，倒是這商嵐還保留著真性情，有幾分昔日神農山莊高人的風骨。

姬青崖頓時很是惱怒，鐵青著臉道：「商嵐，你知不知道，自己在說些什麼？」

商嵐卻似是對姬青崖的怒火全無所覺，很是茫然道：「原來公子沒聽清楚？那個，我是不是聲音太小了？我說，青岩不會背叛山莊——」他聲音簡直和吼的一樣，震得人耳膜都有些發疼。

姬青崖氣得青筋暴突，臉都是扭曲了，道：「住口——」這商嵐真是頭豬！真以為自己是聾子嗎，用這麼大的聲音！

「公子——」唯恐姬青崖暴怒之下會做出什麼出格的舉動來，以姬青崖的水平，要找到血蘭可是困難重重！要想成功當上謨族駙馬，可還得仰仗商嵐！一念及此，鄭國棟忙適時開口道：「商嵐的意思，那確然是青岩無疑。」心裡對神農山莊的評價卻是又低了些——若不是這群姬氏族人，特別是莊主姬嵐，委實顯露了一手於農藝方面的非凡掌控能力，更兼神農山莊的族譜上確然記了這麼一筆有關隱氏族人的資訊，自己實在無法把這群資質低劣宛若暴發戶一般的姬家人，和自來清高以天下為己任的神農山莊聯繫起來。

轉念一想，又旋即釋然，也幸好這一撥姬氏族人生性淺薄、熱衷名利，不然，自己外甥可從哪得到這麼強勁的助力——自從神農山莊高調表示和三皇子齊昱隸屬同一陣營後，二皇子齊昭的影響力大大削弱，便是皇上也開始對昱兒另眼相待。

姬青崖也明白鄭國棟的意思，自己目前還離不開商嵐，真惹惱了他，說不得，自己的駙馬之位就會泡湯！當即橫了商嵐一眼恨聲道：「果然是，蠢材！」

扶疏的眼睛一下睜大，憤恨地盯著姬青崖——這個混蛋，竟敢罵大師兄蠢材！衣袖卻忽然被人拉了下，扶疏回頭，正對上商嵐無措的眸子。

「啊？」扶疏一愣。

「不氣啊——」商嵐做了個往外拉嘴角的手勢，眼中全然沒有被侮辱的憤怒。

扶疏呆了呆，恨恨地跺了跺腳，罷了，這筆帳記下來，早晚給那個混蛋好看。眼中卻已是有了笑意——

往日在山莊裡，扶疏因為那些人欺負了商嵐，總是即便把人給趕了出去還會氣得跳腳；商嵐又是個木訥的，還一心要逗扶疏笑，每次就會著急得不停圍著扶疏轉圈，做出扯嘴角的手勢，笨拙地一遍遍說著。「不氣啊，笑——不氣啊……」

第二十一章　峰迴路轉

姬青崖狠狠地瞪了商嵐一眼，最終只能無比挫敗地轉過頭去——一路上早就發現，這個商嵐根本就是塊再蠢笨不過的糟木頭！也不知莊主怎麼想的，這樣的人還留在山莊幹什麼，要是自己的話，早打出去了！

當下再不理商嵐，姬青崖冷冷地盯了床上的青岩一眼。「這等賤奴，留在世上也不過是污人耳目罷了。青池，人交給你了，你知道該怎麼做吧？」

隨著姬青崖話音一落，一個和青岩一般身材高大的男子閃身而出，無比蔑視地對青岩道：「狗東西，今天就是你的死期！」

青池？扶疏一驚，忙注目瞧去，那人眉目間果然同青岩有些相像，甚至用的武器，也和青家一脈相承。當即明白，這青池定然就是當初背叛了姬家，被一塊押往坤方之地的那一支青家的後人。

青岩忽然劇烈地喘息起來，看向青池的神情充滿了憤怒和憎恨！

扶疏下意識低頭，瞧向青岩的眼睛，一個念頭隨即浮上心頭，難道青岩家族被滅……

青岩疲憊地閉了閉眼，神情中的黯然無疑證實了扶疏的猜想，青家滿門被殺，僅餘青岩一人，出手的，就是包括青池在內的坤方之地的青家人。

「站住！」陳乾一個沒拉住，楚雁南已經跨前一步，正好擋住青池的去路。

青池跟在姬青崖身邊久了，早沾染上了一身的囂張氣焰，而且更是習慣了只要一亮出自己神農山莊的名號，即便是皇室，也會另眼相待的情形，這還是第一次碰到有人竟然明知道是和神農山莊有關，還敢強出頭的。

當即一瞪眼睛，上上下下打量了橫劍立於身前的楚雁南幾眼，嘴角露出一絲輕蔑的笑意——瞧著倒也有幾分氣勢，只可惜，對上的是自己！不說自己功夫如何驚人，單說身分——

「混帳，知道爺爺是誰嗎？爺可是神農山莊姬青崖公子的影衛，敢擋爺的路，真是不想活了！」

言語之粗俗，使得鄭國棟再次皺了下眉頭——同樣是姬家影衛，以前的青家人就是不動如山讓人敬仰，現在的青家人，卻總給人一種怪怪的感覺；若不是同樣使的一般的招式，揹的一模一樣的大刀，長相也有幾分相似，說是青家人，還不如說是哪個山旮旯子裡跑出來的土匪更合適！只是對上的人是楚雁南，倒是自己樂見其成的。

旁邊的柳河卻是嚇得一縮脖子，這人膽兒更肥，竟敢在老大面前自稱爺爺！

一念未畢，楚雁南已經抬起手來，以迅雷不及掩耳之勢狠狠地甩了青池一巴掌。

青池猝不及防之下，被打了個正著，滴溜溜在地上轉了兩圈才站穩身形，再抬頭時，右臉早已腫脹不堪，張口一吐，竟是吐出了一口血及五、六顆碎掉的牙齒來，看向楚雁南的神情頓時又驚又怒。

「你是誰？怎麼會我們青家的無影掌？」這無影掌，分明就是青家的祖傳絕學，這小子怎麼會？而且手法之老到，身形之快捷，怕是連自己都趕不上！青池心裡忽然一突，難不成青岩一脈除了青岩外，還有漏網之魚？

「你們青家的？」楚雁南神情譏諷。「就憑你這樣的貨色，也配稱青家人？我呸！」竟是不留絲毫情面地厲聲道：「在我楚雁南的地盤，不管是任何人，膽敢對青岩出手，就是與我楚雁南為敵；我現在有一句話撂在這裡，青岩是姬扶疏小姐的影衛，卻是與其他不知從哪裡冒出來的妄自尊大的阿貓、阿狗無任何關係，若再有人敢對青岩不利，那就滾出去！」

眼神竟是越過青池，箭一樣地朝姬青崖刺去。

那凜冽的殺意刺得姬青崖臉先是一白，轉而變成了沖天的怒氣——憑著自己出身神農山莊，即便是大齊京都，也絕沒有人敢這樣指著自己鼻子罵。早就習慣了所到之處前呼後擁、人人爭著巴結的，今兒倒好，竟被人大庭廣眾之下當眾給了這麼大個沒臉！

「好啊，果然林子大了，什麼鳥都有，竟然連我神農山莊的閒事也敢管！倒不知道，是誰給了你這麼大的膽子？想要找死的話，爺就成全你，先把你殺了，我看還有誰敢再維護那賤奴！」回頭衝著身後的侍衛厲聲道：「還不快把這個意圖犯上作亂的賊子拿下！」

「全都退下——」不待楚雁南開口，柳河也拔刀對著那幫侍衛大吼道。奶奶的，人家秦公爺都不追究了，這小白臉還真以為自己是什麼人物了，竟敢在老大面前耍橫！

鄭國棟的臉上顯出一絲得意的笑容——只要兩方動起手來，自己就有辦法治死這姓楚的小子！

哪知一念未畢，一直靜默的禮部尚書周楷嚴卻忽然沈下臉來，對那些眼看要圍攏過來的侍衛斥道：「不得無禮，都給我退下。」

姬青崖也沒料到，一直以來都對自己頗為禮遇的周楷嚴，竟會在這個節骨眼上駁自己的面子，臉色登時鐵青。

「姬公子息怒——」周楷嚴卻彷彿全無所覺，依舊不疾不徐地對姬青崖道：「這裡面或許有什麼誤會也未可知。」

別人不清楚楚雁南的真實身分，他和鄭國棟卻明白，別看楚雁南年紀小，可作為一代戰神楚無傷的獨子，卻也不是隨便什麼人想殺就能殺的，這也是鄭國棟雖然視楚雁南為眼中釘、肉中刺，卻是並不敢明著對付楚雁南的最終原因。

而瞧鄭國棟的意思，明顯想要借姬青崖的手除掉楚雁南——有關鄭家和楚雁南的恩怨，周楷嚴也曾經有所耳聞。

若說之前，周楷嚴還存了替二皇子拉攏神農山莊的心思，一路行來，見慣了鄭國棟和姬青崖相談甚歡的交好模樣，再遲鈍也明白，這神農山莊看來已是徹底投到了齊昱的陣營中；實在是一路上，無論自己如何示好，竟是全被姬青崖無視不說，每每還經常被鄭國棟冷嘲熱諷。現在姬青崖和楚雁南對上，周楷嚴自然毫不猶豫地做出了選擇——即便楚雁南的存在，尚不足以對抗神農山莊，但以楚家在軍中的威望，假以時日，也必可成為二皇子一大助力。

鄭國棟也馬上意識到了這一點，臉色頓時有點兒不好看——周楷嚴這老匹夫，倒還挺會找機會。

那些已經拔劍在手的侍衛，立即聽話地站住了腳——眼下這局面，真動起手來，結局會如何，還真不好說。

卻是這一會兒，便有上百個兵將圍了過來，竟是個個手持兵器、眼露凶光的逼視著姬青崖一行人。

姬青崖這幾年在京城，結交的大多是衣冠楚楚、最擅裝逼的貴公子，哪見過這等凶神惡煞、一身殺氣的大頭兵，臉色頓時有些發白，心中隱約覺得，面前這個自己看不上眼的年輕人，怕是同樣有著非同一般的身世，不然，怎麼敢如此托大，連大內侍衛都不放在眼裡？

而緊接著周楷嚴的一番話，無疑證實了姬青崖的猜想——

「楚小將軍英武不凡，頗有乃父之風啊！」因是存著拉攏的心思，周楷嚴的語氣溫和得緊，便是眼神也如同看自己有出息的子侄輩一般喜悅。

周楷嚴這話卻也並非全是恭維，以楚雁南十五歲的年齡，能一戰敗敵，迫得素以狡詐出名的謨族公主葉漣都不得不臣服，說是一戰成名一點也不為過，這等功績，怕是楚無傷當年也略有不及！

乃父？扶疏心裡一動，總覺得好像有什麼東西是自己忽略了的。

「是嗎？」姬青崖越發明白，這楚雁南怕也是名門之後，絕非籍籍無名之輩，只是卻還存著一點兒僥倖，想著憑他什麼人，總也無法和神農山莊比肩的；而且，事關家族最大的秘密，相比青岩成了廢人，還是死了更讓人安心！當下冷笑一聲。「倒不知道大齊的將軍竟是跋扈至此，連我神農山莊的家事也要插手！我今日就把話撂在這裡，這青岩——」他的話卻被身後一個動聽的女子聲音打斷——

「楚將軍可在？」

隨著一陣輕盈的腳步聲，身著火紅色騎裝越發襯得人嬌豔如花的葉漣出現在眾人面前。

扶疏長出一口氣，暗忖這葉漣果然是個刁鑽的，竟是明知道自己手中握有她的把柄，還偏要捱到此時方出現。

似是沒注意到眾人間劍拔弩張的緊張氣氛，葉漣秀眉微蹙，美目流轉間一一掠過眾人，最後定在扶疏身上，問道：「扶疏，青公子如何了？」

心裡卻是恨得咬牙——葉漣其實早就到了，只是平生最恨有人威脅自己，便打定主意，等兩方拚個魚死網破，最好那姬青崖能把楚雁南和那什麼狗屁青岩一塊兒全殺了，方能出了自己心頭一口惡氣，卻萬沒想到那周楷嚴竟然肯冒著得罪神農山莊的危險偏幫楚雁南。

和乍然走出荒蕪的坤方之地、被外人的奉承沖昏了頭腦的姬青崖不同，葉漣明白，有周楷嚴力挺楚雁南，兩方就根本打不起來。

所謂機不可失，失不再來，錯過了這個機會，起碼在這軍營中的這段日子，姬青崖是根本動不了楚雁南的；而一旦任姬青崖把話說絕了，自己再想保住青岩，無疑就要冒著和神農山莊決裂的危險——

雖然扶疏保證，她可以找到血蘭，葉漣卻並不敢抱多大希望；相比較而言，自然是名正言順的神農莊人找到血蘭的把握更大些。

扶疏？除了秦箏和楚雁南等幾個早知道扶疏名字的人外，其餘人神情均是一滯，特別是商嵐，似是呼吸一瞬間都停頓了一下，再看向扶疏的神情明顯更加柔和。

「妳叫，扶疏？」唯獨姬青崖，臉色一下有些不好看——姬扶疏是上一任神農山莊的當家人，雖是已經離世，可在京城也好、民間也罷，卻均有巨大的聲望，甚至姬青崖所到之處，別人都會指指點點說「那就是姬扶疏小姐的兄弟」！語氣中的欽敬思慕，很是令眼高於頂的姬青崖耿耿於懷。

而現在，這個令商嵐大異於平時的女孩子也叫扶疏，更古怪的是，她和青岩之間好像也有某種說不清、道不明的神秘聯繫。

姬青崖的心頭湧起一種深深的厭惡感，只覺所有叫扶疏的人，全都瞧著面目可憎得緊！

扶疏沒理他，卻是對葉漣一禮。「啟稟公主，青公子暫時性命無憂。」

公主？因為扶疏的無視，姬青崖的臉色一下陰沈了下來，卻在聽清扶疏口中的稱呼時，刷地一下轉過頭來，目光灼灼地瞧向葉漣，半晌嘴角浮起一個溫文爾雅的笑容。「原來是公主殿下到了，神農山莊姬青崖有禮。」

在坤方之地受了這麼多年的苦，好不容易有了這樣一個重返花花世界的機會，姬家人早達成共識，要想永遠不會再被打入從前生不如死的苦難境地，唯有最大限度地抓住權力。而即將成為謨族女王的葉漣，無疑是家族勢力得以屹立世上的又一層有力保障，所以這謨族駙馬的位置姬青崖勢在必得。

如果說姬青崖之前還有些惴惴，在見到葉漣的容顏後，所有的顧慮立時打消——原以為是個人高馬大的蠻族女人，卻沒料到竟是這麼個絕色尤物，特別是那一身的異域風情，讓即便見慣了妓館花魁的姬青崖也有些呼吸急促，神情也就越發謙和有禮。

「姬公子安好。」知道這就是大齊給自己準備的駙馬人選，葉漣不免多看了幾眼，雖然長相並非自己喜歡的英俊魁梧的類型，倒也算是清秀——

罷了，自己之所以想要一個神農山莊的男子做駙馬，看中的本就是他們神乎其技的農學本事罷了，只要農藝高超，帶回去能因地制宜，幫謨族子民發展農事，便是再不堪，自己也認了；左右等自己當了女王，再納幾個喜歡的夫侍罷了。

面對葉漣明顯帶有衡量的眼神，姬青崖卻是感覺良好——對於容貌，姬青崖還是蠻自信的，當然，前提是……姬青崖很不友好地斜了楚雁南一眼，心裡止不住有些發酸。

在路上就聽鄭國棟提到過，這葉漣好像對那個俘虜了她的楚雁南頗有好感，姬青崖本來也沒放在心上，哪料想在楚雁南處碰了一個大大的釘子不說，還無比憤恨地發現了一個事實，那就是即便不想承認，可實際上無論武功還有長相，自己都距這楚雁南差得多！

「姬公子也是來探訪青公子的嗎？」葉漣說完才似又想起什麼。「呀，我怎麼忘了，青公子本就是你們神農山莊的人。」

「青公子？」姬青崖突然覺得有些不對，怎麼這葉漣看起來對青岩如此客氣？

「是呀。」葉漣點頭，神情裡充滿了感激。「姬公子不知，青公子可是本宮的救命恩人呢，轉眼已經十年了，還以為這輩子都見不到恩公了，沒想到卻在這裡碰到——」說著又感激地望了一眼楚雁南。「說起來還多虧楚將軍，不然，本宮真的要錯過恩公了。」

「對了，」葉漣又看向姬青崖。「葉漣還有一個不情之請，還請公子成全。」

姬青崖心頭已是警鐘大作——本來不明白為何楚雁南會那般維護青岩，這會兒卻是豁然開朗，怕是這小子早知道葉漣和青岩之間的淵源，才故意和自己槓上，借此討取葉漣歡心；而且瞧葉漣的態度，明顯和楚雁南更親昵些……

還以為那楚雁南是個無知莽夫，卻沒想到這麼狡詐，明擺著是要利用青岩的事討取葉漣的歡心！姬青崖當下強壓下心頭的怒火，擠出一絲笑容道：「公主請講。」

「你們齊國有這樣一句話，說是滴水之恩，當湧泉相報。本宮早想報答青公子的恩情，可惜一直沒有機會，今次既然有緣碰上，本宮想著將來回國之時，帶上青公子，不知公子可能應允？」

看那陸扶疏的樣子，明顯對青岩很是緊張，有青岩在自己手裡，就不用怕她出什麼么蛾子。

姬青崖愣了一下，旋即定下心思——楚雁南做出那般維護青岩的樣子，明顯已經占了先機，若是自己一定要處死青岩，必然會惹這葉漣惱怒，那自己的駙馬之位……

罷罷罷，左右葉漣說得明白，到時候會帶青岩一起離開，等自己當了謨族駙馬，照樣有的是機會弄死他！

第二十二章 各懷心機

「公主說哪裡話，不就一個奴才嗎？一切全聽公主的就是。倒沒想到，我神農山莊還跟公主有這等淵源！」姬青崖笑得越發歡快，好像方才那個一力要處死青岩的人不是自己一般。

青岩救過葉漣？真的還是假的？所有人眼裡都閃過一抹不可置信——

實在是這事也太富戲劇性了吧？方才這青岩的身分還是叛奴兼刺客，轉眼的工夫就成了謨族公主葉漣的救命恩人；而且聽葉漣的意思，怕是青岩的性命安危和和談能否成功也會扯上關係。

有了葉漣這個說法，青岩的安全無疑得到了最大的保障，只是……

秦箏的眼睛閃了閃，自己記得不錯的話，據管家說，葉漣前兒個帶著扶疏去苦力營中，本是為了尋自己，而且，好像當時看到青岩，也並沒有什麼特別的反應；何況十年來，青岩蒼老了這麼多，不是熟悉的人，根本就不可能認出他是誰來。

更重要的是，十年前自己還在神農山莊，再沒有人比自己更清楚青岩的行蹤——除了扶疏亡故前後數日，青岩得了扶疏的囑咐帶著楚雁南離開，其他時間，說是和扶疏影形不離一點兒也不為過。難道就是那幾天裡，就恰巧救了這葉漣？

有些不信，可又實在解釋不了為何葉漣要拚著得罪自己和姬青崖的危險說出這樣一番話來。

像秦箏這般懷疑的，明顯不在少數。

和其他玩慣了花花腸子的官場人不同，柳河卻自來是個大大咧咧的，看事情如此輕易解決，一方面更加堅信老大後臺夠硬——沒看到連那什麼周欽差和老大說話時都客氣得緊嗎？另一方面則是篤定，儘管老大移情別戀，那葉漣怕還是癡心已付；不然，何以昨兒個連面都沒露一下，今兒個老大這裡一危險，人就巴巴地跑了來給老大撐腰！要是老大真願意，說不好，還能享享齊人之福呢！

柳河竟是鬼鬼祟祟地衝著楚雁南又是擠眉又是弄眼地道：「老大，小的真是服了你了！」卻不知道葉漣早憋屈得快要內傷了。

一大群人呼啦啦離開了楚雁南的大帳，走了一半，正碰上聞訊而來的陸天麟——這個老狐狸，鄭國棟暗罵，倒是會掐著點來。

只是心裡這樣想著，臉上卻還是帶出笑容來——

如今這陸天麟的威望比起當初的楚無傷來也不差了，這般人物，不到最後關頭，自然不能輕易撕破臉。

周楷嚴也笑得誠摯道：「數年不見，陸帥仍是風采不減當年啊！」

陸天麟當初跟在楚無傷帳下，便因為英勇善戰又英俊瀟灑，人稱外號「玉面將軍」，現在也就只三十開外，正是男人一生中最好的時間，更兼長久的征戰生涯，本就最能磨練男人的風骨，那凜冽的殺氣和俊逸的面容糅合在一起，形成一種奇異的風采，讓人不由得被吸引，又止不住被折服。

別說鄭國棟和周楷嚴萬萬不及，便是姬青崖見了也不由收起了身上的傲氣，規規矩矩地叫了一聲「陸帥」，絲毫不敢流露出一絲嫌棄對方怠慢的不滿。

陸天麟站定身形，冷峻的面容卻是絲毫未有緩解——從愛妻、孩兒慘死，陸天麟就甚少笑過了！

宛若寒冰一般毫無任何情緒的眼神，一一掃視眾人道：「原來諸位俱已到了，是天麟失禮了。各位，請——」

葉漣不由打了個寒噤，突然有些慶幸，幸虧當初趕赴金門馳援的人是楚雁南那個煞星，若真是換成這陸天麟，自己怕會死無葬身之地！

往前走了幾步，姬青崖忽然覺得有些不對，四處梭巡了一遍，果然沒看見商嵐。

「怎麼了？」看出姬青崖情緒不對，鄭國棟也微微落後一步。

「商嵐——」姬青崖很是憋氣道。

「果然是個呆子。」鄭國棟也明白過來，真是哭笑不得。明眼人都能瞧出來，姬青崖和楚雁南之間已是水火不容的架勢，那商嵐明明是神農山莊的人，竟然沒一點兒眼力，倒好，還賴在楚雁南那裡不走了。

「真是邪門了！」姬青崖跺腳，這商嵐明明是個木訥的，從不和任何人結交，怎麼今兒個竟一而再、再而三地做出匪夷所思的舉動，偏他熱情相待的人全是自己憎惡的，半晌長出了口氣。

「那個楚雁南，到底是什麼身分？」姬青崖問道，瞧方才周楷嚴的架勢，怕是兩人都清楚楚雁南的底細，唯獨自己被蒙在鼓裡。

鄭國棟腳步滯了一下，卻也沒準備瞞他——姬青崖這人雖有些衝動，可也是個精明的，不然，姬家也不會推他出來做這駙馬人選，以後再想借力打擊楚雁南，怕是有些難辦。

「楚雁南的爹，叫楚無傷。」

「楚無傷？」姬青崖沈吟片刻，這個名字好像有些耳熟，下一刻倏忽睜大雙眼。「您說的是……那個戰神?!」

自己怎麼可能忘了，當初姬扶疏到午門外幫著擊鼓鳴冤的，可不就是一代戰神楚無傷，然後就猝死在午門外，也因此，自己這一支才能重新掌了神農山莊的大權。

看鄭國棟點頭，姬青崖心裡頓時警鐘大響——也就是說，這楚雁南就是當初姬扶疏救下的孩子？憶起方才楚雁南對青岩的維護，忽然想到一個可能，難不成，楚雁南此舉還別有深意？不會是，和家族最大的秘密有關吧……

「只要公子此行得償所願，以後還有的是機會——」鄭國棟卻是會錯了意，忙低聲囑咐——最好的機會已經錯過，便是再不甘也只能收斂些，畢竟這裡是軍營，是陸天麟的地盤，無聲地動了動唇。「陸帥和楚雁南之父，是拜把子兄弟……」

姬青崖臉色暗了下，再抬起頭已是恢復如常，想了想仍是低聲囑咐其中一個侍衛，速速尋了商嵐回來；哪知那侍衛竟是轉眼間去而復返，說是商嵐要和故人敘舊，待會兒才能回轉。

姬青崖氣得臉都變形了，卻也無可奈何——實在是坤方族人於農技一途竟是無人能出商嵐其右，即便再如何厭煩此人，這會兒也得忍著，最起碼也要等家族站穩腳跟……

「商大哥，他不會罰你吧？」雖是對商嵐留下來的決定滿心歡喜，扶疏卻又很快意識到一件事，那就是再不情願，也無法改變現在的商嵐卻是要在姬青崖的手底下混飯吃這一事實，自己再不甘，眼下卻是沒法護住大師兄的。這麼一想，神情頓時有些黯然。「不然，大哥先回去，得空了再來。」

商嵐卻是懵懂不明的樣子，一徑瞧著扶疏笑得溫和。「好，我聽扶疏的。」又轉頭看向青岩道：「那青岩，我去了，你也要好好地聽扶疏的話。」

青岩眼睛閃了閃，神情明顯是答應了。

沒想到青岩答應得這麼乾脆，商嵐愣了下，轉身大踏步就要往外走。

「慢著。」卻又被扶疏叫住，卻是商嵐在回身的瞬間，青袍下襬一處撕裂的口子一下閃現了出來，瞧著委實刺眼得緊。

「啊？」商嵐一怔，剛要扭頭，卻被扶疏止住，兀自找來針線低頭仔細幫商嵐縫補——以往在山莊時，因有扶疏時時盯著，商嵐雖是想不起來打理自己，衣著也從來都是舒適清爽的；哪像現在，已經是深秋季節了卻還是這般單薄不說，上面還布滿了灰塵，甚至爛了都還穿著。

扶疏強忍住眼裡的濕意，一針一線地幫著縫好，最後用牙齒把線頭咬斷，再站起身時已經又換上了笑容。「好了，大哥快去吧。記得，千萬，機靈些，別讓那人尋著你的錯處……」

明明瞧著是個稚弱的女孩，卻偏是用了這樣一番老氣橫秋的語氣，那情形彷彿是長輩擔心懵懂的孩子被人欺負一般，真是怎麼瞧怎麼彆扭。

而商嵐的反應也很有趣，揪著衣襬低頭愣愣地瞧了半天，竟是絲毫不以為忤，有板有眼地應了，這才乖乖轉身離開。

看房間裡沒什麼人了，扶疏才回身，慢慢把頭埋在青岩的衣襬裡。「青岩——」自己一定要盡快強大起來，才能保護自己想要保護的人。

「妳要回家？」聽扶疏說要走，楚雁南明顯愣了一下，下意識地看向躺在床上的青岩。

「是。」扶疏點頭，並不準備瞞他。「我要回去安頓一下，這幾日就和大哥進山尋覓血蘭。」說道「大哥」兩字，又恍惚想到商嵐，心裡苦澀更甚——姬青崖帶大師兄來，明顯是打著讓大師兄幫著探路的算盤吧？

青岩的臉色頓時有些焦灼，看神情，明顯是不同意。

「青岩放心，我沒事的。」扶疏搖了搖頭。「我和哥哥自幼在這裡生活，路徑都是熟悉得緊，大不了找不到我們就回來。」

青岩卻仍是不住搖頭。小主子什麼脾氣自己不知道嗎？只要是決定了的，就絕不肯回頭，從楚無傷的事上便可見一斑。他緩緩轉向楚雁南，眼神中充滿了乞求。

楚雁南臉色就有些不好看，扶疏愣了一下，剛要開口，卻被楚雁南打斷——

「走吧，我送妳出去。」

扶疏兄妹農藝水平之高，自己之前也在陸家小農莊見識過的，去尋血蘭，說不好真有一線希望；只是不知為何，總覺得扶疏待青岩，好像太過了，甚至於扶疏之前說的青岩是她恩人這一說法，也有些古怪，還有葉漣的突然出現……

看楚雁南一副立馬就要送自己離開的架勢，扶疏忙道：「我去跟公主說一聲。」

「我會跟她說。」楚雁南忽然站住腳，烏黑的瞳仁一眨不眨地盯著扶疏。「青岩，救過葉漣？」

「啊？」扶疏愣了下，忽然就覺得背心有些冒汗，這傢伙也太神了吧？竟然一下就猜到葉漣出面和自己有關，其他人可是連想都不會往這方面想的。

看扶疏無措，楚雁南哼了聲，臉色更臭。

這是，生氣了？

扶疏簡直哭笑不得，這傢伙能不能有一點自覺呀？雖然加上上一輩子，自己心智成熟得多，可再怎麼瞧著，也是個十歲的女娃罷了，怎麼就好意思擺出這樣一副好似被欺負了的委屈小模樣？

只是自己又怎麼跟他解釋？說其實自己是姬扶疏，只是在鬼門關轉了一圈又回陽了，前世又恰好拿了葉漣的把柄，所以才陰了她一把？

算了，這樣匪夷所思的話自己都不相信，還是別說出來嚇小朋友了！

她當下也不說話，就只低著頭，跟著楚雁南往外走，一直到軍營外，兩人都沒有再說一句話。

「你回去——啊！」站定腳，扶疏就催著楚雁南回去——現在已經知道了，雁南可是將軍，這些天因為自己算是惹了一身的麻煩，還是趕緊回去，老老實實當值得好，不然真被那姬青崖等狗屁欽差抓住了錯處，不定要怎麼秋後算帳呢！

卻被楚雁南提起來一下扔到馬上——說是扔也不貼切，明明去抓扶疏衣衫時，那架勢還像是隨時隨地要把人給扔出去，可一觸到扶疏的腰，動作就自然地輕柔了下來，等扶疏反應過來，已經以一種被保護的姿勢，嚴絲合縫地嵌在楚雁南懷裡。

「坐好了——」楚雁南冷哼一聲，嘴裡呵出的熱氣使得扶疏一下紅了臉。

不得不佩服黑寶的神駿，竟是瞬息之間，就跑出很遠。

扶疏被顛得臉色發白，卻一句也不敢抗議——實在是楚雁南釋放的冷氣一波比一波更加厲害，傻子才會挑這個時候開口。

她卻不知道，自己越是沈默，楚雁南的臉色就越臭。

眼瞧著過了前面的小樹林就是連州城了，要是自己這個樣子和楚雁南大搖大擺地出現在家人面前，還不得把爹和兩個哥哥給嚇死。

扶疏嘆了口氣，只得拽拽楚雁南的衣袖，開口道：「那個，雁南——」

楚雁南頓了頓，仍舊不說話。

扶疏縮了縮脖子，還是鼓起勇氣道：「前面就是連州城了，你放我下來吧，不然被別人看到——」

「看到又怎樣？」楚雁南語氣仍很是不悅，卻還是勒住馬繩。

方才已經惹了這小霸王不開心，扶疏這會兒也不敢央求楚雁南把自己放下來，兀自揪著馬鬃作勢要往下跳；只是本就短胳膊、短腿的，還沒夠著地呢，高大威武的黑寶就開始覺得不舒服拚命地搖晃著脖子希律律叫了起來。

扶疏一個不留神，只覺身體像盪秋千一般差點兒被甩出去，幸好一隻手伸過來，托住了扶疏的腰，扶疏才不至於飛出去跌個狗吃屎。

「臭黑寶！」扶疏終是忍不住憤憤地道。卻在收到了黑寶滿滿的鄙視後鬱卒不已，自己一定要趕緊長高，看這傢伙還敢不敢再用這種眼神瞧自己！

沒想到還有這個烏龍，楚雁南也是哭笑不得，臉上神情明顯緩和了些。

看到楚雁南也跟著下來，扶疏忙道：「你快回去吧，你忘了我家農莊就在小樹林那邊不遠，這條路我時常走的。」

這傢伙，也就嘴硬心軟，雖然每次都不給自己好臉色，可卻從不曾讓自己受絲毫委屈。

楚雁南深深地看了扶疏一眼。「回家安頓一下，出發的時候跟我說。」眼神裡明明有太多關心，臉色卻依然很臭。

看楚雁南彆扭的樣子，忽然覺得這傢伙果然可愛得不得了，竟是後知後覺地上前一步扯住楚雁南的衣襬，喚道：「雁南……」

「嗯？」楚雁南站住腳。

「你真高——」扶疏也沒料到自己突然這麼衝動，可是叫也叫了，也沒什麼大不了的。她嘆了一口氣，這樣面對面站著，壓力好像有些大啊。「蹲下。」

楚雁南不明所以，卻依舊聽話地矮下身形。

扶疏踮起腳尖，攬住楚雁南的肩，輕輕拍著楚雁南的後背，聲音軟軟地道：「好了，別生我的氣……」

長這麼大，還從沒被人這麼抱住安撫過，楚雁南明顯僵了一下。

扶疏笑了笑，後退一步，直直地對上楚雁南的眼睛，深吸一口氣道：「雁南，有沒有人跟你說過，其實你真的很可愛啊！」說著一轉身，撒丫子就往小樹林裡跑——說一個殺人如麻、又跩又酷的小將軍很可愛，姬扶疏，妳確定自己不是在作死嗎？

楚雁南臉部的神情卻完全緩和了下來，嘴角也止不住一次次地往上翹，愣愣地在原地呆站了半晌，楚雁南才飛身上了戰馬。

聽著噠噠的馬蹄聲逐漸遠去，扶疏才從一個土堆後面轉了出來，擦了一把冷汗，倚著樹幹坐下——進山找血蘭的話，勢必要和大哥離開家一段時間，一天、兩天的就罷了，就怕這一去說不好一個月、兩個月都回不來，怎麼也得預先找個藉口。

她拍拍手，站了起來——

自己記得不錯的話，前些時候做了標記的那幾株還算不錯的雲靈芝這會兒應該成熟了，自己先去採些來，到時候再想些說辭，要糊弄過爹爹應該還是可以的；還有一點就是，自己和大哥真進山的話，也需要銀子換些必須的物事防身。

心思一定，扶疏就起身往天碭山方向而去——今兒個出來得早，採到靈芝後，應該趕得及傍晚前到家。

一路上倒還順遂，中午時分，扶疏便爬至天碭山的支峰雲靈峰峰頂，卻在跨進林子後，很是驚奇地咦了一聲，忙快走幾步，低頭查看——

果然少了些雲靈芝。

扶疏蹙了下眉頭，當初發現那雲靈芝的時候，為了怕野獸糟蹋，自己特意移植過去一些本來不是長在此處又有刺鼻味道的植物，用來克制野獸是極好的，現在又是深秋季節，本是各種食物最豐富的時節，那些野獸不應該跑過來啊。

蹲下身小心地撥開旁邊的草叢，果然不是野獸的蹄子印，而是還很新鮮的人的腳印。

竟然，真有人來過這裡?!而且，看樣子，應該還不太久；更古怪的是，據自己所知，這雲靈芝可也算是名貴，不知道什麼人發現了，竟還只採走了一點……

想了半天也沒弄明白個所以然，扶疏索性丟到一邊，動手採集剩餘的靈芝。

哪知剛採摘完畢，一陣山風吹來，天一下變得陰沈沈的。

山上的天氣變幻莫測，扶疏不敢多待，揹起背兜就匆忙往山下而去，剛轉過一個山坡，一顆豆大的雨點就砸了下來，扶疏愣了下，開始拔腿往下山的方向狂奔而去。

第二十三章　護犢子

雨下得越發大了，甚至能聽見遠處的山澗中傳來的崖石崩塌的異響，扶疏一下站住腳，掉頭又往山上狂奔而去——

山裡真下大雨的時候，往上面跑卻是更安全，不然真碰見泥石流，小命就交代在這裡了。

雨下得太大，一道明、一道暗的雨線交織成一張密密麻麻的大網，和著淒厲的山風，抽得人睜不開眼睛，扶疏只管一路狂奔，饒是已經狼狽至極，還不忘護好懷裡的背兜，還要指著這些雲靈芝賣大價錢呢，萬不敢丟了的。

因被山雨迷了眼睛，等扶疏好不容易跑到一個生滿竹子的較高的去處時，卻是完全辨不清東西南北了。

好在運氣還不算太壞，隱隱約約能看到被雨點抽得簌簌發抖的竹林裡竟突兀顯出一座兩層的吊腳樓來。

這深山野嶺的，怎麼還會有人住？

若是哪個獵人臨時建的落腳之處，又好像太講究了。

只是這時候了，好歹看模樣不像是盜匪的窩，當下也顧不得那麼多，先進去避避雨罷了，說不得，這雨要是一直不停下來，今兒個晚上也得住在這裡了。

即便想著房子裡應該不會有人，扶疏還是先敲了敲門，等了半晌無人應答，才推門而入，卻是一呆，實在是房間裡竟然意外乾爽。

扶疏在裡面轉了一圈，心裡越發欣喜，卻是一樓的廚房角落裡還有些乾淨的稻米及油鹽等物，便是灶旁也有乾燥的柴火——真是回不去，不但不用淋雨，也不用擔心會餓肚子了。

當下先急急地燃著火，身上的衣服早濕透了，沾在身上黏答答的，扶疏把門閂好後先脫了外衣，就著火裡裡外外烤得乾爽了，換上後又把內衣也脫掉烤乾，裡外都舒服了，終於有興趣跑到樓上看一下。

卻是相鄰著的兩間房間，每間房間裡都有一張床，上面還有乾淨的被褥，更新奇的是，房間的牆壁上還有一些混亂的塗鴉，仔細看了才分辨出來，畫的應該是兩個人，女子低著頭，應該是抱著個嬰兒的模樣。

小一點的房間裡圖畫則更多，無外乎是一些小雞、小鴨及一個胖娃娃。

只是那畫畫的人明顯不擅丹青，雖畫得很用心，可人物畫得卻也忒走形了些，好在扶疏閒來無事，也看得津津有味，看得久了，竟是看出些門道來——這裡八成住過其樂融融的一家三口，而且瞧著，真是夫妻恩愛，和和美美……

看著看著不由有些羨慕——上一世的爹娘太恩愛了，娘親又身體病弱得緊，無形中就有些忽略了唯一的女兒；這一世的父母更好，根本就是形同陌路，這般夫妻融洽兼且疼惜孩兒的畫面委實少見得緊。

正自看得入神，一樓的門忽然發出咣的一聲巨響。

扶疏愣了下，以為是什麼大型野獸闖了進來，臉色一下變得雪白。

卻是等了半晌，下面再沒有一點兒聲音傳過來。

扶疏膽顫心驚地待了一會兒，終於摸了根棍子壯著膽子躡手躡腳來至樓梯口處，小心翼翼地探出頭來，下一刻卻是長舒了一口氣——

卻是一個白袍男子，正斜斜地倚在門上，看那一身的水跡，應該也是來避雨的。

本以為動作已經夠輕了，哪知男子卻忽然抬起頭來，眼睛直直地瞧向扶疏藏身的方向——

「甯兒，是不是妳？」

不知道是凍的還是怎地，男子聲音都是抖的。

扶疏嚇了一跳，縮在樓梯後面大氣都不敢出。

「甯兒，是妳，對不對？」男子眼睛發直，踉踉蹌蹌地衝向樓梯口，卻是剛走了兩步就又跌倒，卻仍抬著頭癡癡地瞧向樓梯。「是我，天麟、天麟啊！」

樓梯處卻仍是寂寂無聲。

男子頹然伏在地上，以手掩面，聲音狼狽而虛弱地道：「甯兒，到底，是不是妳？是的話，就帶我們的孩兒來，見一見我可好？妳不知道，這麼多年了，我真的，想極了妳們……妳瞧，這間房子，和咱們原來住的一樣呢，妳好歹，帶著孩兒，回來看一眼……」又吃吃地笑了幾聲，卻是比哭泣還要難聽。

「我又作夢了，對不對？」

接著，頭咣地一聲撞在地上，便再無聲息。

這是，睡著了？

而且瞧男子的意思，這本是他的房子？

還有那般淒楚的話語，聽得扶疏心裡也是一陣陣地發酸——

怪道這裡這般乾淨，而又沒什麼人住過的樣子，原來是男子為心愛的妻兒所建，聽男子的意思，他的妻兒八成已經不在了，才會這般精心修葺卻又不敢多待……

扶疏愣怔半晌，看那人仍是伏臥在地上一動不動，慢慢嘆了口氣，恍惚憶起娘親去世後，爹爹一下被悲傷擊垮的樣子——這樣一個有情有義的男子，必不是什麼壞人。

這樣想著，終於安下心來，輕手輕腳地走下樓。

男子卻依舊睡得很沈，絲毫沒有要醒來的意思。依稀能看見男子俊逸中透著剛毅的眉眼，只是即便這麼睡著，眉頭卻依舊緊緊地鎖著……

眼看著天要黑下來了，外面的雨卻依舊下個不停，扶疏終於絕了回家的心思，看看仍是半伏半臥在地上的男子，轉身往廚房走去——

好歹鼓搗些吃的，既填飽自己的肚子，也好報答一下主人不是？

要說前後兩世，扶疏的廚藝都不敢恭維，又偏是嘴饞，家寶每每心疼妹子，雖則家裡窮，還是想盡辦法讓妹妹吃得好些，自打兄妹倆離開家，更是隔三差五地弄些野物回去。

又擔心自己哪會兒不在跟前了妹子會餓著，好歹教會了扶疏幾道簡單的餐點，比如竹筒米飯。

眼見外面的竹子正好，扶疏自是毫不客氣地掘了一根來，洗淨剖開，裝上白米，又駕輕就熟地掇了凳子，從梁上搆下條臘肉來——

已是認定了地上的白衣男子應該屬於那款居家過日子的好男人，這臘肉怎麼能少？

待看到那厚厚的一條，扶疏笑得頓時合不攏嘴——自己真是好命，露宿在外還有肉吃，連帶著看地上依舊酣睡的男子也越發順眼起來。

把曬得紫紅的臘肉切成小塊，又從背兜裡拿出一把肥厚的雲靈芝來——

這樣品相上佳的雲靈芝，不只營養極高，兼且極為入味，佐以臘肉，必是上好的佳餚。

只是也就是扶疏捨得，莫說是尋常人家，即便是高門大戶看到這一幕八成也要罵聲娘——這麼貴重的雲靈芝，竟捨得當菜蔬吃！

待米飯的清香飄上來時，雲靈芝燉臘肉的濃香味也隨風飄散了開去，那般醇香的味道，引得扶疏不住流口水，甚至連外面的異響聲都忽略了。

等扶疏覺得不對，那聲音已經來至閣樓前。

難道又有人來避雨？扶疏心裡狐疑，只是那腳步聲也太重了吧？

耳聽得沈悶的聲音越來越近，扶疏的心一下提了起來，快步跑到門前，貼在門縫上往外一看，好險沒嚇暈過去——我的娘哎，哪是人啊，竟是一隻黑瞎子（注）！

這頭黑瞎子明顯被大雨澆昏了頭，正好扶疏燒的肉又極香，竟是循著味摸了過來。

瞧見大黑熊碩大的個頭出現在門外，扶疏嚇得臉都白了，慌忙去推地上的人。「大叔，

注：黑瞎子，即黑熊。

快起來呀！」

明明用了很大的力氣，男子卻僅是翻了個身，竟又呼呼睡了過去。

扶疏咬牙，看來只能自救了！慌忙拖了木墩、床板之類的東西到門前，這邊兒剛頂好門，那邊兒黑瞎子就朝著閣門撞了過來，只一下，門就從中間裂了開來。

扶疏「嗷」地怪叫一聲，許是聲音太嚇人了，地上的男子微微睜了下眼，還沒有反應過來，扶疏已經撲過去，拚命地拖著男子就往閣樓上跑。

不得不說危險能最大限度地激發人的潛質，那麼高大的一個男子，扶疏搖搖擺擺著竟也拖動了一步，只是隨著男子身子一踉蹌，兩人就一起摔倒在第一階樓梯上。

扶疏只覺肩膀處被狠狠地硌了一下，疼得「哎喲」一聲，眼淚都下來了。

男子也明顯摔得不輕，悶哼一聲，終於睜開眼來，卻明顯仍是醉意矇矓，分不清東西南北。

那頭黑瞎子也終於成功擠進了房子來。

扶疏下意識地一把捂住男子的嘴，可千萬不要出聲——廚房裡的肉香愈加濃烈，希望能把這頭大熊吸引過去！

哪知扶疏想得好，男子的意識卻依舊混沌不清，竟是一把握住扶疏的手，嘴裡還咕噥道：「甯兒，妳又調皮——」

那頭大黑熊明顯受了驚嚇，一下站住，抬起熊掌就要朝扶疏兩人的地方拍下來。

好在扶疏的反應還算快，一把掀翻男子，自己則哧溜一下蹦到另一邊，只聽「轟」地一聲響，竟是樓梯被拍壞了半邊，頓時木屑四飛，甚至緊挨著樓梯角落裡藏著的一個小木馬、幾隻泥鴨子，還有林林總總的各色小孩玩具也都碎得四分五裂。

巨大的震動聲使得男子再一次睜開眼來，入目正瞧見自己面前那些成了碎片的小孩玩具，以及碎了一半的樓梯，雙眼一下充滿了血腥的紅色。

扶疏卻是完全沒注意到男子的異狀，實在是那頭黑熊正搖搖擺擺地朝自己的方向衝過來。

「救命啊——」扶疏連跌帶爬地往一邊跑，可房間太小了，那頭黑熊竟然循著聲音瞬間把扶疏鎖定。

「啊——」扶疏抱頭鼠竄，不會這麼倒楣吧，自己不過就是避個雨，就要落個被黑瞎子一屁股坐死的下場嗎？

耳聽著那粗重的喘息聲很快來至身後，扶疏鴕鳥似地把頭埋在雙膝間——

「啰嚓——」一聲鈍響傳來。

扶疏激靈地打了個冷顫，悚然回頭，卻是一個白衣男子正站在自己面前，嚴嚴實實地把自己護在身後。

「大叔，快閃——」一句話還沒說完，那頭大熊忽然發出一聲慘叫。

扶疏一下閉了口——雖是天色昏暗，扶疏卻還是清楚地看清了男子的手正如匕首般一下插入大熊心口處，那頭熊慘號一聲，竟是瞬間沒了聲息。

男子卻仍是不肯甘休，飛起一腳，朝著大熊狠狠地踹了過去。

「竟敢這般糟蹋我和甯兒的家，還有，我孩兒的玩具——」那裡面好多可都是自己親手做的！

一腳下去，黑熊笨重的身子嗖地一下，順著牠擠進來的大洞就飛了出去！

男人身子晃了晃，再次滑坐在地上，把那些玩具攏到一起，像抱孩子一般輕柔地攏到懷裡。

「孩兒不怕，爹爹在啊——」一語未畢，竟是又沈沈睡去。

不知過了多久，扶疏終於有力氣爬起來，實在是震撼太大了，這是人還是神啊，這麼有蠻力！

小心看了眼男人的長相——這男人可是典型的護犢子啊，這麼頭大黑熊就因為碰爛了人家娃兒的玩具，就死得這麼慘，那要是自己不小心惹了他的娃……

扶疏打了個寒顫，下定決心要是見到和這男人長得相像的孩子可千萬得趕早躲開，不然自己這副小身板，可不夠他捶的！

陸天麟是被軍營裡隱隱約約傳來的號角聲給驚醒的。

勉強坐起身子，只覺頭疼欲裂。

彷彿夢裡和誰狠狠地打了一架，又好像有人拖著自己，不住叫著「救命」……

陸天麟苦笑，昨日午時吃醉了酒，迷迷糊糊地竟是回到了竹樓裡，不獨沒有等到甯兒和孩兒，反是作了個這麼怪異的夢。

以手撐地想要坐起，卻在看到周圍的景象時，一下愣在當地——

卻是這棟全部由自己一手搭建的吊腳樓，此時已是一片狼藉、面目全非。

是誰，竟敢這般糟蹋自己的家，不獨樓梯碎掉了一半，就是閣門也完全倒塌！

陸天麟頓時怒氣勃發，起身要往外走，卻在注目到殘存的牆壁上掛著的一枚玉珮時又站住腳，下意識地摸向自己脖子——確然是空空的。

不由扶額，果然醉得太狠了嗎？竟是一點兒不記得自己是什麼時候把玉珮摘下來，還掛在那邊牆壁上的；還有這般混亂的景象，恐怕，也是自己喝醉時所為?!

當下不及細想，伸手摘下玉珮掛回頸上，默默在竹樓內佇足半晌，心裡又是懊惱又是不捨。果然醉酒誤事，若是甯兒回來，定然會不開心，好好的家，弄成了這個樣子！

「甯兒，妳千萬莫要生氣，我先回趟營裡，很快就會回來把咱們的家修葺好。」陸天麟喃喃著，神情溫柔至極。

當初自己因為大哥楚無傷的冤案而成為朝廷通緝的要犯，尹家知道後立馬宣布解除自己和甯兒的婚約，甚至在自己偷偷潛往京城，想要再見一見甯兒時，派人去官府通風報信；千鈞一髮之時，是甯兒趕來救了自己，又跟著自己四處漂泊，更在身懷六甲行將生產時遭遇不測……

他又靜立片刻，這才飛身出了竹樓，卻在看到躺在泥水裡的那頭笨重的黑熊時，頓時明白，怪道自己覺得和人打了一架，原來不是在作夢，竟然是真的！

也就是說，自己的家會毀成那般模樣，是這黑瞎子鬧了一場的緣故嗎？

稍微沾些冷水擦了擦臉，陸天麟便趕著往軍營而去，卻是越走越心驚，倒沒想到這般深秋時節，會下了這麼大一場急雨，不獨好多山路被毀，甚至來時路上一條十多丈寬的河溝也已經被泥水給填平。

這是，泥石流?!

可不要有什麼傷亡才好。

陸天麟匆忙回轉軍營，剛要進房間沐浴更衣，卻有兵丁匆匆來報——

「大帥，外面有人拿了賢王府的權杖來，說是他們王爺去了山裡，到現在還未曾回返。」

陸天麟不由一愣，賢王怎麼會到這裡來？還在這樣的天氣進了山！要是真出了什麼差錯，事情可是有些麻煩。

賢王名叫齊灝，是今上齊珩唯一的同母弟弟齊瑜的兒子。當初先皇駕崩，邊患四起，更有叛將龔瀾打出清君側的旗號舉起反旗，大軍一路北上，竟是破城逼宮，情形萬分危險；彼時京中諸王盡皆作壁上觀，全然不管齊珩死活，千鈞一髮之際，是齊瑜帶人前往救援兄長，更為了護住齊珩身死。

也因此皇上登基以後，發的第一道旨意就是敕封當時僅僅七歲有餘的齊灝為世襲罔替的鐵帽子王賢王，聽說這麼多年來，一直備受寵幸，聖寵不衰。

要是真在這天碭山出了事……

他當下隨便套上件乾淨的衣衫，大踏步往外而去。

扶疏醒時卻是要比陸天麟晚得多。

昨兒個奔波了一天，又受了些驚嚇，差不多到了後半夜，扶疏才沈沈睡去——

深秋的夜裡著實寒冷，扶疏本是咬著牙陪在陸天麟身邊的，可後來實在熬不下去了，而且從陸天麟一招擊斃那頭黑熊也明白，這山裡，怕是沒有什麼野獸是傷得了這個男人的，也就放心地爬過那半碎掉的樓梯上了二樓的房間，先給陸天麟拿了條被子，自己又返回樓上，抱著另一床被子沈沈睡了過去。

再睜開眼來，已是日上三竿，忙跑到樓下，地上早沒了那武力值高到恐怖的男人的影子。

扶疏呆了半晌，肚子卻是咕嚕一聲——昨日驚嚇太過，好好的一頓飯，竟是一口沒吃上。

她有氣無力地挪到廚房，飯菜早就涼掉了，卻是不敢再熱——再引來頭黑熊，可沒有人來救自己了。

只是餓得狠了，也顧不得了，只管胡亂吃了些，好歹填飽了肚子；又想那男子既是主人，說不好一會兒還會回來——瞧房間亂成這個樣子，那人這般愛惜，大約會拾掇一下的，這樣想著，就把剩餘的飯菜原樣蓋回鍋裡。

臨出竹樓時，下意識就想去拿昨日換烤衣服時掛在牆上的玉珮，這玉珮可是娘親臨死時親手給自己掛在脖子上的——

「乖囡，戴好，可千萬莫丟了……憑著這個，等到了哪一世……爹娘，就會認得出，乖囡……」

甚至直到現在，扶疏還能憶起娘親一邊抱著自己輕輕晃著，一邊不住摩挲玉珮的情景，每每如此，娘親便會落下淚來，口裡還不住念叨著「苦命的孩子」……

兩人相處的時日雖短，扶疏卻能無比深切地體會到，那分濃濃的憐惜及娘親閉眼時的不甘和無奈。

是以這麼多年了，扶疏也一直貼身戴著——前世有什麼珍奇寶貝是扶疏沒見過的？可在扶疏心裡，這玉珮，委實遠比那些物事都要貴重得多。

卻在看到牆壁上那根孤零零的釘子時，她頓時驚出了一身的冷汗——上面光禿禿的，哪有什麼玉珮？

思及昨日的混亂，難不成被那黑瞎子給撞掉了？扶疏卻是絲毫沒有懷疑那白衣男子，畢竟男子的穿著氣度，明顯可以看出是富貴人家，怎麼會稀罕自己的一塊成色不好的玉珮？

忙不迭扒拉地上碎成一團的雜物，果然在那堆爛掉的玩具裡發現了玉珮的影子。

「幸好……」

果然是黑瞎子禍害的，那麼結實的繩子竟是斷成了兩截！

扶疏忙撿起來，小心地擦掉上面的灰塵，重又戴回脖子上。

第二十四章 初露崢嶸

待走出竹樓，扶疏終於辨清了此刻所在的位置，竟是自己日常會放羊的那個山坳的主峰，忙尋了路徑，快速往山下而去。

一路上越走越是後怕，幸虧昨兒個自己跑回了山上，那麼一場暴雨過後，果然引發了泥石流，即便自己熟悉地形，可深更半夜的，真是貿貿然跑下去……

眼瞧著左近不遠處一棵須五、六人合抱的人樹都被攔腰截斷，扶疏也不由得變了臉色。

剛要繞過去，卻聽見一聲虛弱的呻吟聲，仔細一看才發現，卻是一個男子，大半截身子都在泥漿裡，正死死揪著那棵大樹的樹冠——不得不佩服那人命大，被這麼大一場泥石流裹挾竟還能保住命。

只是扶疏畢竟人小力薄，而那人位置又離得遠，卻是無法搆到。

好在這會兒泥石流已經接近靜止狀態，倒不用擔心那人再被掩埋。正好旁邊有柔韌的菱草，扶疏趕緊扯了不少過來，很快編成一條粗長的繩子，一頭繫在樹上，一頭綁上石塊，朝著男子扔了過去。

「接著——」

那人拽著繩索，又有扶疏使出吃奶的力氣往外拉著，好歹一步步走了出來。

扶疏看他那般淩厲的眉眼，瞧著應該是個習武之人，也是，沒有點功夫傍身的話，怕是早就葬身泥石流中了。

待來至岸上，男子竟是一下撲倒在地。

「小心——」扶疏忙扶住那男子，卻是驚得一下睜大了眼睛，卻是男子腿部赫然有一個嬰兒小臂粗的血窟窿。

男子匆匆向扶疏道了一聲謝，再次縱起身形，無奈傷勢過重，竟是又跪倒在地。

「你不要命了？」扶疏大驚，忙止住男子，又尋了草藥來，想幫男子包紮傷口，卻被男子止住。「我，無事——」

一語未畢，一陣隱隱約約的震動聲忽然從腳下傳來，男子臉色大變，一拽扶疏就想往不遠處一塊岩石上跳——

當初自己就是忽視了這異響，腳下踩的土地忽然坍方，正好掉在奔騰的泥漿裡，又被那棵樹給掃了個正著，才傷成這般樣子。

「別動——」卻被扶疏一把拽住，腳下的土地生滿菱草和須草等根莖長的草類植物，雖是踩著鬆軟，卻最是堅實，絕不致發生突然陷落這樣的事情；倒是男子想要跳過去的那塊岩石，怕是……

「轟隆——」男子眼睜睜地瞧著以那塊大石為中心約丈餘的土地陷落，那塊本以為無比安穩的大石和碩大的土塊嘩啦啦朝旁邊的山澗滾落，而自己和小女孩正堪堪站在邊緣，頓時出了一身的冷汗。

「妳，怎麼知道——」男子神情有些狐疑，實在是扶疏的神情太淡定了，明顯早就看出了個中玄機。

「這有什麼？」扶疏失笑，即便自己從未去過的地方，可只要認真分析一下土地上面生長的植物，自然就明白土地的特質，繼而能相對準確地分析出地理形勢特徵，更不要說這裡還是自己生活了多年的地方。

「妳是，從上面下來的？」男子忽然記起扶疏來的方向，神情頓時有些激動。

「是啊。」扶疏點頭。

「有泥石流，還有好多地方坍方，妳竟然一個人走到這裡……」從發現情形不對，自己就奉命火速趕往軍營求救，沒料到去時平坦的路卻已經全毀了；本來自詡武功高強，卻哪想到好好的地方也會突然坍塌，昨兒瞧著還是美麗的景致，今天卻全變成了吃人的陷阱，讓人防不勝防，以致幾個時辰了才走到這裡，最終還是掉入泥石流裡……

而這突兀出現的小女孩除了頭髮微有些凌亂，腳上有些泥水，身上衣物倒還整潔，明顯自己所遭遇到的所有事情，她都沒有碰到過，男子忽然想到一個可能，神情越發熱切。

「我都避過去了。」扶疏笑了笑，怕男子再胡亂跑，想了想又道：「待會你只管跟著我走，忍著些，最多兩、三個時辰，咱們就可以下山了。」

「妳真的，可以判斷出來？」男子一下大喜過望，一把拉住扶疏的胳膊。「小姑娘，咱們上山！」

「上山？」扶疏一愣。

「上山救人。」看出扶疏的疑惑，男子忙解釋。「我家主子和數十位村民正困在一處，現在也不知怎麼樣了，還請小姑娘施以援手，我家主子必有重謝！」

就是因為無法判斷出具體的方位，已經有幾位村民踩著的地方忽然懸空，人就瞬息沒了影子，所有人都嚇得不敢再動一下，主子又受了傷，也不知道現在怎麼樣了。

已是這般時辰了，即便自己沒趕去軍營，想必守在山下的老管家也必然通知陸帥了，現在既然碰見了這麼個奇人——雖然瞧著還是個孩子，可自己就是覺得，她方才說的一定是真的，還是趕緊回去先救主子脫了險境再說。

看男子神情不對，扶疏愣了一下，轉身就要跑，卻被男子一把扣住腰，竟是挾起來就跑。

「兒子，兒子你快出來呀——」簣篙峰一處相對平整的崖坡上，一個滿頭白髮的老婦呆坐在泥水裡，兩眼發直地盯著身前不遠處一道深不見底的黑黝黝的山澗。

就是方才，這兒還是再平整不過的一塊土地，卻在兒子幾個踩上的瞬間坍塌了下去……

「都是他——」不知誰喊了一聲，這些滿臉風霜的村民忽然把頭轉向右邊角落的三個人，神情充滿怨恨。

卻是右邊一堆灌木叢下，這會兒同樣有三個人，或坐或站，明明三人和村民們相距不遠，兩方之間卻明顯有些劍拔弩張。

「你們想要幹什麼——」最先出聲的是侍立在右邊的微有些發胖的青年男子，迎上那些怨恨的眼神，身子不自主往後縮，眼看身形即將縮到坐在一件外袍上的丰神俊美少年身後，又趕緊站住，很是尷尬地一笑。「王爺——」卻在觸及到男子冰冷的眼眸時，抖了一下，匆忙低下頭來，再不敢亂動。

被稱作王爺的男子淡淡抬起眼睛，冰冷無波地一一掃視過眾人，神情中卻沒有絲毫慌張。

只是那無形的威壓，還是讓騷動的人群再次安靜下來，雖仍是憤憤不平，卻終是不敢再向前靠攏。

「什麼王爺——」有人小聲咕噥，神情中充滿戒懼和警惕。「王爺金尊玉貴的，會跑到我們這小山溝來嗎……那人冒充神農山莊，這個什麼王爺也肯定是假的……」

不怪村民們疑惑，昨兒個下雨時，這幾個陌生人突然來至村裡。

山野之人俱是厚道好客的，看有人避雨，倒也熱情得緊，端茶上飯，忙得不亦樂乎；卻沒料到後半夜突然一陣地動山搖，大家嚇得全慌了手腳，慌忙跑出宅子。

哪知平日裡平坦如砥的村子，這會兒卻處處是陷阱，好幾個人都是一腳踩空就沒了人影。

然後那個自稱神農山莊高人的男子，就宣稱說他能找到安全的路徑，大家也是昏了頭，竟然就信了。

可誰又能想到，竟有人連神農山莊的人也敢冒充，一路上大家按照那人說的方向走，可結果卻是死傷慘重；他們倒好，一直跟在後面，倒是安全得緊！

也因此，走到這裡，大家無論如何再不肯聽那人的了——雖然察覺到有些不妙，可憑什麼村裡人死這麼多，倒成全了這些混蛋！

「什麼冒充的，胡說八道！」那胖胖的男子又羞又惱，畏懼地看了眼依然端坐在原地垂目不語的男子，明顯有些色厲內荏。「王爺面前也敢胡言亂語，你們不想活了嗎？」

「閉嘴！」左邊的勁裝男子低聲道，神情間全是厭惡。

男子嚇得頭一縮，大氣都不敢出一下。

那位王爺終於睜開眼睛，淡然掃視一下眾人道：「大家稍待片刻，連州大營應該很快就會派人過來。」語氣中卻是隱有恚怒之意。

這神農山莊當真可惡至極，虧自己之前頗多尊重，卻沒料到，全是欺世盜名之輩！

旁邊的勁裝漢子很能理解主子此時的心情，京城哪個不知，小王爺自來至孝，現如今王妃娘娘病重，小王爺心急如焚，更為了救母，晝夜不息，趕至這天碭山。

當初也是聽說神農山莊熟稔天下所有植物，能據植物特性推導出其大致所在位置，便親至神農山莊，說明了來意；雖是沒見到現任莊主姬嵐，那主事者倒也算知事，給小王爺薦了這個叫陸家平的男子。

據說此人本就是連州本地人，更兼農藝造詣頗高，陪小王爺來此尋藥，卻是再合適不過。

小王爺掛念王妃病情，出得山莊，便即帶上陸家平和自己等人晝夜兼程趕至天碭山。

自己早就覺得這陸家平有些不對勁——高人不都應該是深藏不露的嗎？這陸家平倒好，一路上嘴比蜜甜，和日常所見那些想要巴結王爺繼而謀取榮華富貴的人，簡直是一模一樣的庸俗嘴臉，實在是完全沒有一點高人的風範。

昨兒個來至這連州境內，這陸家平更是拍著胸脯保證，定會馬到成功，幫小王爺找到救命的藥草。小王爺救母心切，也就信了，可誰料到，竟會碰上這樣的事情！

收到勁裝男子責難的眼神，陸家平身子抖得更厲害，眼神更是亂瞟，明顯很是心虛的模樣。

實在是這會兒，陸家平心情也是糟糕得緊。

陸家平不是旁人，正是陸家成的大哥、陸清宏的長子——

陸家平此人文不成、武不就，陸清宏頭疼之餘，好歹托人幫著在神農山莊找了個差事——雖然當時只說是端茶送水的小廝罷了，可天下人誰不知道，神農山莊是最能結交達官貴人的所在，據說就是那些王公貴族之後，也經常找各種名目去神農山莊尋些差事——

真是入了哪個貴人的眼，說不好，就立馬可以謀個差事做。

這陸家平倒也是個人精，慣會溜鬚拍馬，不過幾年下來，就成了山莊裡一個小管事。

本來姬青崖連同欽差大人要來連州時，陸家平就上竄下跳地找門路，想要跟著「榮歸故里」；只是姬青崖一事關係姬家長長久久的富貴，據說從來神龍見首不見尾的姬嵐莊主親自定下了陪同人選，陸家平的想法到底是落了空。

恰好，賢王爺齊灝緊接著也來到山莊，目的地竟同樣是連州，陸家平頓時喜不自勝。

而山莊主事者也因齊灝有別於常人的冷漠態度有些惱火——平日裡被人巴結慣了的，沒瞧見正宗的金枝玉葉，三皇子齊昱來到山莊裡都不敢托大，你一個王爺算得了什麼。反正齊灝說得明白，想找一個熟悉連州地形的，這陸家平可不就是連州人，也算是符合條件了；至於說農藝水平高到根據地形就能找到草藥——開什麼玩笑，除了死去的姬扶疏，誰有這麼大本事？

竟就痛快地應了陸家平的懇求。

陸家平本就想著拉大旗作虎皮，只要借王爺的名頭回去給自己臉上貼金罷了；哪知一路行來，那些州府長官，聽說是賢王爺經過，無不戰戰兢兢，小心逢迎，陸家平終於醒悟，沒想到自己這一回鄉，竟是傍上了個大貴人！

一路上小心巴結不說，為了表忠心，到了連州地界也僅派人回家說了一聲，自己就巴巴地侍奉著齊灝往山裡而來。山裡草藥那麼多，興許這一出去就能碰見了，即便暫時沒找到，好歹也讓賢王更能記住自己不是？

卻沒料到老天這麼不給面子，青天白日的，竟忽然下了這麼一場暴雨，早知道就不吹牛說自己本事直追姬扶疏了！

而且也真是邪門得緊，這箕簹峰自己又不是沒來過，地形明明也算熟悉的，自己指點的那幾處根本就是記憶裡當地人走了無數輩的路徑，現在倒好，全成吃人的陷阱了，也多虧自己留了個心眼，一直跟在其他人後面，不然，早死成渣渣了！

只是，看賢王眼下的意思，明顯是惱了自己了……

正自沮喪，地底下又一陣異響傳來，好似大地都在顫抖，眾人神情都是驚慌至極，卻是無法判斷出來到底該往那個方向去，現場頓時哭聲一片。

「王爺，咱們趕緊——」陸家平幾乎要嚇哭了，自己回來是光宗耀祖的，可不是回來送死的！

「趕緊怎樣？」勁裝男子恨不得掐了陸家平的脖子扔下山崖——這般無能平庸又貪生怕死之徒，也敢以神農山莊高人自居？我呸！

「往這個方向走——」陸家平仍是硬著頭皮往右邊相對茂盛的林子指去——轟隆隆的地下異響就在左近，而且那老婦的兒子方才不是就在那邊掉下去的嗎？傻子也知道，自然要往右邊去。

勁裝男子神情鄙夷，卻也明白，怕是只能往陸家平指的那個方向避一避。

剛要扶著齊灝起身，下方突然傳來幾聲粗重的喘息，忙抬眼看去，卻是莫平及一個十來歲的女娃出現在視線裡。

真的有人困在這裡？扶疏驚「咦」一聲，神情明顯很是不可置信，還以為這叫莫平的漢子哄騙自己，沒想到卻是真的！

「姑娘——」明顯已經看出了齊灝等人的危險處境，莫平衝著扶疏撲通一聲跪下。「只要姑娘肯救了我家主子離開險境，莫平待會兒就踐行前言，以死向姑娘謝罪！」語氣竟是恭敬得緊。

如果說之前還存著病急亂投醫的心思，雖是抱著一線希望，卻並不真的太拿扶疏當回事；可一路走來，親眼見到好幾次扶疏阻止自己踏足的地方坍塌下去，莫平終於意識到，自己果然是撿著寶了，這小女孩分明是個不世出的奇才，怕是即便現任神農山莊莊主的段數都不見得比這小女孩高。

「混——」勉強嚥下即將出口的「蛋」字，扶疏卻是淚目——自己一路可是被這人挾持著，不找出正確的路徑，難不成跟著這混蛋一道掉下去摔死不成？

本來好心好意救了這人一命，哪知道這傢伙竟然包藏禍心，先是懇求自己來救人，最後更是索性扛了自己就走——受了那麼重的傷，也虧這人撐得住！

這會兒看到這麼多人，終於明白自己怕是錯怪這男子了，當下有些憋氣地搖搖頭。「算了，什麼以死謝罪的，我要你的腦袋幹什麼呀！死人有什麼用，你還不如活著來報恩呢！」

「多謝姑娘不殺之恩——」莫平神情感激，連帶著這次，自己已經欠了這小姑娘兩條人命了！

一路上也早看出來，這女孩就是個嘴硬心軟的，只是誤會自己是壞人，才會不願和自己來此，後來看自己行走得艱難，還是堅決爬下來自己走。

莫平長舒一口氣，只要小丫頭願意幫忙，主子的安全就可以確保無虞了，當下滿臉喜色地轉頭衝著齊灝道：「主子，這小姑娘是個有能為的，咱們跟著她，一準能安全下山。」

齊灝眼睛挑了挑，他旁邊的另一個侍衛莫方卻是一副彷彿被雷擊了似的表情——

莫平這傢伙腦袋莫不是讓驢踢了？讓他去連州大營搬救兵，怎麼等了這半日，竟拐了個小女孩回來，更離譜的是還對那小女孩又跪又拜的！別人不知道，自己可是清楚，自己這兄弟自來就是個性子傲的，這得是受了多大的打擊啊，才會做出這般閃瞎人眼的瘋狂舉動?!

「莫平快滾過來扶著王爺——」強忍住吐一口老血的衝動——已經瞧見了莫平腿上的

傷，莫方決定讓莫平跟在王爺身側，自己來探路，畢竟自己功夫高些，即便有什麼意外，逃生的機率也大些。

那些山民看莫平去而復返，頓時喜極而泣，可聽莫平的意思，他帶來的除了這小姑娘再沒有旁人了，又瞬時臉如死灰——開什麼玩笑，把這麼多人的性命交到這小女孩的手裡，還是索性找個山澗自行跳下去更方便些。

「轟隆隆——」又一陣異響傳來，彷彿地底有一個被束縛久了的野獸，馬上就要衝破牢籠而出，有人站立不穩，一下撲倒在地。

「啊，救命——」

現場頓時亂成一團，陸家平眼睛骨碌碌地轉著，竟是一轉身，撇下齊灝等人，自己一頭往右邊方向衝了過去。

扶疏大驚，抬起頭厲聲道：「全都站著別動——」

只是現場一片混亂，眾人四散奔逃，哪有人肯聽她的話，尤其是陸家平，眼瞧著已經跑到那樹林的邊緣。

莫平大急，心知這些人不像自己一樣見識過扶疏的手段，怕是根本不會聽從勸告，正自徬徨失措，扶疏已經回頭，衝著莫平急急道：「快去，抓住那人——」

莫平不及細思，強忍著腿部的疼痛飛身上前，一把抓住陸家平的肩膀。

「你幹什麼？放手！」眼看自己距那相對安全的所在已經不過一步之遙，卻被人攔住去路，陸家平大為惱火，拚命掙扎著。「放開我，我不想死啊！」

話音未落，「轟隆」一聲巨響，腳下忽然出現一個深不見底的大坑，陸家平身子正好趴在大坑邊緣，嚇得死命抱住莫平的胳膊，號了起來。「大人，救命，救命啊——」

一陣騷臭味隨即傳來，竟是嚇得當場尿了褲子，卻還在閉著眼睛乾號，那淒厲的聲音聽得人心裡不住發毛。

莫平手臂一振，就把陸家平拽出來扔到地上，神情猙獰地道：「再敢號一聲，馬上把你扔下去！」

不比不知道，一比嚇一跳，原本莫平對這陸家平還是心存敬畏的，憑著姬家經營了幾百年的神農山莊的名頭，神農山莊的人即便是僕人都頭頂著一道神聖的光環，更何況這人是山莊主事者親自推薦的所謂高人；現在才發現，卻分明就是個貪生怕死的草包！

若不是忽然想到可以借這個人幫扶疏立威，莫平才懶得管他的死活。

四周果然一下靜了下來，大家睜大著眼睛又是敬畏又是迷茫地瞧著扶疏——這小姑娘竟然當真能救得了大家？

明明方才大家都驚嚇太過，四散而逃的可不止陸家平這一個，而小姑娘竟一眼看出那方小樹林有問題！

事到如今，便是齊灝也大為驚異，看小女孩的打扮，明明就是個普通鄉下小丫頭罷了，待要不信，小女孩卻在千鈞一髮之際救了陸家平的命！

齊灝轉頭看向莫平。「莫平——」

「回王爺，屬下能活著回來見王爺，多虧了這小姑娘。」當下言簡意賅地說了自己的遭遇。「屬下敢以性命擔保，這位姑娘能救得了我們大家。」雖是並沒有把路上看到的一切全詳細說出來，言辭間卻是充滿了敬畏。

齊灝閃眼去瞧扶疏，卻見扶疏根本沒注意他，正兀自低著頭蹲在地上仔細察看地上的植被，好似根本沒聽見兩人的對話，不由微微一愣——小姑娘看著年紀不大，這分淡然氣度卻是讓人心折。

莫方性情最是爽直，看陸家平蔫蔫地湊了過來，本就對此人先是以神農山莊高人自居，誘使主子來此險境憤恨已極，再加上方才竟為了自己逃生丟下主子，臉色驀地一沈，罵道：「他媽的什麼玩意兒，還神農山莊高人，我呸！」

神農山莊高人？扶疏一愣，倏忽抬起頭來往幾人的方向瞧了幾眼，神情有些恚怒——神農山莊什麼時候落到了這般境地，竟是被人嗤之以鼻。

沒想到扶疏會有這麼大反應，莫方一愣，忙住了嘴，卻有些摸不著頭腦，自己罵神農山莊，小姑娘怎麼看起來很不高興的樣子？

「他叫陸家平，家就在這連州城裡，是神農山莊派來助王爺尋覓草藥的高人——」看扶疏不豫，莫平忙小聲解釋。

陸家平？扶疏一愣，倏忽想起自己那好伯父的大兒子好像就叫這個名字，不會這麼巧吧？

轟隆隆——

沈悶的響聲接連不斷地響起，人群再次騷動起來，更有部分人瞧著蹲在地上身形越發矮小的扶疏，再次動搖起來。

「村長，咱們快走吧——」

「一個小娃娃，又懂什麼？咱可不能把命交到她手裡啊……」

「往這個方向走——」扶疏卻是根本不受影響，四處察看一番，終於站起身形，指著左下方一條羊腸小徑道。

這條小路左右俱是萬丈高的懸崖，地勢陡峭得緊，真是發生塌陷，怕是所有人都會死無葬身之地。

「胡說八道什麼——」陸家平最先叫了出來，因為這麼個小姑娘被嘲笑，陸家平早就氣炸了肺，這會兒聽扶疏如此說，第一個跳了出來。「哪裡來的野丫頭，也敢冒充神農山莊！要找死自己去，可別想拉著我們陪葬——」

看到那張和陸家成極像的臉，扶疏終於明白，自己方才讓莫平救下的果然就是陸清宏送去京城謀事的長子；思及大伯一家的醜惡嘴臉，再想到姬家歷代祖上經營了多年的好名聲，竟是全敗壞在陸家平這般小人的手裡，冷聲道：「莫平，若是這人再敢胡說八道，那就把他照舊扔下方才那大坑裡。」

「妳——」沒想到小丫頭人不大，卻是蠻橫得緊，陸家平怒極，剛要回嘴，轉頭正對上莫平凶狠的眼神，嚇得登時噤聲。

「王爺——」莫方也有些猶疑，那轟隆聲越來越響，這裡明顯已經危險至極，可其他方向的路還有好幾條，看起來卻數小丫頭那條最危險……

「快些——」扶疏神情有些焦灼，這些人還在猶豫什麼，其他路雖是平坦，可全是和小樹林一般，全是鬆軟的砂土——沒看到除了這條羊腸小徑的兩旁樹木還都站得筆直，餘處皆是些長不粗的矮小灌木叢嗎？當即提高嗓門厲聲道：「再不走，怕就來不及了！」

莫平一咬牙。「王爺放心，我走在前面——」又回頭囑咐扶疏。「妳別急，待會兒跟著王爺就好。」

「你們愛來不來，我可是要走了！」扶疏徑直掉頭往小道上而去——自己可不想死，自然離開得越早越安全。

什麼嘛，這人的意思竟是也不相信自己？扶疏哭笑不得。

「跟在我後面——」莫平忙搶上前一步，一副要在前面開路的架勢。

齊灝隨之起身，吩咐莫方道：「扶著我，走——」

莫方應了一聲，躬身揹起齊灝，大踏步跟了上去。

眼看所有人都跟著扶疏走了，陸家平仍在原地徘徊猶豫——

一方面不願相信扶疏的話，一方面又想著反正有那麼多人在前面探路，萬一真發生什麼意外，自己還來得及掉頭跑……

一念未畢，腳下忽然一軟，陸家平頓時頭皮發麻，瘋了一樣地就往前衝，差點把前面一個村民給撞下懸崖。

又一陣轟隆巨響傳來，間或還有重物倒塌砸在地上的悶響，眾人悚然回頭，正看見恍若地動山搖的一幕——

除了他們現在站立的這個羊腸小徑，包括小樹林在內的所有大家認為可以逃生的路徑全部坍塌陷落！

「我的老天爺呀！」一個老婦人身子一軟，一下坐倒在地。

其他人也是面面相覷，盡皆出了一頭的冷汗，就差那麼一瞬間，自己等人就會被活埋在地底。

所有人有志一同地轉臉瞧向扶疏，膜拜的神情如對神祇。

扶疏神情依舊平靜得緊——上一世這樣的眼神見得多了，慣常是神農山莊的馬車一出現，所有人都奔相走告，遠遠站著帶著仰慕神情接著膜拜的少則幾百，多則成千上萬，這樣的小場面，還真不算什麼。

眼看前面是最狹窄不過的一線天，陸家平忽然大聲道：「停下——」

兩邊崖壁上有砂石不斷滑落，陡立的崖壁好像隨時都會合為一處，眾人都恨不得插翅飛過去，卻沒想到陸家平會選擇這個時候開口，大家俱都很是惱火。

「王爺——」看莫平抬起手來，一副自己再敢嚷嚷，馬上就推自己下去的模樣，陸家平嚇得一哆嗦，哧溜一聲躲到齊灝身後，又是害怕又是喜悅地指著高處道：「靈藹草，快看，靈藹草——」

靈藹草就是齊灝此次前來尋的藥物中最重要的一味，陸家平雖是農藝不佳，記憶力還好歹說得過去，臨出發時更是下了死力記住那靈藹草的模樣，這會兒看到崖壁上伸出的一叢孤零零的紫色晶瑩剔透的小草，頓時喜出望外——沒想到老天還算厚待自己，竟然讓自己找到了靈藹草！以小王爺的至孝，這回怕是不但不會處罰自己，還會大大的有賞！

「放我下來——」齊灝神情也是驚喜至極。

這靈藹草極為名貴，想找到一株本就是千難萬難，卻是對體弱女子功效最好，據傳當初神農山莊的夫人就是靠這藥物來續命的。

只是這藥物卻是稀少得緊，而且多長在陡峭的懸崖之上，據說當初也是神農山莊莊主姬臨風親自出馬，好不容易才找到那靈藹草的所在；只是自姬臨風去後，另一個知道靈藹草所在的楚無傷也很快無罪被誅，那靈藹草的蹤影就愈加飄渺。

可以毫不誇張地說，為了救娘親的命，齊灝願意拿出府裡所有的珍奇寶貝來換；相反，若有人阻了自己救娘親一事，齊灝也定會毫不手軟地取了那人性命。

「嘩啦——」一陣風吹過，一大片砂石隨風滑落，很多人被嗆得劇烈地咳嗽起來，恨不得馬上飛過去，只是道路太窄，齊灝一停下，所有人都不得不站住腳。

陸家平卻是歡天喜地推搡著眾人擠了過去，路徑太為狹窄，一個因為抱著孩子本就行走艱難的婦人差點兒被推得摔下去，小道上頓時慌成一團。

千鈞一髮之時，還是莫方憋著氣大喝一聲。「陸家平，你找死嗎？再敢擠，信不信我現在就把你踹下去——」心裡卻是大為惱火，陸家平這個災星，竟然在這個時候嚷嚷了出來！

習武之人，目力非比尋常，莫方早在剛進入一線天的範圍時就看到了那株靈藹草；只是主子的脾氣自己瞭解，平日裡分明是個少見的睿智的主，偏是只要事關王妃，便會少有的偏執。為了讓王妃活下去，沒看見也就罷了，既是見著了靈藹草的蹤跡，必然寧可拚了命也會去採的；自己命不足惜，就怕萬一那崖壁是不該碰的，一旦坍塌下來，這所有人可就……

「還愣著幹什麼？」齊灝聲音中隱隱有止不住的狂喜，眼看那靈藕草周圍風化的砂石紛紛滑落，甚至脆弱的根莖也裸露了出來，明顯只要一陣風，這般珍貴的靈藕草便會隨風而逝。「莫方，快去採——」

話音未落，一陣涼風朝著腦後襲來，齊灝慌忙回頭，卻是那小姑娘，正拿了個棍子惡狠狠地朝自己當頭一砸。

「妳好大的膽子——」想到病重在床的娘親，齊灝已是目眥欲裂。

那般猙獰的神情令得扶疏心裡撲通跳了一下，卻還是毫不猶豫地一棍敲了下去——都什麼時候了，這人還唧唧歪歪，真要所有人都給他陪葬嗎？

「主子——」莫方一把接住昏暈過去的齊灝，氣得抬手就想朝扶疏拍下去。「臭丫頭，找死——」

卻被莫平一下攔住，拽著扶疏護到了身後，那一掌結結實實地拍在自己身上，登時吐了一大口血出來。

嘩啦啦一陣風過，那株靈藕草終於完全斷裂，飄飄忽忽地隨風而去，隨即又有數十塊拳頭大小的石塊滾落，人群裡頓時傳來一陣痛呼，明顯有人受了傷；而靈藕草後面幾塊明顯已經有了無數道裂紋的巨石，赫然出現在人們面前。

好險，所有人齊齊打了個哆嗦，那幾塊石頭明顯處於一種詭異的平衡狀態，方才要是莫方真貿貿然飛上去的話，這麼大塊石頭全掉下來……

「我是瞎了眼，才會救你們——」看莫平受傷不輕，扶疏已是氣得眼睛都紅了，惡狠狠地衝著莫方道：「想死的話，就留下來，不要擋著別人逃命！」

莫方也注意到了那裡的猙獰情形，背心也是不住冒冷汗，只是忠心使然，還是狠狠地瞪了扶疏一眼。

扶疏還是第一次見到這般冥頑不靈的人，氣得轉身就想走，卻被好不容易擠過來的陸家平一把拽住手腕。

「敢謀刺王爺，還想跑——」

陸家平竟是手一用勁，朝著旁邊的萬丈深淵就將扶疏推了下去——

這小女孩三番五次折了自己的面子，現在又敢對王爺出手，這麼好的機會，怎麼能放過，當然要好好出了胸中這口惡氣。

——未完，待續，請看文創風249《芳草扶疏雁南歸》2

擅寫甜寵文·深情入你心

／月半彎

全套三冊

芳草扶疏雁南歸

前世，當她是小菜一碟處理了，
這世，她教你懂得——什麼叫高人不好惹！

文創風 248 1

上一世的姬扶疏，作為神農山莊最後一位傳人，她受盡寵愛。
這一世重生為陸扶疏的她，成了爹和二娘認定的掃把星，
小小年紀就和大哥被送到這貧瘠得草都不長一根的小農莊，
雖然過著自己吃自己的生活，但她卻快樂似神仙！
這世她不想情情愛愛，只想低調過日，
偏偏老天爺讓她遇見前世自己救過的那個小不點兒楚雁南，
竟已長成驚天地、泣鬼神的絕世美男，還對她疼寵得不行，
意外露了一手本事也攪亂了她平靜的日子……

文創風 249 2

神農山莊竟落到了這般境地，攀權附貴，被人嗤之以鼻。
這世雖然身分已是陸扶疏，過著低調的日子，
但身為神農世家真正傳人的她怎能容忍，
該做的、能做的，她絕不逃避……
旁人看她，總是淡定從容、無所不能，
但她還是有怕的人——當朝少年神將楚雁南，
他是她的最佳守護者，可她最怕不聽他的話被他抓個正著……

文創風 250 3 完

未來公公是上一代戰神，親爹是這一代戰神，
準夫婿十有八九是下一代戰神，
有三代戰神從旁護持，走出去就算公主都沒有她威風！
可就是有不長眼的，居然跑來欺負她。
這位目中無人的千金小姐的義母——
偏偏是前世謀害她、奪她未婚夫、又背叛神農山莊之人，
既然全都勾串在一起，就別怪她一併收拾乾淨了……

為流浪貓狗加油 和貓寶貝 狗寶貝

廝守終生(一定要終生喔！)的幸福機會

對人來說，貓寶貝狗寶貝只是生活的一部分，但妳（你）對牠們來說，卻是生活的全部，領養前請一定要考慮清楚——

▲ 誠徵幸福的露露

性　　別：女生
品　　種：米克斯
年　　紀：約3-5歲，成貓
個　　性：溫柔乖巧，沈穩
健康狀況：生過小貓，已結紮且打過預防針，
　　　　　疑似腹膜炎病毒帶原
目前住所：新北市新莊區

本期資料來源：輔仁大學Doggy Club關懷流浪動物志工團

第242期推薦寵物情人

『露露』的故事：

今年四月，我們社團在學校附近的社區遇見露露，當時的牠已經大腹便便。或許是因為流浪生活培養出的警覺性，再加上即將為人母的關係，使得露露很有戒心，總是向我們哈氣，或當我們要靠近牠時就伸爪子打人。

之後過了一週，露露順利生下四隻可愛的貓寶寶。我們更用心餵食露露，讓牠這個新手媽媽有充足體力照顧自己的小貝比，而露露似乎終於感受到我們的善意，並且知道要為了寶寶好，慢慢開始接受我們的親近。

沒想到，在小貓咪們四個月時，其中兩隻寶寶卻感染了腹膜炎，到天堂當了小天使。我們因此懷疑露露是病毒帶原者。醫師說有這個可能性，但因為現在沒有精準檢查的儀器，所以未發病去做檢查也驗不出結果來，且露露健康狀況一直良好，但以防萬一，我們還是暫時先將牠隔離開來。

有段時間，失去寶寶的露露顯得有些消沈，幸好，現在的牠已經逐漸恢復沈穩的氣質，不再哈氣或打人。牠常常臥在自己的小窩，偶爾才讓人摸摸，即使牠不大親人，但你一和牠互動，牠就會溫柔地給予回應。特別當你結束一天的雜事回到家後，看到露露溫柔守候的身影，都會感覺一身勞累彷彿都被牠治癒了。

露露適合只想養一隻貓的家庭，若你仔細考慮過後，能接受露露的情況，並願意**真心承諾**給牠幸福的話，歡迎來電0932775211(劉同學)，或來信toro4418@yahoo.com.tw，並於信件標題註明「我要認養露露」。謝謝。

認養資格：

1. 認養者須年滿20歲，有獨立經濟能力，並獲得家人與同住室友的同意。
2. 非學生情侶或單獨在外租屋的學生，須提出絕不棄養的保證。
3. 須同意絕育，須同意施打晶片，並簽認養切結書。
4. 須同意送養人日後之追蹤探訪。
5. 認養者需有自信對牠們不離不棄，愛護牠們一輩子。若因故無法續養，認養者不得任意將認養動物轉讓他人，必須先通知送養人，並與之討論。

來信請說明：

a. 個人基本資料：姓名、性別、年齡、家庭狀況、職業與經濟來源等。
b. 想認養「露露」的理由。
c. 過去養寵物的經驗，及簡介一下您的飼養環境。
d. 若未來有當兵、結婚、懷孕、畢業、出國或搬家等計劃，將如何安置「露露」？

芳草扶疏雁南歸 1

國家圖書館出版品預行編目資料

芳草扶疏雁南歸 / 月半彎著. --
初版. -- 臺北市 : 狗屋, 2014.12
冊 ; 公分. --（文創風）
ISBN 978-986-328-389-8（第1冊 : 平裝）. --

857.7　　103022413

著作者　月半彎
編輯　王佳薇
校對　沈毓萍　蔡佾岑
發行所　狗屋出版社有限公司
地址　台北市104中山區龍江路71巷15號1樓
電話　02-2776-5889～0
發行字號　局版台業字845號
法律顧問　蕭雄淋律師
總經銷　知遠文化事業有限公司
電話　02-2664-8800
初版　103年12月
國際書碼　ISBN-13　978-986-328-389-8
原著書名　**《重生之废柴威武》**，由北京晉江原創網絡科技有限公司授權出版

定價250元
狗屋劃撥帳號：19001626
網址：love.doghouse.com.tw　E-mail：love@doghouse.com.tw